谨以此书献给在挫折中无畏前行的北漂们

向阳奔跑

丹书光光 著

国际文化出版公司
·北京·

图书在版编目（CIP）数据

向阳奔跑 / 丹书光光著 . -- 北京：国际文化出版公司，2021.11
ISBN 978-7-5125-1294-8

Ⅰ . ①向… Ⅱ . ①丹… Ⅲ . ①长篇小说－中国－当代 Ⅳ . ①I247.5

中国版本图书馆CIP数据核字(2021)第225049号

向阳奔跑

作　　者	丹书光光
责任编辑	王逸明
出版发行	国际文化出版公司
经　　销	国文润华文化传媒（北京）有限责任公司
印　　刷	北京虎彩文化传播有限公司
开　　本	880毫米×1230毫米　　32开 9.375印张　　　　　　　200千字
版　　次	2021年11月第1版 2021年11月第1次印刷
书　　号	ISBN 978-7-5125-1294-8
定　　价	42.00元

国际文化出版公司
北京朝阳区东土城路乙9号　　邮编：100013
总编室：（010）64271551　　传真：（010）64271578
销售热线：（010）64271187
传真：（010）64271187-800
E-mail：icpc@95777.sina.net

目 录

第一章　　北上　1

第二章　　起航　17

第三章　　心海　37

第四章　　萌芽　59

第五章　　心悸　83

第六章　　难言　101

第七章　　暗涌　125

第八章　　决堤　177

第九章　　光　201

第十章　　裂变　221

第十一章　　向阳而生　247

第十二章　　正青春　275

第一章　北上

1

雪，一直飘，白茫茫一片，笼罩着万物生灵。

离别的思绪在雪花飞舞的空气中蔓延，雪的颜色在林亦诚的眼里已不再是单纯的白色，他无处宣泄的纠结，犹如无法触摸的伤痛，在内心深处隐隐发作。

心如雪，人若霜，就这样在皑皑白雪的陌生城市里苟且偷生，只不过以学生的身份学习的形式。北京对于林亦诚来说是一个遥不可及的梦，甚至连幻想的勇气都没有，行尸走肉般存在着、呼吸着、无奈着、内疚着、流连着、放肆着，哪里是路？

都说雪是纯洁的，雪花有六个瓣。林亦诚曾几何时也一直这么坚信。只是此刻他在这个有雪的城市里忍受着孤独、寒冷和酸楚。山不再是山，林不再是林，雪已不再是雪，那将会是怎样的一种心情，至少旁人难以想象。

石克牙的三月依然下着大雪，肆无忌惮地下着，冷得让人发抖，冷得骇人。这对于一个山东菏泽农村的孩子来说，犹如步入北极……

林亦诚在石克牙待了一年多的时间，他用意志告诉自己就是死也要死在这里，因为只有这样才能远离家人、朋友，只有这里才能自我救赎。林亦诚这种作茧自缚式的想法，完全因为那与生俱来的自卑感在作祟，他哪里懂得他身上那股韧劲和他那支离破碎的家庭以及那不堪回首的童年，都是他拥有的无形的巨大财富。

在这里似乎已经无法生存，从小生活在农村的林亦诚对这里的一切都是那么的陌生，都是那么的不适应。去抑或留，这样的想法反复困扰着品学兼优的林亦诚。

一年多没有妈妈的音讯，也没有在外打工的妹妹的消息了，她们非常担心我吧？这是一定的，林亦诚想家了，想养育了六个孩子的妈妈，想为支持自己上学忍痛辍学在太原饭店打工的妹妹。

穷而又支离破碎的家，却因为有了妈妈和妹妹，林亦诚无法割舍掉思念。所以，早已习惯自家小村庄冬天几乎没有雪的生活的林亦诚，决定要离开石克牙，去北京追寻自己的梦想。用那么好的一个词与其说是去追寻，还不如说是逃离，因为这里的山、水、草、木没有给他一丝好的回忆。他没有心情欣赏眼前的一切，千里跋涉迫不得已到这里，林亦诚的心情始终都是灰色的，尽管表面上他的笑容很灿烂。

在石克牙的这段时间里，犹如一场梦，林亦诚一直生活在梦里，意志消沉、不思进取可以说是林亦诚的代名词。这里的点点滴滴就好像是梦魇里流动的一个个音符，时而激昂、时而错乱。这种情绪在他无绪膨胀的大脑里搅动，让他痛苦不堪……

"亦诚，亦诚，起床了，吃完饭收拾下就该去车站了。"王老师的声音，搅乱了林亦诚的梦。"好的，老师。"林亦诚噌地坐起来，摇了摇头、揉揉了睡意蒙眬的眼睛。又做梦了，又做梦了，怎么梦见雪了呢？

的确，林亦诚到石克牙的第一天，就飘着鹅毛般的大雪。那样的雪，留给他太多记忆了，雪地里的奔跑、雪地里的哭泣、雪地里的怒吼、雪地里发生的一串串不可思议的故事，对于林亦诚来说一切都是意外。即将告别这座城市，即将告别王老师，却在此时梦到了雪，林亦诚不知道是高兴还是心酸，他只知道离开这里，兴奋淹没了悲伤。

"亦诚，今天老师为你做了你最爱吃的西红柿炒鸡蛋，还有清蒸鱼，当然，还有你最爱的山东馒头。"王老师满脸慈爱地看着林亦诚，笑眯眯地说着，只是眼角浮现出掩饰不住的点点泪光。

桌子上的菜很丰盛，林亦诚内心一点也不平静："王老师，谢谢，我，我……"

"快吃吧，你这么一走，不知道啥时候能再见呢，想再给你做顿饭就难了。思来想去真不知道做什么好，就把我知道的你所有最爱吃的菜全做了，快尝尝合不合你口味。"

林亦诚的眼睛湿润了，我何德何能让王老师如此为我，我欠王老师太多了。往事一幕幕在脑海中萦绕，林亦诚把头深深地埋在装有米饭的碗里，泪一滴滴掉在白花花的米粒上，犹如水晶般剔透晶莹。

王老师是一位心思细腻、教学水平一流的女教师。在林亦诚来到石克牙林业一中时，王老师注意到林亦诚的沉默与孤独，她看得出林亦诚背负了太多常人无法体会的伤痛。她像对待自己的孩子一样，想方设法耐心地帮助林亦诚打开心结，尽快把林亦诚拉出悲伤的泥潭。

林亦诚不习惯这里的气候、不习惯这里的教学方式、不习惯这里的教学氛围，更不习惯这里的饮食，时常水土不服闹肚子，因此同学吃饭也都不会叫他。林亦诚在班级显得格外地格格不入，这一切王老师都看在眼里，急在心上。她经常有事没事就让林亦诚去她家吃饭，专门做林亦诚爱吃的大馒头，隔三岔五给林亦诚买点日常生活必备品，不遗余力地在学习上帮助林亦诚，虽然她只是政治课老师，但她对林亦诚的关心甚至胜过了当初的班主任。

林亦诚从王老师这里获得了足够的尊重和温暖。在他眼里，王老师就像妈妈一样。生活上给他帮助，学习上给他指导。千里之外求学的林亦诚，很庆幸遇到了这样一位好老师，上天还是眷顾他的。

林亦诚在王老师的开导下，逐步恢复了原有的自信，那个关于雪的梦就是他当初来到这所学校的情景再现。想想一年前的自己，林亦诚觉得好幼稚。

高考是王老师为林亦诚交的报名费。林亦诚高考结束后又在王老师的介绍下，留在学校值班，能挣点生活费。学校暑期不能入住，林亦诚就住在了王老师的家。在这两个月里，林亦诚和王老师相处得很融洽，胜过一家人。

"谢谢您，王老师。"林亦诚把这句话在心里说了千遍万遍。

林亦诚在屋里机械地收拾着简单到不能再简单的东西，脑子里一片混乱。想到去学校报到，想到一年的学费，想到那个家，林亦诚脸上愁云密布。

离开吧，为自己、为家人、为辍学的妹妹，也为妈妈早日不再被花天酒地让他失望透顶的爸爸伤害。去北京吧，还有三个妹妹、一个弟弟在上学，他们都是我至亲的人，或许我的拼搏可以换来他们的学业有成。长兄如父，我不希望他们重复我这样的生活，犹如我这么不堪地活着，像我这样痛苦而又麻木地生存着……

林亦诚家没有真正意义上的父亲，林亦诚内心深处从未感受到父亲的存在，"爸爸"这个词在林亦诚的字典里找不到它真实的含义，他记忆中的爸爸永远是对妈妈咆哮、对孩子殴打，是个吃喝嫖赌无所事事的农村痞子，活到十八岁，他是为妈妈，为妹妹，为小弟……

2

"亦诚，收拾好了没？"好朋友王通来为林亦诚送行。

"你怎么来了？"林亦诚有些意外。

"废话，当然来送送你了，我是你的死党，到北京可别忘了我啊。"

"你是谁来着？"林亦诚笑着说。

"切，你还没进入大学校门就这样了。不过说实话，真的挺为你高兴的，可惜我不争气，没能考入你报的那个大学，不过还好有刘珂他们，你们一起去北京上学真让我嫉妒。"

"王通，谢谢你，真的。"看着王通，心里想着王通的好，林亦诚除了说"谢谢"找不出其他的语言。

"啰唆，咱们是好兄弟嘛。我来帮你收拾，你去和王老师道别吧。"王通眼睛红了，但是他硬是把泪水逼了回去，赶忙支走了林亦诚。

林亦诚不想面对离别的场景，他不知道如何开口，更不知道如何报答王老师，他知道王老师为他付出了别人难以想象的心血，就连去北京的火车票都是王老师买的。

林亦诚思绪翻飞，站在王老师的门前做了三次深呼吸，终于鼓起勇气，用手轻轻地敲了一下门。无人应答，林亦诚再次敲门，依然没有开，林亦诚小心翼翼地轻轻推开门，王老师在房间里，什么也没做，只是在那里静静地站着，面对着一张照片发呆。空气异常凝固，林亦诚腿有点抖，他有点不知所措。

"亦诚,来了。"王老师打破了宁静。

"老师。"林亦诚的声音有点发颤,不知道为什么。

"照片上是比我小两岁的弟弟,很帅吧?"

"嗯……怎么没听你说过啊。"

"你知道吗?你特别像我弟弟,长相、性格,甚至连笑起来都一样。"林亦诚疑惑地看着照片中那个英俊的小伙子,用余光注意到王老师的眼睛里有泪在闪烁。

"我们家也有六个孩子,我是长女,和你一样都是老大。我弟弟很懂事,学习也比我好。爸爸看我非常不顺眼,经常对我拳脚相向。每次爸爸打我骂我时,弟弟总是想办法阻止,然后安慰我,给了我很多温暖。我高三上晚自习的一天晚上,弟弟像往常一样来接我,我们手挽手走在街上,忽然一辆大货车冲向了我们!你知道吗?我当时就傻了,忘了反应,只知道自己被一道力量猛然推出去……我活了下来,弟弟却……"

王老师叹了口气,抹了抹眼角的泪。

"我的命是弟弟的,从那以后,我的家就散了。亦诚,每次看到你,我仿佛看到了弟弟。看到你,也仿佛看到了我自己。所以我非常理解你,非常懂你心里的苦。你要记住,无论家多么艰难,你都要坚持,这样才对得起你辍学的妹妹、你善良朴实的妈妈,全家人都在看着你,你会成为他们的骄傲,你的一双手就是让他们幸福快乐的一把钥匙,无论多难,你都不能放弃,因为你不只属于你自己。你不能选择自己的家庭,也不能选择自己的父母和兄弟姐妹,但你能选择你自己的路……"

"王老师,谢谢你,我知道,我懂你的话,我不会让你失望。"林亦诚哽咽了。

"亦诚,你是一个要强的孩子,放下你所有的自卑,放下你所有的怨恨，带着感恩的心去上大学，你坚持住了，这个家才有希望，你的弟弟妹妹才有机会再继续上学，你伤痕累累的妈妈所受的苦才值得，我不希望再看到初来时那个有点堕落的你。十八岁，你已经是男人了，我相信你会让老师放心的，对吧，亦诚？"

　　王老师的每句话都重重地砸在林亦诚的心坎里，他含着泪点了点头。

　　门旁的王通听到了这一切，刹那间对林亦诚充满了敬意，林亦诚从来没向任何人提起过他的家庭以及他所经历的一切。

　　"亦诚，该走喽。"王通强装镇静，假装什么也没听到。

　　"老师不送你们了，亦诚，检查一下自己的物品，特别是录取通知书。"

　　"没落什么物品，我给他检查过了。"王通笑着说。

　　"王老师，谢谢你。"林亦诚再也控制不住自己的情绪，转身紧紧抱住了王老师，像个孩子一样号啕大哭。

　　"傻孩子，照顾好自己。"王老师拍了拍林亦诚的背，把林亦诚推出门外，掩上门，泪水顺着她的眼角缓缓流下……

　　　王老师，我走了，不知道该和你说些什么，也不知道怎么表达对你的感激之情，在这段艰难的日子里，你是上天派来拯救我灵魂的人。没有你，我不知道现在是什么样子；没有你，就没有考上法律大学的林亦诚；没有你，我不知道林亦诚是否还在这个世界上，你改变了我的一生。老师，真心地谢谢你，滴水之恩当涌泉相报，学生自有学生的报答。老师，你注意休息，别太累，我没能力送你什么东西，就买了一支钢笔作为留念送给你……

王老师读着林亦诚留下的这封信，欣慰地笑了。她知道林亦诚让她放心了，这个善良、倔强、质朴的小伙子的人生注定不平凡。

王通骑着自行车载着林亦诚，在石克牙的大街上飞驰，看着这熟悉又陌生的街道，看着这熟悉但又陌生的人群，看着路边一排排茂盛的大树，林亦诚感慨良多。这些都是关于石克牙的记忆，在这里林亦诚纠结过、痛苦过、彷徨过、徘徊过，但最终挺了过去，所以林亦诚要笑着离开石克牙，去北京追寻自己的梦，有梦的年龄，总是美好的。

王通是一个开朗乐观的男孩子。他是土生土长的内蒙古人。但他妈妈是山东人，在班里由于两个人是前后座位，林亦诚和他自然地成了铁哥们。他喜欢足球，喜欢巴乔。他还喜欢唱歌，林亦诚每次郁闷时都拉他去唱歌，石克牙有当地人在自己家里开的小型卡拉OK，他们就去那里唱歌，一首歌一块钱。王通知道林亦诚喜欢刘德华，于是他每次唱歌都唱华仔的，最后一首歌都是唱《今天》，只因为林亦诚喜欢这首歌词："我不断失望不断希望，苦自己尝笑与你分享，如今站在台上也难免心慌，如果要飞得高就该把地平线忘掉。走了好久终于走到今天，梦了好久终于把梦实现……"

"林亦诚，你怎么才来啊，还真会磨蹭。"快人快语的刘珂对林亦诚像往常一样吆喝着。

"我看王通是吃饱撑的，不打个车，还骑自行车，害得我们都在等林亦诚。"一旁的华颖也不忘说上两句。

"林亦诚，你就一个背包？真够简单的，我的东西多，到时帮我拿点，先谢谢你了。我还怕东西多拿不了呢。真是天助我也,到了北京我请你吃饭。"马涛笑着说。

瞧见林亦诚有点尴尬,没等他反应刘珂就开口讥讽:"瞧马涛嘚瑟的,拿那么多东西干吗啊!你是不是男生啊,我们女生都没有你的东西多!林亦诚还要帮我拿呢,你一米八多的大个多拿点东西,还要让人家林亦诚帮忙,真不知道丢人,我都替你害臊了。"说完马涛,刘珂转身看着林亦诚,脸上挂着奸诈的笑容,"呵呵,林亦诚,我这里有个皮箱,别看那么大挺吓人,其实一点都不沉,里面全是衣服,上火车时你帮我提着。"刘珂说完使劲瞪了马涛一眼,这还不够,又趁马涛不注意时狠狠地掐了他一下,然后得意地笑了。

"哈哈,这下马涛赚了吧,你当着刘珂的面竟然让林亦诚帮你拿东西,你真是找死啊,你不知道他俩的关系啊!"王通把自行车寄存后也来凑热闹。

"你给我闭嘴,是不是找抽啊你,我和林亦诚有什么关系啊?不就是同桌过吗,有什么大不了的。你别忘了我还是你的'教主夫人'呢,你怎么能这样说啊?你以后给我小心点,否则我揍你个半死。"刘珂和王通像往常一样吵闹着。

林亦诚只是站在一旁看着好朋友们嬉闹,未曾开口说一句话,脸上始终挂着淡淡的笑容。只是也只有他自己知道,此刻自己的心犹如刀割般疼痛。

刘珂和林亦诚都被法律大学法律系录取了。马涛考上了工商大学,华颖上的是服装学院。他们高三都是一个班的,只不过林亦诚在班里只待了不到一年,因为和刘珂同桌过一段时间,所以和她比较熟悉一些。

刘珂是个性格活泼的漂亮女生,学习成绩也不错,班里班外有很多男生追她,但都被她拒绝了。她平时就喜欢跟林亦诚为一些鸡毛蒜皮的小事斗嘴，弄得班上的同学说三道四，认为林亦诚和她才是一对。

　　林亦诚和华颖等几个人一点也不熟悉，毫不夸张地说，在大街上碰到他们，他都不知道自己和他们是一个班的同学。马涛除外，他和王通是铁哥们，林亦诚慢慢地和马涛也自然地成了好朋友，如今他们四个同时考入了北京的大学。加上开学时间相差没有几天，就约好今天一起去北京。

　　"刘珂，你们别只顾着在那儿唠嗑，和学校对接人联系上了没？"一个中年妇女朝刘珂喊。

　　王通告诉林亦诚，那是刘珂的大姨。他们几个都认识她，都忙着打招呼。林亦诚很尴尬，他只是听刘珂提过，但从未见过面，林亦诚只能在一旁沉默不语。

　　"林亦诚，这是我大姨，"刘珂把林亦诚推到大姨面前。

　　"大姨好。"林亦诚礼貌地打了声招呼。

　　"你就是林亦诚啊，你们王老师和我提起过你，我刚才去给小珂买了点路上吃的东西，在路上你多费点心照顾一下小珂。别看这孩子平常活泼乱动，正经事情一点都不行。你们到了学校一起去办手续，交学费时也一起……"

　　"好了，大姨，烦死了，知道了。说那么多，耳朵都快爆炸了！"刘珂不耐烦地嚷道。

　　林亦诚拉了一下刘珂的衣服，示意她别这么没有礼貌。

　　谁知道刘珂竟然大声说："扯什么扯啊。要是不打断大姨的话，她会一直说到火车启动了还会追着火车说。"

　　"你这孩子瞎扯什么啊，怎么这么不懂事啊。我还不是不放心你啊。你看人家林亦诚。多让家长放心啊，你什么时候能不用家长操心啊……"果然刘珂的大姨又开始了她的说教。

林亦诚一个人悄悄溜出了候车室，想给家里打个电话。前几天刚得知家里安装了电话。他走到小卖铺旁边的公用电话那里，拨通了家里的电话，打了好几遍都没有人接。林亦诚很纳闷，这个时候正好是饭点，家里应该有人啊；今天又是周末，在城里上学的两个妹妹也该在家啊；她们若没回家，还有上小学的弟弟也该在啊。怎么没有人接啊？

十分钟后，林亦诚又试着拨通了家里的电话，响了几下还是没有接，难道出了什么事情？林亦诚给家里打电话只是想听听妈妈的声音，告诉妈妈他要去北京报到了，对于一年六千多块钱的学费，林亦诚压根不指望家里，六千元对于平常家庭来说不算什么，但这对于一个八口之家的农民家庭来讲简直就是天文数字。何况林亦诚兄妹六个还有四个上学的，家里已经负债累累了，六千多元谈何容易？

3

"林亦诚，你个大猪头，出来也不说一声，我还以为你跑哪里去了呢！"刘珂的声音把林亦诚从思绪中拉了回来。

"咦？给家里打电话呢？打通了？"看见林亦诚拿着话筒发呆，刘珂用脚想也知道他是往家里打电话，因为她从没见过林亦诚给外人打过电话。

"哦，通了，你怎么出来了？"

"我是看看陈涛来了没。那个死人答应来送我，还不来，再有二十分钟就要检票了，气死我了。"

"瞧瞧！嘴巴都可以挂油瓶啦！你还和陈涛谈恋爱呢？你不

是说你大姨不愿意吗？还骗我说分手了。呵呵，你当着你大姨的面还敢让陈涛来啊？你不会吃了豹子胆了？爱的力量真是伟大啊。"

"伟你个头，你知道什么啊。我大姨是不愿意，那陈涛来了我大姨还能把他赶走啊。"

"高，真高！谁要是娶了你铁定吃不消。"

"林亦诚，你攻击我干什么啊，真不知道王老师跟我大姨说了什么，一次都没见过就认为你是好学生，天天在我面前夸你。"

"你要是把挖苦人的三分之一精力用在学习上，你肯定考上北大或者清华了。"林亦诚用调侃的方式，释放着心中的不解，在老师和同学面前，林亦诚表面上一直都这么开朗。

"林亦诚，给我闭上你的臭嘴，别净说我，你应该很荣幸碰到这么善解人意、美丽聪慧的我。你要是思想不长毛，以你的成绩还不是能进北大之类的。我也够不幸的，竟然和你是一个大学、一个专业，太疯狂了，这世界怎么了？我发誓我在大学里不会和你同桌的，你可别失落啊。"

"你还真会往自己脸上抹粉啊……"在刘珂面前，林亦诚说话没任何压力，不和她斗上两句就会浑身不舒服。

"林亦诚、刘珂，还不过来，要检票了。"王通朝他们大喊着。林亦诚和刘珂赶紧走过去。

"小珂，别磨蹭了，把你的东西弄好，别落下了。"大姨大声地说。

"林亦诚，这是小珂的小包，你帮着背一下。"华颖说完顺手递了过来。

石克牙火车站不大，去北京的人也不多。检完票后他们都在等火车！因为是过路车，停站时间较短，他们得以最快的速度上车。

"小珂，小珂——"站台内传来陈涛的声音。

"陈涛——我在这儿！"刘珂兴奋地踮着脚尖挥手。陈涛穿过人群气喘吁吁地跑到刘珂身边。

"对不起，记错时间了，还好火车没有开。"陈涛上气不接下气地跑来了。

"我知道你会来的，他们还说你不来呢。让我把他们臭骂了一顿。特别是林亦诚，老是欺负我。"

"他们和你开玩笑了吧，你们关系不是挺好的，是吧，林亦诚？"

"是啊，我刚才差点被小珂噎死了，你怎么能受得了她啊。"林亦诚还挺记仇的。刘珂见着陈涛高兴，懒得跟他计较。只是大姨看见了陈涛，满脸不悦。

"火车什么时候到啊？不会晚点吧？"马涛和华颖嘟囔着。

马涛的父母拉着他的手在嘱咐些什么，华颖和她妈妈也是有说有笑。只有林亦诚一个人在没有目的地望着远方……王通似乎察觉到了什么，走过来拍了一下林亦诚的肩，冲他笑了笑。

"小林，你过来一下。"大姨叫林亦诚，"小珂那孩子脾气特倔，一点苦都受不了，你们是一个学校还是一个系，到了北京你就多担待点吧。大姨谢谢你，你们干老师说你是个懂事的孩子……"

"我会的，大姨。小珂那么聪明，她的适应力应该很强的。"

"林亦诚，你和我大姨嘀咕什么呢，又说我坏话。"

"你怎么不把人家亦诚往好处想啊。"王通替林亦诚抱不平。

"亦诚，过来一下。"那边，陈涛也叫唤着林亦诚，林亦诚不知道陈涛找他有什么事。

"哥们，在大学里给我看着点小珂，她要是招蜂引蝶的，你可要告诉我。虽然我学习不怎么样,还被学校开除过,但我还是很重感情的。"

"这任务太重了吧,小珂那么有姿色,恐怕…………"

"你今天肯定没有刷牙,说话怎么那么不中听。"刘珂瞪着林亦诚愤愤地说。

隐隐约约听见了火车的鸣笛声,火车快到站了。林亦诚一行人都各自站好,等待火车的到来。火车停车十二分钟,人也不多,上车不会太挤。

火车缓缓进站了,列车员催促他们快点上车。

在林亦诚和小珂即将跨入车门时,大姨突然喊了一句:"小林啊,小珂就拜托给你了,谢谢了。"

林亦诚不知道当时从哪里来的勇气,对大姨说:"放心吧,我在小珂就在。"

就是因为这句毫不犹豫的承诺,使得林亦诚在大学校园里因刘珂背负了太多太多,也正因为这句话让林亦诚在大学以后的日子里不敢怠慢刘珂。尽管现在想起来那句话依然是如此滑稽。为什么从嘴里突然冒出这样一句这么四不像、不着调的话?林亦诚自己也摸不着头脑。

陈涛把刘珂的行李放好,就匆忙下车了。此时离火车启动还有四分钟。送行的人还没有走,林亦诚和刘珂在车门前和他们道别。

车站忽然传来一阵悠扬的笛声。陈涛满怀深情地对着刘珂吹起了她平时最爱听的《特别的爱给特别的你》,刘珂的脸上洋溢着幸福,眼睛里泛着泪花,不一会儿眼泪还是夺眶而出,尽管刘珂一直强忍着。

"小珂,我会去北京找你的,等我……"陈涛说完这句话,迅速地消失在人群中。他不敢直视刘珂大姨的眼睛，更不敢直接和大姨面对面，刘珂只能泪眼蒙眬地望着陈涛远去的背影，心里真是百味交杂。

离火车开动还有两分钟，林亦诚和王通挥手告别。

"等了好久终于等到今天，梦了好久终于把梦实现，前途漫漫任我闯幸亏还有你在身旁。盼了好久终于盼到今天，忍了好久终于把梦实现，那些不变的风霜早就无所谓，累也不说累……"王通的歌声再次响起，林亦诚附和着、微笑着……

"谢谢你，王通，我好像只会说谢谢。"

"哈哈，到北京联系我，我会去骚扰你的。"

火车启动的一刹那，林亦诚眼圈红了。

车窗外送行的人，他们尽情地挥着手目送着远去的朋友。火车渐行渐远，林亦诚的泪终于决堤了，但也只是一瞬间他就把泪擦干了，任何人都没有发现。他也不清楚自己为什么流泪，也许是感动，也许是不舍，也许是触景生情。

王通直至火车驶出自己的视线，才慢慢地转身离开。他知道表面上无比坚强的林亦诚，内心之痛常人无法体会。他尽量让林亦诚笑着离开这个小城，作为林亦诚在这里唯一的知己，王通能做的也只有这些。

第二章 起航

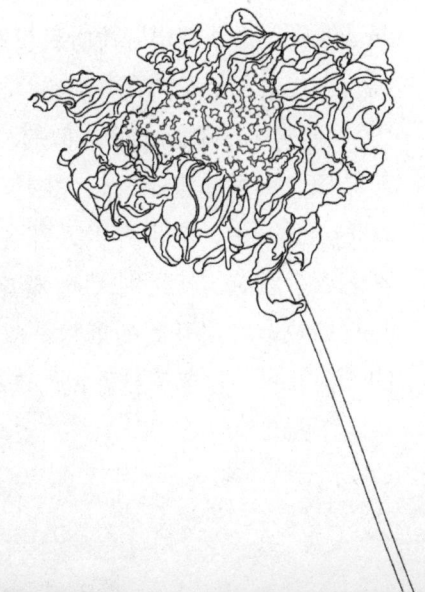

1

火车飞速地行使着,刚才还骚动的乘客们都找到了座位,在天南地北地侃着。

过道旁的那一边,一个小男孩不知道为什么一直在用力地哭着,年轻的妈妈急得眼泪都快流出来了。一座座被树包裹的山成排成排地往后倒。时针指向十九点一刻,天渐渐暗了下来,从车窗眺望,远处已经有炊烟升起,那是农家大婶在做饭吧。远处的村庄无序地林立着,不知道妈妈他们现在在家怎么样,应该也开始吃饭了吧。

林亦诚和刘珂挨着坐,马涛和华颖挨着坐。四个人刚从离别的思绪中回过神来,对于北京的大学生活,每个人都有自己的畅想……

"亦诚,你一直在望什么啊,外面除了山就是树,还有什么好看的,就跟八辈子没见过山似的。对了,你上车时还很像男人的嘛,竟然对我大姨说有你在就有我在,看不出啊你,不会真的暗恋我吧?也不知道陈涛听到没有,他会不会吃醋啊?"刘珂的嘴一会儿也不闲着,真够烦的,林亦诚真想拿胶布封住她的嘴。

"你叽叽喳喳跟个麻雀似的,亏你还自诩是个什么小家碧玉的姑娘,说话从来不经过大脑,怎么那么自负啊,好像天底下就你一个女生,全世界男人都会爱上你一样,还真是只要自己不尴尬,尴尬的就是别人。"林亦诚习惯了和刘珂斗嘴,也只有心直口快、性格开朗的刘珂,能让林亦诚慢慢展现出自己真实的一面,只不过今天林亦诚心情格外不好,刘珂撞到枪口了。

"哪是我自负，是你莫名其妙就跟我大姨乱许承诺好不好！等下我大姨真会当真的，那我跟陈涛想在一起就更艰难了。"

"那怪我咯。"

"不怪你怪谁，就因为你处处都那么优秀，害得我大姨总是拿你当教科书教育我！"刘珂越说越生气。林亦诚冷笑了一声，看向窗外，不再说话。

"林亦诚今天有点不对劲啊，平时不是这样的啊，有什么心事？"马涛用充满疑惑的眼睛望着他。林亦诚淡淡地瞟了马涛一眼，懒得开口。

"他和小珂一个德性，成天神经兮兮的，一会儿风一会儿雨的。"华颖对马涛说，"明天就要到北京了，你们激不激动啊？我可是从拿到通知书那天起，就没好好睡过。"华颖转移话题，林亦诚也发现自己有点过了，刘珂毕竟是女孩子，他不能将自己的坏情绪强加到其他人身上。林亦诚缓和了下情绪，加入聊天中。

他们四个天南地北地狂聊着，对于大学生活充满着幻想，甚至对自己的恋爱对象都展望一番。聊到筋疲力尽的四个人，最后作出了一个决定，林亦诚看东西，他们三个先睡会。林亦诚欣然答应，满腹心事的他怎么能睡得着呢？

没有一点困意的林亦诚，无心留意他们三个睡着时邋遢的模样，他的心早已飞到了北京。林亦诚所有的梦想和未来都给予了北京，这个他梦想中的城市。

火车上的人大多都睡了，每个人的睡姿都不一样。有的张着嘴，有的抱着头，有的还流着口水，车厢很安静。

林亦诚的心却一点也不平静。四十多个小时的路程，什么时候才能熬过这一晚？虽然他们都一直说是去北京，的确，他们的学校也在北京，但这次的目的地却是北京近郊的大学城。

他们要在大学城的分校待上一年，大二才去学校总部。这样也好，大学城离北京也不远，不在石克牙就好。林亦诚胡思乱想着，看着头枕在他肩上的刘珂，流着口水睡得很香的模样，此时的林亦诚突然觉得刘珂这才像个女孩。

不知不觉中林亦诚也进入了梦乡……

"旅客朋友们请注意，前面到站是大学城车站，下车的乘客请提前做好准备……"数不清听到过多少次列车广播员的声音了，但这次林亦诚听得异常清楚，目的地到了。

林亦诚清楚地记得到达大学城的时间是晚上九点多，坐了四十多个小时的火车，累得腰也酸了，背也疼了，腿还抽筋了。他们四个出了火车站，却发现学校都没有派人来接，第一印象对学校就充满了怨气。

四个人上了一辆"黑车"，到大学城四十块钱。司机开得很快，可是林亦诚总是感觉很远，他甚至联想司机不会把他们拉入一个没有人烟的地方把他们抢了吧？如果真是这样怎么办？反正我身上没什么钱，要命倒有一条，林亦诚有这样的想法显然是多余的。

"这里比咱们那里热多了，学校怎么那么远啊，都半小时了还没有到。"刘珂一路抱怨。

"师傅还有多远？这里怎么都没有人家啊？"

"快了，大概还要十五分钟，大学城在郊区呢。"司机对华颖说。

"同样在大学城，咱们学校也不派个人来接。乌七八黑的，我看对学校也别抱有什么美好的幻想了。就这样对待新生啊，要是出了什么问题谁负责啊。"马涛有点生气了。

"你这个乌鸦嘴消停会儿不行，净说些没有用的，真受不了。"刘珂和马涛像往常一样又吵了起来。司机一直笑。

"师傅，别光笑，注意安全。林亦诚，我在你肩上睡会儿，快到了叫我啊。"刘珂话音未落一头栽在林亦诚的肩上。

"这下有我受的了,祈祷快点到大学城,否则我的肩就惨了。"林亦诚双手合十心里嘀咕着。

2

终于到了大学城。

大学城还真大,但是感觉有点空。他们下车各自找自己的学校,在拐了七八个弯后,林亦诚和刘珂终于找到了学生公寓。

宿舍管理员是个胖子,不是一般的胖,一笑起来脸上的肉都不够用。说着一口带有浓重山东味的普通话,穿着一个白色背心,蓝色大肥裤子,还是外扎腰。看来还真适合当宿舍管理员,至少从外表上就能震慑住学生。

"刚来的学生,拿着自己的行李先来办公室登记啊,然后从名单上查找自己在哪个宿舍。抓紧点啊,宿舍十一点熄灯。"管理员的嗓门又粗又大。

奶奶的,现在都十点三十多了,真是倒霉啊。林亦诚愤愤地看着管理员。

"哪个是林亦诚?你的宿舍是5单元202,刘珂是4单元102……"管理员大声地吆喝着。

宿舍是单元楼,还不错,一层就四个房间,一个房间四个人。

林亦诚的行囊很简单,就背着一个小包。到了宿舍都十点五十多了,还没来得及整理床就熄灯了。

林亦诚的床位是下铺,因为他来得最晚。宿舍都是一个班的,听他们说已经来了两天了,明天八点半上课,宿舍离教学楼很远,走着要三十分钟左右。也许是太累了,林亦诚没有和同宿舍的同学多聊什么，简单地洗漱后就倒在床上就睡着了。

这天是林亦诚走入大学教室的第一天，室友早早去教室了，要不是被噩梦惊醒，他估计会迟到。林亦诚下楼叫着刘珂一起去教室，吃早餐肯定没有时间了，同行的还有刘珂宿舍的另外一个女生，也是法律系，叫王燚，长得很漂亮，眼睛大大的，皮肤特别白，身材也是玲珑有致。

大学城很大，又因为是分校，上课的教室都是固定的，以便于管理。

费了九牛二虎之力，他们才找到了教室。教室的排号是514，这数字真不吉利。林亦诚找了最后一排的位置坐了下来。他喜欢坐后面，这是高中养成的习惯，中学时按成绩排位置，品学兼优的林亦诚依然选择坐在最后一排，来到大学也是如此。刘珂和王燚选择了最前面的座位。

班主任叫张冉，戴着个眼镜，大约三十岁，没想到会这么年轻。法律系只有一个班，总共四十人，十六位男生，二十四位女生，林亦诚对一切充满了好奇。每个人在他眼里都是春风满面，他特别注意了前排的王燚，这个女生看起来真舒服，仅仅用漂亮形容是不够的。王燚浑身散发着一种让人迷恋的气质，从很多男生爱慕的眼神中，就能看出他们跟林亦诚有同感吧。

林亦诚就以这样的方式开始了他的大学生活，他不知道在这里他将要经历什么，他也不知道会发生什么，但唯一确定的是他的梦想实现了，他是一名大学生了，为了这个梦，林亦诚付出的艰辛和努力是旁人无法体会的，理想中的大学和现实中的大学究竟有怎样的差距，也只有在以后的生活里体验了。

"大家好，我是徐飞，是临时代理班长，以后大家有什么事情可以找我，咱们可以共同探讨，希望各位多多支持我的工作，谢谢。"一个带着北京口音偏瘦的男生站在讲台上如此说。

这不是睡在我的上铺的那个小子吗？林亦诚仔细瞅了一眼，没有错，就是那小子。他是临时代理班长？林亦诚对这个非公开的选举有些愕然。

班主任点了名字以后，就开始给各位学生讲学生守则、怎么交款、去哪个银行，诸如此类的，也许是没有缓过劲来的缘故，林亦诚稀里糊涂地趴在座位上睡着了。

一个上午就这样过去了。

下午林亦诚和刘珂，办理烦琐的入学手续。王燃陪他们一起去。王燃提前来校，对流程相对熟悉，有了她的指点，办理手续节省了很多时间。

"这地方没有什么特别，就是大，怎么这么空。虽然有很多学校，但怎么没有一点大学的样子，你看那棵树，就蔫在那里，半死不活的，刚栽的估计没有浇水。"刘珂又开始了。

"真不想上了。这里感觉怎么这么乱啊，去办点什么事情都得走半天，真郁闷死了。我觉得咱们好像是在荒山野岭，连鸟都不下蛋的地方。"

"行了，凑合着过吧。北大清华是美，你进去啊，又没有人拦着你。"林亦诚习惯性地和刘珂拌嘴。刘珂瞪大了眼睛，刚想回嘴，王燃拉住了她的手，微笑着说：

"我来了三天了，现在有点适应了。回到本校就好了。咱们是第二批入住大学城的学生，大学城还在建设中，感觉肯定有点空和乱，不过一年后咱们就回本部了。"

碍着王燃，刘珂不能和林亦诚斗下去，只有转过脸死死地盯住林亦诚，却发现林亦诚若有所失的满脸凝重。的确，这地方，这学校。林亦诚也是真的不想待。不知道为什么，也许是太大的原因吧，大学城还在建设中，他们只是第二批入城的同学，这与林亦诚心目中的大学有着天壤之别。

3

"林亦诚，你说要是退学……"

"得了，你别胡扯了。"没等刘珂把话说完，林亦诚就打断了她的话。

"你考上这么好的大学已经是个奇迹了，还退学，你吃饱了撑的。咱们就在这儿待一年，明年回到本部就好了，好好待着吧。"

退学，那是林亦诚不敢想的事情。出身农门的他有学上已经知足了，他没有什么不甘的。这样的一所大学，已经让林亦诚欣慰了，磕磕绊绊坚持到高考的林亦诚，已经非常知足。一心想考进人大新闻系的林亦诚，至少在这一刻说服了自己。也许什么样的人该进什么样的学校吧，再说好好学习不就得了，不想那么多了，法律系也好，新闻系也罢，事在人为，林亦诚总是这样安慰自己。

"前面就是工商银行，在那里交学费。"王燃说。

刘珂办理交学费手续。林亦诚在外面给她看包。

"你怎么不去交学费？"王燃满脸疑惑地看着林亦诚。

"我，我家人说从家给我邮寄过来。"林亦诚表情不自然。

"原来是这样。你和小珂是高中同学吧？我和小珂是上下铺，她说你学习成绩很好，还说你们同桌经常吵架。"

"没有那么夸张，呵呵，我学习一般，人大新闻系拒绝了我。"

"我追求不高。有个大学上就不错，法律应该很难学吧，想起来我都头疼，对法律没任何概念。"

"美女就是会谦虚，比刘珂强多了，她说话特别嚣张，还经常臭美。"

"谢谢夸奖，小珂多漂亮啊。你知道吗？你的分数在咱们班是第二，按理说你的分数能到人大分数线啊。"

"也许没投档吧，不说这些了，我上大学就一个要求，只要在北京就行，无论哪个大学都可以。北京是我最向往的地方，我有很多梦都和北京有关，北京是梦刚开始的地方，至少先有了做梦的条件。"王燃从林亦诚的话语中貌似读懂了什么，但又不确定，转移话题吧。

"你家也是石克牙的？"

"不是，我是地道的山东人，在山东的农村长大，冬天去的石克牙，那里真冷啊。你家是哪里的？"

"我家是赤峰的，那里冬天也很冷。你为什么去石克牙？"

"林亦诚，一起吃饭吧，我办完了，现在吃饭的人应该比较少了。"刘珂办完了交款手续冲着林亦诚说。

"不去了，我还有点事，你们先去吃吧。"

"走吧，一起呗，吃完我陪你去办事。"王燃微笑着说。王燃的声音很甜美，那双忽闪忽闪的眼睛很清澈，林亦诚有点不好意思。

"下次，下次，我请你们，今天我真的有事。"

"燃燃，走了。他不去算了，真磨叽。"刘珂拽着王燃，还不忘斜林亦诚一眼。

王燃依然对林亦诚微笑着说："那我和小珂去吃饭了。下次你买单。"

"好、好，没问题。"面对王燃，不知道为什么，林亦诚的心跳加速，脸上竟然泛起了红晕。

"林亦诚就会磨叽，人不大，破事挺多，吃个饭也啰里啰嗦的。"刘珂给王燃抱怨。

"我觉得他挺好的啊，他办事要紧。你们平时说话也这样？"王燃问。

"我就这样，他阴晴不定，有时候矜持得像大姑娘似的，有时候那嘴比我还恶毒，他就是这么一个人。"

"你们两个关系很好吧？你是不是喜欢他，要不他怎么那么能忍你？"

"切！燃燃你还真的不了解林亦诚，你怎么一直问他的事，难道你……"

"什么啊。饿了，快走吧。"

林亦诚从剩下为数不多的钱中买了一张电话卡给家里打了个电话。

"爸，是我。我昨天到的学校，这里很好。"接电话的恰巧是爸爸。

"你、你开学了？怎、怎么都没和家里说一声？"

"我有钱。"林亦诚知道爸爸想说什么。

"哦。"

"我妈呢？"

"下地干活了。"

"你怎么没去？我妈身体好点了没？"

"我、我、我刚回来。"

"没有别的事我先挂了。"

挂断电话，林亦诚心情非常糟糕。

4

　　林亦诚从小就不知道爸爸是个什么概念,在他的记忆里,他没有感受到父爱的温暖。每当对爸爸有怨言时,林亦诚时刻告诫自己,试着去理解他,放下心里的怨恨,这样才会快乐,王老师的话总在林亦诚耳畔响起。

　　爸妈够辛苦了,养育着六个孩子,在年收入不到三千元的农村来说是不可想象的。正因为如此,倔强的林亦诚总是想方设法想着爸爸的好,尽管他明明知道爸爸的为人,但至少有一点林亦诚对爸爸是非常感激的,那就是爸爸是一个开明的人,无论他胡作非为什么,能坚持让他上学,这一点就已经足够了。他不想让他的孩子过着和他一样的生活。就凭这一点,林亦诚对爸爸稍微有点释怀。

　　妈妈是个典型的农村妇女,她一个字不认识,但她善良、勤劳,为了这个家,妈妈在默默地奉献着自己。妈妈不会说什么大道理,在林亦诚面前也不会说惊天动地的话语,她只知道孩子上学是好事。妈妈每次回姥爷家走亲戚,姥爷都会劝说妈妈别让那么多孩子上学了,姥爷认为即使考上大学也没有什么用。除了顾自己,爹娘享孩子的福,门都没有。女孩上学更没用,早晚都是人家的人,养闺女没有用,出嫁了就如泼出去的水。每当姥爷念叨这些,妈妈都不吱声,最多说一句孩子愿意上就让他们上呗。

　　其实姥爷很疼林亦诚,每次路过他们家就买很多好吃的东西,他是担心妈妈,不希望妈妈受更多的苦。妈妈的身体不好,由于过度劳累,落了一身病,妈妈不舍得看病。她经常说,孩子上学需要钱,她的病有钱了再看也不迟。这就是林亦诚的妈妈,在林亦诚眼里,妈妈是最美的,世界上独一无二的妈妈,让林亦诚有了更多的动力去圆梦。

记忆中妈妈的眼泪,早已刻在了林亦诚内心最深处。活着,只是要看到妈妈因为自己脸上露出久违的笑容,让妈妈流下幸福而不是心酸的眼泪,林亦诚就是怀着这样的信念生活下去的。妈妈对于林亦诚来说就是一切,有时候林亦诚恨自己不争气,不能为妈妈做点儿实际意义的事。对于妈妈,林亦诚曾一度迷惘,他苦恼于自己真的不知道该怎样去抚慰妈妈那颗伤痕累累的心,如何去擦干妈妈脸上的泪水,如何为妈妈分担一点忧愁,林亦诚对此无能为力。

有时候他真想放弃,不忍心看到妈妈操劳的身影,不甘心妈妈就这样一辈子在眼泪中度过,不能让妈妈整日受爸爸殴打辱骂,能怎么办呢?每逢想到这些,林亦诚就会重新鼓起勇气去学习。他知道只有通过上大学,才能改变自己和妈妈的命运。

妈妈给予林亦诚的影响是无法衡量的,可以说这种影响早已渗透到其骨髓里。他们村和林亦诚一般大的孩子都不上学了,有的都结婚了,但现在林亦诚却还在上学,甚至都没办法帮妈妈干农活、收拾家务,他真的很惭愧。林亦诚想到这些,想起妈妈都会默默地流泪。

"林亦诚,发什么呆啊,不回宿舍?"徐飞探着脑袋隔着宿舍窗户朝林亦诚喊。

"没事,我这就回。"林亦诚擦眼泪的功夫如此之快。

"告诉你一个好消息,咱们不军训了。"

"不军训?为什么?"

"具体情况我也不清楚,但听班主任说好像是咱们系这学期课开得比较多,回到本部大二再补上军训。"

"大学不军训，不完整吧。"

"军训多累啊。"

林亦诚有点失落，大学在不完美中开始。

在大学城生活快一个月了，林亦诚也渐渐熟悉这里的一切了，虽然谈不上喜欢，但也不太讨厌。

大学城环境还算不错，不知名的野花竞相开放着，一棵棵新栽的白杨树枝壮叶茂，刘珂和王燃的关系比较好，犹如亲姐妹，天天粘在一块。林亦诚和同桌周宁处得也不错，还有前桌的金鹏，他们很谈得来，林亦诚的生活也步入了正轨。

"亦诚，刚才我在路上碰到班主任了，他让你过去一趟。"刘珂说。

"找我？"

"对。"

林亦诚走到办公室里。班主任早早地在那里等他了。

"下节课是法理课吧？你感觉怎样？"

"还好，我很喜欢法理课，教法理的石老师很棒，我很爱听她的课。"

"你是学习委员，别辜负大家对你的信任。在学习上要作出表率。"

"我尽力。"

"班级的学生是来自全国各地的，要注意团结，我刚才也给徐飞说了，别分什么地域，你是北京的我是外地的之类的，学习才是最重要的。你应该明白我的意思吧？"

"我明白。"

"还有你的学费还没有交吧？财务找我好几次了，尽量早点交吧，拖着也不是什么办法，早晚要交的。"

"我知道了。"

"你回去吧,学费的事上点心。"

5

林亦诚耷拉着头走出了办公室,心不在焉地走在大学城的马路上。

班主任一个"拖"字,看似伤害性不大,侮辱性却极强,像针一样刺在林亦诚的心里,狠狠践踏着他的自尊心。他不知不觉走到了马路中央。

"你没长眼睛啊,撞死你谁负责?"一辆红色的法拉利跑车为躲林亦诚撞到马路牙子上,嘎地一下停在了林亦诚面前。

林亦诚猛地被吓了一跳,才回过神来:"对、对不起,有点走神了。"

"真晦气!第一天开车来学校就碰到你这个倒霉鬼,土包子一个,以后走路看着点,长着双眼睛干吗使!"开法拉利的这位名叫李哲凯,公子哥、富二代,教育系大一新生。

"对不起。"林亦诚紧紧握拳头,指甲深陷肉里也感觉不到一丝疼痛,"修这个需要多少钱?我赔给你。"

"知不知道我车有多贵啊,赔得起?就你!老子今天心情好,不跟你一般见识,别再让我碰到,否则小心脑袋……"

"喂,你以为你是什么东西,开着跑车就可以满嘴喷粪?"刘珂和王燃恰巧路过这里,见到这一幕,刘珂箭步冲过来。别看他俩平日里斗得不行,遇到外人欺负自己人,刘珂可不干了。

"你谁啊?嗓门比我妈还大,你刚才说什么?再说一遍?"李哲凯下车走到刘珂面前。

"我说你是猪,你凶什么凶?马路这么宽,非和人抢道,你没长眼睛吧?"

"你!你找死……"李哲凯举起右手的一刹那,王燃半空中抓住了他的手:"何必动粗,开着这么好的车,打人不怎么好吧?"王燃的语气很温柔,她那双忽闪忽闪的大眼睛直视着李哲凯,闪烁着倔强。

李哲凯被王燃突如其来的这一下震住了,清新脱俗的王燃不食人间烟火的样子犹如仙女一般,李哲凯的怒气顿时烟消云散。

"好吧,让我不计较可以,不过我有个条件,你得请我吃顿饭。"李哲凯坏笑着盯着王燃。

"你想得美,燃燃,咱们走。"刘珂不干了。

"喂,你一边儿站,我的车去修理你知道多少钱吗?一顿饭还叽叽歪歪的?"

站在一旁的林亦诚再也看不下去了,他径直走到李哲凯面前,王燃拽住了冲动的林亦诚。

"好的,我请你吃饭,你记下我的电话,6412**** 有空打给我就行,可以走了吧?"

"这还差不多。"李哲凯看着林亦诚得意地笑了,转身上车开车离去。

"我真想揍他两拳,太过分了,你刚才拉我干吗?"看着李哲凯远去的林亦诚一脸愤怒。

"打什么架啊,多一事不如少一事。"王燃安慰林亦诚。

"就该揍,这样的人欠抽,家里不就是有两个臭钱嘛,至于这么拽吗,又不是自己挣的。"刘珂气不打一处出。

"对不起啊,燃燃,你不会真的请他吃饭吧?"林亦诚担心王燃因为自己而惹上麻烦。

"他打电话那就请呗,一顿饭我还是请得起的。"王燃温柔地笑了笑。

"我看他不像好人,看你的眼神怎么看都色眯眯的,对你不怀好意,吃饭叫着我,他要是敢怎样,我非得吃了他。"刘珂这番话使得林亦诚和王燃相视一笑。

课堂上,上的是法理课。教法理的老师叫石芳。个不高,但在人群中你总会一眼就能找到她。穿的永远是一身黑色宽松衣服,蘑菇头是其永不更改的发型,高高的鼻梁上架着一幅圆圆的眼镜。

法理课是林亦诚比较喜欢的课,一是因为他觉得比较有意思,二是教法理的老师很可爱,很有个性。她经常在讲课时笑眯眯的,即使学生在底下打起来,法理老师还是会笑眯眯的,大不了就是提高嗓门,以毒攻毒,这招不行就拿起板擦在讲桌上一拍,仍是笑眯眯地说同学们要注意听啊,这一部分内容很重要,每年考试我都会出题。占的分数还很高。这招还不行,石老师就瞪着无辜的大眼睛看着学生们,然后不说话,等没有声音了老师还是笑眯眯地说:"同学们,咱们接着往下讲。"

记得有一次上课,徐飞在课堂上睡着了,打起了呼噜,石老师讲着课突然停了下来,然后瞪着眼睛说:"同学们,你们听见什么声音了吗?我怎么觉得有什么不和谐的声音啊,不会是我发出来的吧?"底下笑声一片。她斜着身子继续讲课,过了几分钟又停下来突然说:"好像还是有什么声音,马路上停着的那一辆汽车上装的是不是猪啊?"

同学们笑翻了天,前排同学告诉老师是徐飞在睡觉打的呼噜。她不好意思地笑着说,我真的不知道,你们看外面确实停着一辆装着猪的汽车。我刚才还琢磨这猪的声音也不至于大到在咱们教室都能听见啊。要真是这样这头猪还真够上档次的。

此时徐飞被人拽醒了。谁知道石老师还很真诚地说:"徐飞同学,不好意思把你吵醒了,都是外面的猪惹的祸。"此后徐飞再也不轻易在法理课上睡觉了。喜欢上法理课还有一原因,那就是石老师经常在课堂上提问林亦诚,而林亦诚每次回答都很完美。老师经常表扬他,这一点给林亦诚增加了不少自信。

单调的日子每天都按部就班地重复着,林亦诚的好奇心消失了,取而代之的是更加残酷的现实,林亦诚不得不面对的现实。

九月末的天气乍暖还凉。他的学费还没有交,财务真能催,班主任也煽风点火。能怎么办呢?林亦诚犯愁了。

6

"妈,做什么呢?"林亦诚抽空给妈妈打了个电话。

"刚吃完饭,你在北京呢?听你爸说你学费没有交。"

"没事的,可以申请助学贷款的。"

"我刚从你三姨家回来,从她那里借了一千块钱,你妹妹提前预支了一年的工资两千多点,你爷爷出完殡,丧礼金有四千多点。明天让你爸都给你寄过去。学校一直在催你吧?"

"什么?妈,我爷爷他……"

"他前几天突发心脏病,走得太突然,所以没有告诉你,临走前他还问你在哪个学校……"妈妈声音有点哑。

"哦。妈,你也别太难过了,爷爷年纪大了,这样也少了些痛苦。我不着急用钱。我生活费借了点,我还有事,改天打给你。"林亦诚匆匆挂了电话,他不想让妈妈感觉到他的慌乱。

爷爷死了,这是真的吗?林亦诚不敢相信这是真的,他连爷爷最后一面都没有见到。

　　爸爸是家中的长子，下面还有四个妹妹和一个弟弟，爸爸的弟弟，也就是林亦诚的叔叔，只比林亦诚大两岁。爷爷一直不喜欢爸爸，林亦诚也不知道为什么。听妈妈说，爷爷和爸爸一见面说不到两句话就会被爷爷骂。爸爸从小就怕爷爷，所以爸爸和爷爷交流很少。即使爸爸结婚了，还不敢和爷爷在一个桌子上吃饭。四个姑姑对爸爸好像也没有像对叔叔那么好，在林亦诚的记忆里，他没有和爷爷、奶奶一起去过什么地方，爷爷的概念在他的印象里非常浅薄，甚至爷爷都没有拉过他的手，纵使林亦诚努力回忆，也没有什么值得他刻骨铭心的。林亦诚只知道爷爷以前烧窑，经常和奶奶打架。

　　在他的眼里，爷爷是个爱面子的人，和爸爸一样，爷爷在村里的口碑很好，谁家有什么红白事，都是由爷爷张罗，爷爷突然去世在全村一定引起了不小的震动，毕竟爷爷刚刚六十出头，小叔也只是才结婚而已。平时也没有什么病，谁知道突发心脏病说走就走了。

　　不过爷爷对林亦诚的弟弟还比较好，经常带弟弟去赶集，偶尔给弟弟买点衣服什么的。有关爷爷的印记林亦诚少得可怜，除了这些他什么都不曾记起，这也许是一种悲哀。但听到爷爷去世的消息后他还是很难过，人太无常了，想着想着，林小诚的眼泪掉了下来，这也许就是人们常说的血浓于水的缘故吧。

　　上天真会作弄人，爷爷的丧礼金竟然成了林亦诚的学费。他做梦也想不到会有这样的事情。爸爸也许明天就会把学费寄来，可是林亦诚一点都不开心，为什么此时他的心是那么的痛？撕心裂肺的痛几乎让林亦诚招架不住。不仅仅是因为爷爷的突然去世，更令他伤感的是他的大妹妹小学没毕业就辍学了。

那一年他上初一，林亦诚清楚地记得妹妹眼里的泪水，虽然说是妹妹自己提出退学的，但他知道妹妹是为了让他能上学不得已而退学的。妹妹很懂事，她说不喜欢上学。如果真的是这样，林亦诚心里会好受点，可事实是妹妹是因为交不起学费而辍学的。

那一年计划生育把林亦诚家罚得很惨。大妹妹无奈辍学在家，随后就和亲戚去太原的一家饭店打工，一个月才两百块钱。现在林亦诚如果要用妹妹的血汗钱来上学，这是不是太残忍？"我是不是很无能？作为长子难道我就这样一点一滴地榨取亲人们身上的血，直到榨完为止吗？如果不这样，我又能做什么呢？"想到这些，不争气的泪水大颗大颗地滑落，而林亦诚没有一点知觉。不能用这些钱作为自己的学费，林亦诚决定的事就不会更改。

这天的风很大，风沙迷住了林亦诚的眼睛，但为什么止不住他的泪水？

"亦诚，你……"王燃什么时候走到他身边，林亦诚对此一点也不知道。

"这么晚了你怎么一个人在这里？"林亦诚用衣袖抹去眼泪，揉了揉眼睛，看向王燃。

"我从宿舍的窗户里看到你了，你是有什么伤心事吗？看你哭得挺伤心的。"

"我……"林亦诚深深地看着王燃，顿了顿，"你能明白那种心有余而力不足的无力感吗？"

看着林亦诚含着泪花的眼睛，王燃有些震撼，也有些不知所措："虽然目前我还没有这样的经历，但……无论发生什么事情，相信总有一天会过去的。"

林亦诚的眼神中充满无助和忧伤:"道理我都明白,但那一天究竟有多远,谁又能预测呢。"

王燃想了想,走过去,轻轻给了林亦诚一个拥抱:"为了那一天的早点到来,只好加倍努力了,我相信你。"

林亦诚没想到王燃会拥抱自己,错愕地瞪大眼睛,一动不敢动,连呼吸都变得小心翼翼,这也是第一次有亲人以外的女生对他这样近距离的接触,王燃衣服上淡淡的清香钻入林亦诚的嗅觉中:"谢谢,我都不知道我在做什么,来上大学都有点后悔。"

王燃松开手,拍了拍林亦诚的肩膀:"后悔是没有用的,别给自己留什么遗憾就好了,别看你每天谈笑风生,其实我觉得你内心正好相反。"

"这你都能看出?"林亦诚眼神有些慌乱,害怕自己的伪装彻底在王燃面前表露,赶紧转移话题,"时间也不早了,你赶紧回去休息吧,明早还有课呢。"

"亏你还知道。"王燃笑了笑,"一起走吧。"

林亦诚和王燃并肩走在夜色里,时间已经是午夜了,天还是有点凉,也许是秋天到来的缘故。这是林亦诚上大学以来流泪最多的一次,还让王燃逮个正着,他觉得有点不好意思。林亦诚心里暗暗发誓,无论以后遇到什么困难,他不再流泪。与其把眼泪挂在脸上,不如把微笑送给别人。

"亦诚,回到宿舍好好睡觉。别胡思乱想了。"王燃关切地说。

"那当然了,你也早点休息。"

躺在床上的林亦诚难以入眠,王燃的声音一直在他耳畔回荡,她的笑脸一直在脑海里浮现。他抱着自己,身上还有一丝王燃的味道,像一根稻草,拉住林亦诚坠落的心。

"我这是怎么了?"林亦诚问自己。

第三章　心海

1

"下周二就是十一了,大家也看到了学校公告牌上有关放假的通知。这是你们在学校的第一个假期,徐飞等人说希望在十一放假前组织班级去旅游,不知道大家有什么想法,还是让徐飞上台来给大家说一下他的想法吧。"班主任在讲台上说。

"开学也有段时间了,我知道十一每个同学都有自己的安排,但我想咱们班在十一之前能否集体去旅游一下,毕竟很多外地来的同学有的还没有去过北京市里,不会耽误同学们的时间,一天就够,如果可以的话咱们现在该张罗班车的事情了,同学们想一下去哪里比较好。这毕竟是咱们大学生活的第一个长假,我希望大家都能积极配合,为我们大学美好的生活以及彼此的友谊留下一个美好的回忆。"徐飞很在意这事,可以理解,毕竟这是班级第一次集体活动,他又是班长。

同学们在底下炸开了锅,七嘴八舌发表见解。有人说去天安门,有人说去登长城,也有人说要去北海,还有人说要去香山,大家意见不统一,唯独林亦诚沉默不语,王燃对于林亦诚的反应很好奇。最终徐飞宣布这次出游去香山。另外,徐飞还宣布了一个有点让人不爽的决定:北京的同学由他负责做工作,外地的同学由林亦诚做工作,明天上课前务必商量个结果定最终的人数。

"林亦诚,你把法理作业收齐了吗?"石老师问。

"哦,下了课我送到办公室。"

老师接着上课,在老师转身在黑板上写字的工夫,前桌的金鹏强递给林亦诚一张纸条。

"哥们,我作业忘写了,把你的拿过来看一下,快点啊。"

虽然对这样的行为很反感,但为了把作业按时收齐,林亦诚抽出了一本作业递给他,金鹏抄作业的工夫非常厉害,下课前就把作业弄好了。

"亦诚,后天陈涛来看我,咱们一起去接他吧。"刘珂一下课就跑过来说。

"他来做什么,不用复习吗?今年还打算考二百多分啊?"

"他想我了呗,况且是他要来又不是我强迫他来的。喂,林亦诚,你怎么总是一副不爽他的样子?你没有人家陈涛帅,嫉妒是可以理解的,但也不至于怨恨吧?"

"呵,他在你眼里真有那么好啊,我嫉妒他?你真会开国际玩笑。"

"OK,既然不嫉妒,那你到底陪不陪我去?"

"到时候再说,看有没有时间了。"

"好像你很忙似的。就这么定了,别嘚瑟啊,后天一块去。"

下两节的体育课在第三食堂门前的操场上,该下去集合了。

"亦诚,你们班也是体育课啊,还真巧。我们是篮球课,你们这节课上什么?"李哲凯在旁边的场地上热情地和林亦诚打着招呼。

林亦诚想了半天,才想起他就是李哲凯。这小子真是自来熟,好像之前的事没发生一样。

"哦,是的,王燃请你吃饭了?"

"是啊,吃的我最爱吃的。对了,怎么见面就问这事,莫非……"

没等李哲凯说完,林亦诚风一般地消失了。

"我操,给我装什么装啊。"

"亦诚,下午咱们没有课,我前几天在市里买的录音机,准备好好练习下英语听力的,谁知道太不好用了,想去和他们换,我怕他们不给换,你看你有时间陪我去一趟不?"王燃笑着说。

"OK,没有问题,要不给你换我就教训他。"

"就你那小样,和麻秆似的,一阵风就能把你吹走,你还教训别人呢。吹牛又不报税,还真会研究法律的漏洞。"刘珂真不给面子,林亦诚又被她呛声了。

"小珂,你要是有时间也跟我一块去吧,咱们一起去。"王燃说。

"不了,我还得和徐飞去联系咱们周六去香山用的班车呢。你们去吧,有什么好东西适合我的让林亦诚帮我买回来。你还是比较了解我的。"

"你还真忙呢。一个文艺委员而已,也够积极的。我看有没有适合你的透明胶带买给你。"

"你给小珂买那做什么?我有那玩意,在宿舍呢。"王燃认真地说。

"你那不行,要把小珂的嘴粘住,必须买……"话没有说完刘珂的拳头就飞了过来。林亦诚没注意,拳头就直接落在了他的脸上。脸上火辣辣的,这个疯子打人时吃奶的劲都使出来了。

"这是给你的初步教训,你以后给我小心点。"刘珂得意地扬长而去。

"咱们下午两点去吧,先回宿舍待会儿。到时我打你宿舍电话。"

"好的。那我先回宿舍了,我不吃午饭了,一点都不饿。"

2

林亦诚骑着自行车朝着宿舍的方向狂奔,肚子饿得直咕噜,林亦诚办了助学贷款,交了学费,兜里没钱了,又买了点生活用品,现在饭卡里还剩八毛钱,现金还有三块钱,连他和王燃去市里坐公交车的钱都不够,还有什么钱去香山啊。

"这是什么日子啊,这世界真他妈不公平,有人生下来就被钱砸得横七竖八,有的人生下来就为钱拼死拼活的,我肯定是属于后者了。看来必须想办法了。"林亦诚愤愤难平。

"亦诚,你这么快就回来了。"在进宿舍单元门前遇到了金鹏。

"还没有你回来得早呢。这是?"林亦诚指着他身边的一个男孩问。

"这是我弟弟,他在淄博打工,快十一了来这里玩玩。我今天就是去接他连课都没有上,你帮我给徐飞说下,别记我的考勤啊。"

"那还不如你直接和他说,徐飞对我有误会。"

"好吧。你还没有吃饭吧?咱们一起去吧。"

"不用了,我在食堂简单地吃了几口。"林亦诚撒谎脸不红的功夫好像也是从此时练就的。

回到宿舍,林亦诚拉开抽屉,找到了几个一元硬币。买两个饼一块钱,一包榨菜五毛钱,还够坐车去市里。今天就这么过了。

五分钟就吃完饭了，干点什么事情好呢？得了，从今天起写写日记吧，给大学生活留点美好的回忆，写日记是个不错的选择。

在抽屉找笔时林亦诚发现了一个精美的长方形的包装盒，瞧他这烂记性，这正是王老师送给他的礼物，还没有拆开看呢。

林亦诚小心翼翼地把包装纸拆掉，打开礼物盒，一支蓝色的钢笔映入眼帘。林亦诚轻轻地拿起它，盒里还有张纸条："争取你应有的，得你所应得的。"这句话王老师平时从来没有跟他提起过，他知道这是王老师对他的期望。

此时的林亦诚有点迷惘。温饱都是问题，何谈自己的理想？他没有方向，没有动力，也不敢想象未来。他也许真的该改变一下自己的心态了，天生的自卑感一直困扰着林亦诚。

大学生活其实没有他想象得那么美好，反而有点单调和无聊。此时的他也想不明白为什么总是那么空虚，没有一点动力。麻木地上课、麻木地吃饭，接着是麻木地睡觉。这是什么生活？难道这就是传说中的大学生活？难道寒窗十年向往的大学就是过这样的生活。林亦诚看到王老师的礼物，今天有点反常，不是行为，而是内心，竟然会思索这样的问题。

"你干什么呢？"同桌周宁回来了。

"哦，准备写一下日记，呵呵，说不定哪一天出名了出本书还能挣一大笔。"

周宁用不屑的眼神看着林亦诚，走过来摸着他的额头。

"亦诚，你也不烫啊？怎么说胡话？"

"做点好梦应该不违法吧？"

"我说不准，你去问问石老师吧，她对你不错。"

林亦诚朝周宁做了一个揍人的动作，接着写日记。

日记的主人公应该有一个女主角吧？女主角是谁呢？王燃

的身影猛地在脑子里一闪,就是她了。林亦诚写下了在大学生活中的第一篇日记,也开始记录了关于他和王燃大学生活中值得记忆的点滴。

3

林亦诚和王燃在等去市里的小公交。李哲凯突然出现在他们面前。

"王燃,去市里?我开车载你去?"说话的同时李哲凯用余光瞄了林亦诚一眼,眼神中带着嘲讽和不屑。

"谢谢,不用了,我和亦诚坐公交车去。"王燃有点难为情。

"我也正好要去市里,一起吧。林亦诚,没意见吧?"

"随便……"林亦诚漠然地回应。

李哲凯一副得意的表情很欠揍,又很绅士地为王燃打开车门,那个殷勤劲让林亦诚想发飙。

"林亦诚,你就坐后面吧。"李哲凯指指车后座。

"亦诚,上来吧。"王燃这一句让左右为难的林亦诚上了车。

大学城所在的这座城市虽然很小,但由于地理位置较佳,在京津之间,城市的发展很快。这里又有那么大的一个大学城,为当地的经济发展做的贡献够大的。

"林亦诚,前面就是华联,咱们该下车了。燃燃,你的包我帮你拿着吧。"李哲凯夺包的动作真麻利。

"谢谢,回去请你吃饭。"

"不用,这算什么事啊。"

他们两个一唱一和,把林亦诚当空气,好像忘了他的存在,聊得挺热乎。

"你买的录音机多少钱?我也得买一个,英语听力太弱了,教我们英语的那个老太太要求可严了。"

"我买的不好,建议你买个好的,别到时候像我的拿回去没听几次就坏了。"

看他俩的热乎劲,林亦诚有点不明白自己来干吗了,看见李哲凯心里火就大。

最后,老板还是很爽快地给王燃换了录音机。王燃想不到换得这么容易,她很高兴,笑起来的样子特别甜。

从文具店出来,路过卖饰品的小摊。王燃一眼看中一个红色蝴蝶结。

"这个蝴蝶结真漂亮,就是有点贵。算了,不买了,走吧。"王燃好像很喜欢那个蝴蝶结。

蝴蝶结的确很漂亮,也很适合王燃。林亦诚也忍不住多瞅了一眼,但价格高得有点离谱。

"给,拿着吃吧,看你走着挺累的,渴了吧?"林亦诚从冰柜里拿出一根绿豆冰棒给王燃,正准备掏钱。李哲凯从那边窜了出来:"吃啥绿豆的,尝尝我的,上那边买的草莓冰激凌,老板说是新品,今天才刚到的货。"说着,李哲凯把冰激凌塞到王燃手里。

王燃有些尴尬地看着手里的冰激凌,又看看林亦诚,扭头看着李哲凯,问:"你不是上厕所了吗?"

"那不是为了给你小惊喜嘛,你看我贴不贴心?"李哲凯傲娇地说着,连正眼都没看林亦诚。

"老板,那冰棍儿不用拿了。"林亦诚酸溜溜地大声喊道,似乎要喊出心中郁结的所有愤懑。

看着王燃吃着冰激凌,林亦诚心里不是滋味。王燃和李哲凯聊着内蒙古什么盟什么盟的,林亦诚对其一点也不了解,也插不上一句话,心里更不爽了。看着李哲凯眯着眼睛笑得那么放肆,林亦诚真想揍他一顿。就这样,林亦诚像个电灯泡,跟了一路。

回到宿舍,林亦诚想起好久没有给在太原打工的妹妹去电话了。但现在电话卡也没有了,又没有钱买。怎么办?从开学到现在还没有给王老师打过一次电话呢。看来今天不买电话卡是不行了。

林亦诚匆忙下楼到了刘珂宿舍,隔着窗户把刘珂叫了出来。

"什么事啊,我正整备找你呢。旅游的车定好了。你待会儿统计下外地的同学到底有多少人去。"

"真想不到以自私自利著称的你还蛮有集体主义精神的,看来你上大学是对了。"

"你别罗嗦了。什么事?"

"陈涛后天来?晚上到吧?我决定了,要发扬一下我一直以来为人民服务的风格,特别愿意为妇女和小孩效劳,所以就决定和你一起去。为了去陪你,我推了很多事情。"

"我好感动啊,快回宿舍把你的脸盆拿出来接我这滔滔不绝的感激的热泪。上帝啊,请原谅我太慈悲,那么爱感动。"刘珂仰面朝天,动作夸张。

"苍天啊,请原谅我用我所有的能量来解救一个十恶不赦的大魔女,没有经过你的同意请饶恕我吧。她像个幽灵一样跟着我,不救她我也跟着完蛋了。"林亦诚双手合十,也不甘示弱。

"你们在这里念经呢。动作还挺优美的。"金鹏和他弟弟路过这里和他们打招呼。

"你弟弟真帅,怎么看都比某些人耐看。"

"我丑吗?某些人不懂得欣赏,悲哀啊。"

"你还没有说找我什么事情,不会是来和我贫的吧。"

"我哪有工夫和你这类人扯啊,说正经的,你给王老师打过电话了吗?"

"打了N次了,问这干什么。我一打电话,和王老师没有唠几句她就老问你。你哪里好啊,还要我多听你的话。天啊,真好笑。听你的话我还能活。"

"我一次还没有给王老师打过电话呢。你现在是借给我电话卡,还是借给我钱买电话卡。"

"什么,我的耳朵没有出问题吧?凭什么啊?"

"凭我有困难时第一个想到的就是你,这个理由可以吗?"

"这是什么屁理由啊,我要是什么都不借你呢。"

"那就当我没有说过了。"

"得,还是借给你钱吧,这样对我比较划算,要是借给你电话卡,你肯定白打了。要借多少?"

"你干吗说得那么刻薄,我正式地告诉你,我啊缺的东西还真多,但就是不缺钱,都在我未来的存折里,你先借我一百就够了。"

"得了,借给你一百,别忘了还我。陈涛后天一来又得花我一大笔。"

"忘不了,到时连利息一块还你二百五。"

告别刘珂,林亦诚在超市里买了一张电话卡,急忙拨通了王老师的电话。

4

"王老师,是我,亦诚。"

"你这声音一听就是你,怎么样,大学生活还适应吗?"

"还挺适应的,对了王老师,您送我的礼物我打开了,谢谢您,王老师,我会按照您说的那样去做的。"

"没什么,自己好好照顾自己,有事没事来个电话,你学费怎样了?"

"助学贷款,解决了。"

"你这孩子,那五百块钱你怎么放家里了,你现在生活费咋办?"

"我有,没有我会问您借的,我现在在学校找点零活干,看看阅览室什么的,说得过去。"

"别太为难自己,不求吃好要吃饱,记得啊……"

王老师的话总是能扣动林亦诚内心最深处的那根弦,王老师也能给林亦诚鼓舞和力量。

和王老师通完电话后,林亦诚又给王通打了个电话,很久没有和他联系了,王通告诉林亦诚这次模拟考试他考得非常好。两人约好明年的此时一定要在北京见面。希望他加倍努力,考入他理想的大学。林亦诚最后拨通了在太原打工的妹妹的电话。他想妹妹了,尽管不知道她的生活怎么样,但林亦诚能想象到她的辛苦。

"小妹,还在上班吧?"

"恩,不过十点半就没多少事了,也该下班了。大学生活挺好吧?"

"恩,非常好,你别太累,照顾好自己。你把你全年的工资都预支给家了吧,以后别这么做了,我助学贷款,平时打点零工,不缺钱。你那辛苦钱留着用在关键地方吧。爸爸给我寄来了学费,我没用。那四千块钱我寄回家了,你的钱我存在银行了,我一分都不会用。"

"哥,你多想了,我这边管吃管住用不着钱,咱妈就指望你有出息呢。"

"我知道,其实,对不起,因为我你……"林亦诚有点哽咽。

"哥,你怎么了?真的不用担心我,我真的挺好。我学习那么差,并且我非常讨厌上学。哥,说实话我特别自豪,因为我有一个哥哥在北京上大学,我经常这么对别人说,以后你毕业了咱家就好了。"

"希望如此……"

"哥,一定会的,我还梦想着有一天我能去北京呢。对了,咱妈身体不好,前两天又住院了,你有空回家看下妈妈吧。"

"什么情况,妈妈怎么会住院啊?"林亦诚惊得心都跳到嗓子眼里。

"她和爸爸耘地时,歇息的片刻,邻居家的狗突然朝牛大吼了一声,牛受惊乱窜,妈妈双手用力拉着牛绳,却被牛拉倒在地,牛蹄子重重地踩在了咱妈的手,踩骨折了。"

"爸爸不是在旁边吗?不知道去帮妈妈吗?"

"哥……你知道的……就爸爸那性格……他是能帮妈妈的人吗?如果弄伤了他,妈妈又指不定有什么罪受了。"

听到妹妹的话,林亦诚气得脸都青了,没错,这就是他的爸爸,亲爸爸,一个对自己孩子不上心,对老婆更不上心的男人。这样的男人,他们能指望什么呢?和妹妹通完电话后,林亦诚有一种说不出的痛。

他立刻给家里拨了个电话,依旧没人接。他恨不得此刻就飞奔回去。可是来回得有车费啊,现在妈妈正是需要用钱的时候,她没告诉自己,一定是不希望增加自己和爸爸之间的矛盾,如果他现在回去,妈妈定会更加担心和难过。

焦虑重重的林亦诚回到宿舍,徐飞找林亦诚问去香山的事办得怎么样了。由于心情不爽,林亦诚随便敷衍了他几句。徐飞的脸色很难看。

新的一天又开始了。巧的是,在去教室的路上林亦诚碰到了王燃。

"你怎么这么早啊?"

"我自行车坏了,走着去教室,否则会迟到。"

"坐我的自行车吧。"

"不是不让载人吗,大学城有规定。"

"没事的,规定是死的,人是活的,走吧。"

载着王燃穿梭于大学城的林荫小道上,林亦诚的心情爽到了极点,心里那个美啊,比中了五百万还幸福。

"坐稳了,前面路不平。"

"哦。"王燃下意识地揽了一下林亦诚的腰。

林亦诚心花怒放,此刻的他觉得是世界上最幸福的人,露出了久违的、发自内心的笑容。可就在林亦诚有点得意忘形之际,一辆红色的法拉利从后面一直按喇叭,然后突然堵住了自行车的方向,不偏不倚地在自行车面前停下了。

"怎么回事。"林亦诚语气有点不耐烦。李哲凯摇下车窗,探出头来。

"燃燃,上来吧,坐自行车多不安全,大学城禁止自行车载人的。"

"这、这……"

"别啰唆了,走。"李哲凯急速下车很强势地把王燃拽上了跑车。林亦诚脸色铁青,只能眼睁睁地看着李哲凯飞驰的跑车向前奔去。

5

临上课前,徐飞在班级又问起了去香山的事。结果很令人失望,报名的很少。虽然徐飞强调这是十一前的集体活动,车都定好了,每人交一百块钱就可以了,但还是没有多少人响应。还有一部分人说林亦诚是学习委员都不去,他们去了也没有什么意思。这是什么逻辑,林亦诚不去难道就没有意思?他去就一定有人去?但同学们找的借口把林亦诚害惨了。徐飞和林亦诚也从此结下了梁子,班级第一次集体活动就这样流产了。

从徐飞带有怒气的眼神里可以看出他是相当失望的,把矛头直接对准了林亦诚。质问他为什么不积极点,还带头搞破坏。面对这样的质问,林亦诚当下就急了。

"这关我什么事情,我怎么搞破坏了,别人都听我的?我的魅力有那么大吗?组织不起来也不能怪我一个人啊,还有没有道理?"林亦诚当着同学们的面和徐飞竟然吵了起来。其实他可以理解徐飞的尴尬,车都预定好了,结果……到最后自己成了背锅的人。

金鹏约林亦诚和刘珂晚上一起吃饭。尽管心情不好林亦诚还是去了,这还是他们到大学城第一次在一起吃饭,况且金鹏的弟弟也在。饭桌上林亦诚强颜欢笑，内心很不是滋味。金鹏和刘珂嘻嘻哈哈，两个人一直讨论着开跑车的李哲凯和王燃的事，这让林亦诚不悦。

好不容易停止了关于李哲凯和王燃的八卦事，金鹏又饶有兴趣地讲着他弟弟在淄博的工作是如何如何地挣钱，他弟弟卖的东西有如何如何地好用，还建议让他们每人买一个什么充电器。林亦诚才知道，原来这顿饭是个鸿门宴，目的是帮金鹏的弟弟推销产品。价格够高的，二百多一个。这顿饭吃得够别扭的。不管了，肚子饿了，管他呢，饭不吃白不吃，酒不喝白不喝。

"林亦诚你这个猪头有点过分，在班级和班长吵了起来。平时看不出你脾气还挺倔，几个人都拉不住，你说又住在同一个宿舍，吵什么啊。"刘珂的语气有点怪怪的。

"你懂个屁啊，他挑起来的。没有根据凭什么污蔑我？他把我想得也太伟大了吧？在宿舍就有点傲慢。你今天别惹我啊，我心情不爽，小心我削你。"

"行了，削什么削啊，看来还是被刘珂平时揍得轻，今天又不是来发牢骚的，喝点水吧，你喝高了。"金鹏递给林亦诚一杯水。

"你对燃燃好像很在乎，用不用我帮你说点好话啊。"刘珂阴阳怪气的声音有点恐怖。

"那太好了，为表谢意，我敬你一杯。"

"一杯酒收买不了我，看你以后的表现了。"刘珂嘴里这么说，心里却在想你个王八蛋想得倒挺美。

吃完饭回到宿舍，林亦诚一不小心把徐飞的水杯碰倒，掉在地上碎了。这下徐飞终于找到发火的理由了。

"你找死是不是？"徐飞拿起凳子想给林亦诚一下子，被周宁和金鹏拉住了。林亦诚万万没想到就这样和徐飞结下了梁子，这算哪门子事啊，见鬼了。

林亦诚和刘珂去接陈涛。在去的路上刘珂嘚瑟得不行，给林亦诚描绘着见面后陈涛会给她怎样的惊喜，一直问林亦诚她今天的衣服是不是漂亮。林亦诚也习惯了刘珂的这种反应，只是他实在不知道该用什么样的词来形容眼前的这个女人好。

陈涛刚一出检票口，刘珂就跑了过去，两个人不顾一切地啃了起来。林亦诚转过头去和卖煎饼的大妈唠起了磕。

"林亦诚，在和谁唠得那么热乎。"陈涛伸出手给他握手。林亦诚却发现陈涛的手臂上有一个很长的刀疤。

"跟大妈学学怎么摊煎饼。大学毕业了找不到工作卖煎饼也有可能。你还是那么帅，怪不得刘珂对你那么痴情呢，天天念叨你。"

"真的？她有这么好？"

"我哪里不好啊，小心有一天追我的人多了我一脚把你踹了。"

刘珂和陈涛开心地聊着，看起来很幸福。林亦诚纳闷的是陈涛为什么现在来这里。难道又打架或者被学校开除了。他和陈涛的交流不多，他在中学因为帅、有个性、爱惹事闻名。不过，他学习还是不错的，但总是在冲刺阶段掉链子，这次来不会是又出了什么事吧？

6

十一正式放假了，徐飞被他爸用车接走了。

大学城离北京本来就不远。

周宁去天津同学那里玩去了，金鹏回家了，就林亦诚一个人在宿舍里,他还真的有点不习惯。

原打算今天回老家的,好久没回家了,想妈妈了,不知道妈妈过得怎么样,病好了没。但今天林亦诚得去北京看望一下上大学的两个好兄弟彬和军。在石克牙那一年多亏了他们的鼓励和帮助,真得好好谢谢今生有这样的朋友。

陈涛今天晚上好像要走,去哪里林亦诚不知道,他答应了刘珂和他们一起吃饭。

林亦诚在那里依然显得很僵硬,依然心不在焉,主要是他心里一直挂念着妈妈。不知道她的手好点了没有?还在愁给谁借点钱好回家,家里早就一贫如洗了,现在又要给妈妈治疗手,那比登天都难。林亦诚能想到两个在城里上中学的妹妹,一定也像他读中学时那样,被生活费和学费弄得疲惫不堪。想到这里林亦诚就头疼,根本没有心思听他们说些什么,偶尔能听到一句他们要去爬长城诸如此类的话。

最后,林亦诚找王燃借了三百块钱,在北京见了两个兄弟,他们的学校很不错,见到他们林亦诚很高兴,好兄弟鼓励他不要灰心,给他加油打气。林亦诚很感动,打心眼里感激他们,小聚后他就坐上了开往老家的列车。

几个月的大学生活林亦诚过得无色无味,现实和理想还是有点差距,他不知道为什么现在还有这样的感觉,他在这四年里除了学习还能做些什么呢?

父母把希望寄托在我的身上,在外打工的妹妹,付出艰苦的劳动,获得微薄的薪水,我怎么对得起他们?即使大学毕业我又能怎样,研究生满大街都是,本科生一捞一大把。贫困的家依然贫困,难道我就这样眼睁睁地看着妈妈一如既往地辛苦吗?

林亦诚真的不知道该怎么做,只是觉得自己好无能,人与人差距真的就这么大吗?用自己的双手能改变这一切吗?父母不再为生活而发愁,妹妹再也不用打工的日子到底还有多远?

离家越来越近,林亦诚的想法也越来越消极。

三间土屋,那是林亦诚的家。八口人就挤在这三间土屋里,晴天还好,但赶上下雨天,屋子根本没法住,漏雨漏得厉害。这样的生活,林亦诚却早已经习惯。

站在门外,林亦诚停顿了几分钟,若有所思,望着这个家,林亦诚很伤感,什么时候能让家人脱离这土屋?住上不漏雨的屋子,这样的要求不算高吧?就是在这样的屋子里,妈妈养育了六个孩子,林亦诚见证了妈妈的艰辛,还有妈妈的眼泪。

林亦诚往前挪动着脚步,他不知道为什么,就站在家门前,他却没有勇气径直走进去。

妈妈怎样了?好久不见了,妈妈又老了吧?白发肯定又多了,妈妈手上的老茧又多了几层吧?林亦诚在门前想象着妈妈的模样。

推开那扇歪斜的木屋外门,林亦诚隔着门缝看见了妈妈。妈妈正用一只手在和猪饲料,全然不知道他的出现。

"妈,儿回来了,你可好?妈,儿真的很想你。"林亦诚满心全是这样的词汇和言语。

妈妈苍老了很多,头上的白发异常地显眼。身子也瘦了,深陷的眼窝布满血丝。妈妈没上过一天学,不会写一个字,却养育了六个儿女,虽然没有读过书,但妈妈善良淳朴,一直说吃亏是福,以自己的方式履行着一个母亲的责任。也正因为这样,给了林亦诚无论多难都继续活下去的动力。

林亦诚轻轻地走到妈妈身边,凝望着眼前的妈妈,泪水在眼眶直打转。

"妈,我来帮你吧。"

妈妈停下了手中的活,回头望着林亦诚,沉默许久。

"妈,怎么了?"

"没事,你回来了?回来就好,你怎么这么瘦啊,在学校吃不好吧?咱家也没有……"

"妈,你的手好点了吗?绷带什么时候拆?"林亦诚赶紧打断了妈妈的话。他知道妈妈想要说什么。

"快了,我来吧,你进屋歇会儿。"

"妈,还是我来吧,我不累。"

7

喂完猪,林亦诚来到堂屋,在脱皮的墙上,最显眼的就是正中央爷爷的遗像了,除此之外就是他和妹妹获得的各种奖状。

屋内连一件像样的家具都没有,蜘蛛网密密麻麻地挂在梁头上,一只寻食的老鼠从缸里窜了出来,眼前的这一切让人心酸。林亦诚对此很坦然,这是他生活了十八年的家,唯一不同的是原本就不宽敞的屋子中间又撑起了一根柱子。原来,屋子主梁裂了……

妈妈的手要痊愈还要一段时间。所以妈妈非常着急,她担心地里的农活会荒了,她总是说今年收成要是不好,拿什么给林亦诚他们交学费,外面还欠了很多钱,贷款十月份也要还,她的手还要花钱,妈妈满脑子都是这些。

"妈,他人呢?"林亦诚扫了一眼屋里屋外,不见爸爸的踪影。

"什么他人，那是你爸爸，难得回来一次，就不要跟他闹脾气了。"妈妈佯装生气。

"你知道我跟他八字不合，看到你的手我就更生气，但凡他好生照顾你，多帮你分担一些家务活，你也不至于这么辛苦。"

"这都是女人的命，哪有让大老爷们天天做家务的。"

"妈！这都什么年代了，你不要一直活在传统思想里，男女是平等的，没有规定女人生来比男人遭罪。"

"那这也是我的命，谁叫我嫁给的是你爸呢？"妈妈微微一笑，继续忙碌手中的活。

"如果不是姑姥姥为了自己有个伴，也不会把你介绍给爸，待在这个鸟不拉屎的破农村了！"

"亦城，你说什么呢？越发没大没小了。"妈妈拍了拍林亦诚的屁股，"我跟你姑姥姥从小就亲，她自然是舍不得我离开她远嫁他乡，住在一个村子里还有个照应。再说了，农村有什么不好，城里人吃的米和菜，不都也是农村人种出来的吗？"

"可是如果不是姑姥姥，你也许会过得比现在好很多。"

"你也说了是也许，没发生的事谁又知道呢？谁又能保证，我嫁的就一定比你爸爸好？你爸只是……只是……"

"妈，你别帮他说辞了，他不就是吃喝嫖赌、打架斗殴样样精通吗？"

"现在好多了，派出所的都很久没上咱家来了。"

"那是别人看在你的面子上好么，哪回爸惹事，不是你低声下气一家一家去帮衬着道歉，帮人家做农活啊？"

"有啥法子呢？这就是妈的命啊。好了，别说了，待会儿被你爸听到，家里又不得安宁了，你快洗洗手，帮妈去做饭。"

"妈……"

"好了好了，别说了。"

林亦诚无可奈何，只好去帮妈妈打下手。直到饭点，爸爸才回家，灰头土脸的，又不知道去干啥了，见到林亦诚他有些诧异。

"你回来了啊？"爸爸一边脱外套，一边往里走。

林亦诚没作声，夹了些菜蹲到院子里去了，记不得从什么时候开始，林亦诚再不与爸爸同桌吃饭，久到林亦诚都忘了一家人其乐融融的团圆饭景象了。屋子里气氛有些尴尬，爸爸也不再说话，埋头扒饭。妈妈看着爷俩儿这副模样，一脸惆怅，默默叹了口气。

在家的这几天，除了吃饭的时间，林亦诚都没看到爸爸，他也懒得管他，落得个清闲。

林亦诚在家待了三天，临来时他硬着头皮从三姨那里拿了一千块钱，去县城的中学看了看两个妹妹，给了她们一点生活费。他知道自己现在还无能为力，为了这个家，就算是为了妈妈，他也要坚持下去，努力奋斗下去。林亦诚一直有一个信念支撑着自己：坚信这一切都可以改变，通过自己的努力，一定能改变。

坐在回京的火车上，林亦诚的心久久不能平静。在家待了三天竟然下了两天雨，一点活也没有帮家里干。妈妈用洗衣盆接雨水的场景，在林亦诚的脑海里闪烁不停，家的屋子漏雨漏得厉害，爸爸也不管事，这样的现状不知道什么时候结束。如果他有一笔钱，第一件事就是盖一所最漂亮的房子，让妈妈舒服地住着。

从菏泽到大学城，需要一天的时间。下了火车，林亦诚顺便在市里买了点东西。路过华联商厦，林亦诚想起了那个火红的蝴蝶结。王燃很喜欢,他记得王燃看那蝴蝶结的眼神,林亦诚毫不犹豫地买了下来,让售货员小姐精心地包装好,把他写了几行字的袖珍卡片也包进去,送给王燃她应该很高兴。

"亦诚,你从家来还是?"王燃正和一个英俊的男孩在打羽毛球。

"我从家来,你没有回去啊?"

"没有,我男朋友来看我,要不我也回家了。"

"你男朋友?"

"哦,忘了介绍了,这是我男朋友杨浩。"王燃拉着那个帅气的男孩的手说。

林亦诚愣住了,没想到王燃居然有男朋友了,看着他俩甜蜜的样子,林亦诚拿着礼物的手往后背了背。

"哦,真够帅的啊,你,你们先玩,我有点累先回宿舍了……"林亦诚不记得当时说了些什么,他只知道当时不敢看王燃的眼睛,心里莫名其妙地烦躁。

开开宿舍门,林亦诚从包里拿出蝴蝶结以最快的速度塞到了抽屉里,拿出日记本洋洋洒洒写了一大篇……

第四章　萌芽

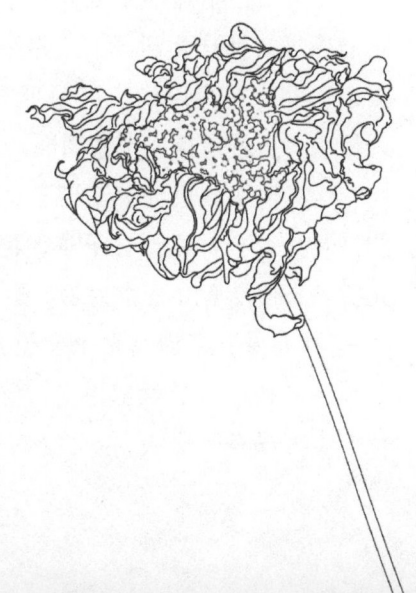

1

雨若是泪的累积，我就是注满你爱的小溪。风若是沙的动力，我就是你爱的唯一。

好优美的诗句啊。林亦诚都为自己能写出来自以为这么浪漫的诗感动了。大学真要是找不到工作，做个文人写写诗也能养活自己吧。林亦诚自嘲。想不到自己还有写诗的天分。这不很好吗？林亦诚自己比较得意，这就算是送给王燃的第一首诗吧。为什么把这诗送给她啊。没有必要吧？他男朋友那么帅，我怎么和他比？切，想什么呢。最近脑子有可能进水了，净想些没用的。

明天上课，同学们都陆续返校了。宿舍门前的轿车队伍排得很长，够有派头的！

整个大学城人山人海，中国人真是多。

日子又在枯燥中重复开始了，林亦诚突然意识到自己再也不能像过去那样生活了。一定要让自己充实起来。最起码得找点事干啊，说得高尚点就是那么多空闲时间白白浪费很可惜，说得通俗点就是得找点钱用啊。

其实林亦诚已经够辛苦了，每天都排得满满的，学校能干的活几乎全被林亦诚去干了，再加上家教，林亦诚过得已经很充实了。但没有办法，为了梦想，他还得再多干活。

"林亦诚，下课后把论文收齐送到办公室。"石老师说。还好林亦诚在放假前就把论文写好了，老师在课堂上讲的是什么他一点都没有听进去，一直琢磨有什么机会再去挣点零用钱。

大学城这地方离市里比较远，能做什么呢。那么多好大学有那么多的好学生，我这样的人家也不要啊，自卑感袭来，林亦诚始终没有真正的自信。能做什么呢？两节课下来还是没有一点头绪。还是先收论文去吧。

林亦诚回了一趟家，对钱的欲望更加强烈。

徐飞的论文没有写，让林亦诚晚点交，好像还是用命令的口气。小样，你要是好好地说也许我等会儿你，板着个脸、眼睛斜着给谁看呢。不管他了，林亦诚直接交给石老师去了。

"我还不交了呢。"徐飞故意提高嗓门说。林亦诚知道这话徐飞是故意说给他听的。爱交不交，和我有什么关系？两人的矛盾逐步升级。

学校新开的阅览室需要学生值班，班主任让徐飞统计一下看看有谁愿意去。一小时三块钱，林亦诚自然觉得这不错，又能看书刊还有钱挣，他就在徐飞那里报了名。

"亦诚，有你的信。"刘珂把信扔了过来。

"哥们，见信如面。过得好吗？从现在开始不能和你长时间联系了……"

是王通来的，说最近有可能不能和林亦诚联系了，理由是学习很紧张。林亦诚当然理解，尽管现在林亦诚没有高考压力了，但也很少和王通写信，与其说懒了，不如说在生存压力面前，林亦诚没有精力和时间。

"亦诚，晚上燃燃要请你吃饭呢，她说是要感谢你陪她去换录音机。托你的福，我也能饱餐一顿。天天在食堂吃这饭，腻歪死了。"刘珂的嗓门真大。

"你那么大声干什么啊，又不是你请客。不用了，都什么时候的事了，她还记着。"

"这句话听起来感觉你还很高尚,去不去随便,我反正给你说了,别到时诬赖我没有告诉你。"

"你跟她说我有事,晚上我已经有约了。"

"说个让人信服的谎话不行啊,谁和你约会啊?哪个盲人姑娘?"

"狗嘴里吐不出象牙来,真是狗眼看人低,我非得找个比你好看的女朋友,把你的臭嘴封上。"

"你就做梦吧,什么时候有了女朋友别忘了告诉我一声,看看你能找个什么样的。对了,过几天咱们学校总部要召开学生代表大会,徐飞说咱们班有五个名额。"

"我不知道这事情,班主任怎么没说啊?都是谁去啊?"

"我不太清楚,我想去咱们学校总部看看,一次还没有去呢,你想去吗?"

"废话,我为什么不想去?估计谁都想去。还是选出五个代表,这样比较民主。"

"听徐飞说好像定下来了,好像就是这周六。"

"名单谁定的?他自己定的?你也去?"

"是啊,他要认我做干妹妹,我同意了。我觉得他人挺好的,很成熟。"

"你真是闲的,什么干妹妹、湿妹妹,脑子不正常。你整天在琢磨什么呢?"

"就你正经,我不吃了,叫你气饱了。"

"早该走,耳根清净。"

刘珂把筷子一撂,噘着嘴气呼呼地走了。害得林亦诚还得替她收拾盘子。

2

"亦诚,回宿舍吧?一起走吧?"林亦诚走出食堂和金鹏碰个正着。

"你报名去阅览室打工了吗?我报名了但估计没有戏,徐飞那小子对我意见大得很。"林亦诚对金鹏说。

"他对谁都那样,我就看不惯他,成天叼着烟满嘴脏话,看不起咱们外地的学生。那次我就迟到一分钟,他还记下了。真他妈缺德!昨天用我的饭盒,吃我的方便面都不刷。我他妈再和他一个宿舍就疯了。"

"你对他意见那么大?上次旅游的事他对我怀恨在心,其实和我有什么关系啊?他竟然说我搞破坏,真是冤枉我。"

"我特烦他张嘴闭嘴就外地的怎么怎么,外地的同学怎么了?一听这话就来气。听别的系说这个周六要去咱们学校总部开学生代表大会,都是谁去?"

"我刚才听刘珂说,我不知道谁去,好像定了吧?"

"徐飞够过分的,也不吱一声,明明知道都想去,叫我看该投票选举,这样他肯定没戏,看他还怎么嘚瑟。"

"亦诚,你干什么去了?找你找不到。"林亦诚在水房打水时碰到了刘珂。

"什么事?我下午去市里买裤子了。"

"就买个裤子这么长时间啊,都九点多了,不是跟你说了燃燃要请你吃饭。她也约了李哲凯,没有找到你,只好我们三个去吃了。"

"知道了。你们吃就是了。还有什么事吗?没有什么事我回去了。"林亦诚有点不耐烦地说。

"你说话怎么这么冲啊？你嘚瑟什么啊？"

"我哪里嘚瑟了，你不知道你真的很烦人。跟我说这些干什么，你们吃饭和我有什么关系？"

"你有病啊？嚷嚷什么啊？懒得理你。你是不是喜欢王燃，她和李哲凯吃饭你吃醋了。他俩发展得很快，明天他们还约好去看电影呢。你以为你是谁啊，装什么装！"

刘珂的一番话触动了林亦诚的神经："你给我闭嘴，吃饱了一边待着去，胡说什么啊，我走了。"

"你走啊，就知道对我吼，我就那么招你烦啊，以后不会烦你了。"刘珂这次看来是真生气了。

林亦诚提着水壶并没有直接上楼，而是把水壶放在水房，独自一个人在操场上溜达。

王燃有男朋友，怎么可能和李哲凯呢？打死我也不信。不过什么都有可能发生。等等，我怎么这么重视王燃？难道我喜欢上她了？不会吧！她有男朋友，我在胡想什么呢？林亦诚自言自语。

明天又是周五了，过得真快。

去阅览室打工的同学的名单出来了，林亦诚和金鹏都不在名单之列。说出乎他们的意料有点假，但林亦诚没想到徐飞这么小气，他们明明是报了名的。为了避免再和徐飞发生不必要的摩擦，他还是去问问班主任。

走到办公室，林亦诚还没有说话班主任就开口了："林亦诚，正要找你呢，上次因为旅游的事和徐飞在班级吵起来了？"这是什么时候的事又翻出来了。

"是的，我也不想那样。"

"不是和你说过要协助徐飞做好工作，别搞班级帮派，分什么外地和北京啊。听说你在中间搞破坏？当然，这只是徐飞的一面之词，希望你不会这么做，即使做了下次也别这样了。"班主任说的话看似没怪林亦诚，却怎么都不中听，林亦诚很委屈。

"我没有那么做，也不懂什么帮派，这个词还是第一次听你说。"

"无风不起浪，以后注意就行了，你们都是班干部，要以身作则。你来办公室有什么事？"班主任问道。如果往常，林亦诚一定头也不回地走了，可是今天他有一肚子的不满和委屈。

"班主任，我和金鹏都报名了，去阅览室勤工俭学的名单怎么没有我们啊？"

"你们也报名了？我好像没有看到你们的名字，可能徐飞统计时给漏了。"

"那还能把我们加进去吗？"林亦诚还不死心。

"这次就不行了，时间都排好了，也不好调整，又不是咱们一个班的事情，就等下次吧。"

听了班主任的话，林亦诚心里的怒火在燃烧，他随时都有爆发的可能。林亦诚心里很清楚，这是徐飞故意的，林亦诚的倔脾气促使他大步流星地走出办公室，径直走到徐飞的座位，强忍怒火把他喊了出来。

"为什么故意把我和金鹏的名字漏掉？"

"你哪只眼睛看到是我漏掉的？你不是很有能耐吗？自己去报名啊，跟我说有什么用。你这样风光的人还用勤工俭学吗？"

"你是不是太过分了？"林亦诚被气到不行。

"你找打。"徐飞说完一拳打过来，林亦诚显然没有什么防备,拳头重重地落在了他的脸上。

他们再次厮打在一起。金鹏和周宁拉开了他们。

林亦诚和徐飞这次是彻底撕破了脸。

今天只有两节课,班主任在刚下课后就走进教室,宣布全班大扫除。班主任话音刚落,林亦诚站起来就问周六学校总部开学生代表大会都是谁去。班主任看了一眼徐飞,愣了一下。徐飞站起来急忙说正准备给大家说这事呢,然后瞪了林亦诚一眼。

这小子反应还真快,班主任问怎么确定参加的人选问题,金鹏他们说就投票选举吧,又不费什么事。结果林亦诚和刘珂等五位同学入选,徐飞却落选了,他不知道为什么会落选,班主任好像也用不解的眼神看了一眼徐飞。徐飞这次气得够呛,在心里他把林亦诚列为头号敌人。

3

林亦诚晚上去浴室洗了个澡,刚出来就碰到王燃了,她上完网刚回来。他们坐在广场上的长椅上聊了起来。

"学生代表大会开得怎么样?学校怎样?"王燃问。

"还能开出什么花样来。领导讲话、学生代表讲话、投票选举等等,就是走走形式呗。咱们系小得可怜,这么说吧,你听一首刘德华的《冰雨》就基本上能把咱们系转一圈。"

"啊!有那么夸张啊,那还不如不回去,一直在这里上学呢。刘珂说你特别喜欢刘德华,我特意买了几张刘德华的照片和画,早知道现在能碰见你,就拿来了,改天再送给你吧。"

"谢谢你啊,我喜欢刘德华不是说他有多么的帅、歌唱得多么的好、戏演得多么的棒，主要是他很敬业，会做人处事。你明天晚上有时间吗？"

"哦，李哲凯说晚上他们系有个化装舞会，我答应他了，和他一起去。你有什么事？"

"这样啊，没有，我顺便问问。"林亦诚犹豫了一下开口，"你和李哲凯关系不错啊。"

"呵呵，还行。你和小珂闹别扭了？"

"你怎么知道？是不是她又在宿舍天天骂我了？"

"哈哈，你还真了解刘珂，我耳朵都快被她念出茧了。"

"上次我心情不好，对她说话重了点，她以前不爱记仇的，这回看来和我动真格的了。"

"她最近心情不好，昨天晚上还哭了，我问她什么原因，她也没有说。"

"哭了？不像她的风格啊，能有什么事让她哭啊？"

"不知道，对了，你和徐飞他们因为什么闹得那么僵啊，我觉得你也没有做什么事啊。"

"没有什么矛盾，我们还在一个宿舍。"

"他明天好像搬到508吧，我听刘珂说的，他对刘珂挺好的。"

"搬走也好，在一个宿舍见面也很尴尬。他特爱抽烟，还经常吐痰，他走了我们倒是清静了。其实我想不到我们之间会这样，我根本就不想这样。我这倔劲一上来，十头牛也拉不回来。"

"他和班主任关系挺好的。那天我和小珂去吃饭，看见他和几个同学正和班主任一起吃饭呢。"

"这很正常，他和老师的关系比我强多了。我现在特别空虚，总觉得没有什么事可做。学习劲头一点都不足，这就快考试了，心很乱。"

"我更是无聊，天天不知道做什么……"

林亦诚和王燃聊了很久，直到宿舍熄灯了他们才各自回到自己的宿舍。

今晚林亦诚很高兴，感觉路灯都是那么的柔和、浪漫。徐飞的呼噜声也不那么的刺耳，林亦诚很快就进入了梦乡。

刘珂还在生林亦诚的气。林亦诚在食堂吃饭原本想坐到她旁边，但她像躲瘟神似的避开林亦诚。李哲凯有很强的组织能力，他们班的化装舞会是由他一手策划的，他的人缘不错，嘴甜是他的一大特点。

508的教室今晚格外的漂亮，彩带围成的"心"字型在灯光的照耀下闪闪发亮。音乐时而轻柔、时而炽烈。李哲凯还在忙着搬桌子，为舞会做着最后的准备。一切就绪，舞会随时都可以开始。

刘珂和王燃还在去化装舞会的路上。

"你看人家李哲凯班，都集体去玩好几次了，咱们班一次也没有集体出去过，更别奢望搞什么化装舞会了。我看林亦诚哪根筋肯定出了问题。同学还都很信任他，自从他和徐飞打架后也不怎么组织集体活动了，即使组织也组织不起来，这几天有点郁闷，今晚好好疯一回。"刘珂对王燃表达着自己的不满。

"也是，我对咱们班彻底不抱什么希望了，班主任除了和徐飞他们吃喝外，也别指望他什么了。对了，你为什么不和林亦诚说话？他怎么得罪你了？你现在对他意见很大啊？一开始我一直觉得你们是一对，他对你不是挺关心的嘛。"

"我和他是一对，亏你想得出来。在高中同桌时我们就经常吵架。自从我认了徐飞做干哥哥后,他就对我意见很大,说话总是讽刺我,为了不再遭受打击,我干脆不理他。他以为他是谁,他好像有点喜欢你,你对他有感觉吗?"

"你胡扯什么啊,亦诚不错,学习又好,还特别热心。但他有时候挺反常,好像总有许多心事似的。"刘珂和王燃边走边聊。

4

来到了508教室,李哲凯很热情地和王燃打着招呼,冷落了刘珂。

"看李哲凯那副德性,真恶心,也不对我热情一点,待会舞会开始一定找机会收拾他。"刘珂心里很是不平,我这样的美女也遭受冷落,他不会喜欢上王燃了吧?林亦诚那天给我发那么大的火,是不是吃醋?

"刘珂,发什么呆呢?快过来化妆啊,就等你了,你还需要面具吗?那里有很多,你可以选一个,林亦诚没有和你一起来?他怎么还没有来?"金鹏走了过来。

"他也来?有没有搞错啊?你看李哲凯多会献殷勤,原来他经常去我们宿舍,一会儿给我送点瓜子,一会儿借我本书是这个原因……"

"管那么多干啥,和我有什么关系?快去化妆去。"

灯光逐渐暗了下来,舞会开始了,王燃在舞群中特别显眼。

李哲凯的视线从舞会开始就没有从王燃的身上转移过。刘珂和金鹏有节奏地扭动着屁股,两人还偶尔来回胸对胸、背贴背,很是滑稽。李哲凯和王燃来了兴致,李哲凯双手落在王燃的腰间,心里美滋滋的。林亦诚正准备进去,但看到这一幕转身走了,林亦诚这一举动被刘珂看见了。

他为什么又走了,看见我在觉得尴尬还是?刘珂心里嘀咕着。

从508的教室走出来,林亦诚不知道去哪里,干脆去教学楼前的草坪上坐下吧。

坐在草坪上,看着天上的繁星,假如我是他们中的一员那是多么幸福的事情啊,在天上注视着自己的亲人、朋友们,在天上不会有那么多的烦恼吧。不知道此刻王燃和李哲凯在做什么?李哲凯到底有多喜欢王燃?他们有可能吗?想到这里,林亦诚站起来对着天空大吼,发泄着自己的情绪。

"有病啊。"一个熟悉的声音传入林亦诚的耳朵。徐飞和一个女孩手拉手从他旁边走过。靠!这女孩是眼瞎了,居然跟徐飞在一起,不就一个女朋友,有什么神气的。

舞会结束了,刘珂和金鹏结伴回宿舍。李哲凯和王燃边走边聊。

"你觉得今天的舞会怎样?还可以吧?没有看出来你的舞跳得还不错。我要是你,就去当舞蹈演员了,也不在这里吃饱等饿了。"

"虽然我知道你说的是谎话,但我还是比较喜欢听。你今天真够出风头的,你们经常搞这样的活动吧?听说你很浪漫,在高中你还给一个女孩写过诗,有没有这回事?"

"甭提了,糗死了,那个女孩很漂亮。乌黑的长发、白白的皮肤、高挑的身材、大大的眼睛,正是我喜欢的类型。她的声音很甜,很爱笑,一笑起来露出一排整齐而又洁白的牙齿。"

李哲凯说这话时故意斜眼看了看王燃的反应，他想试探一下王燃。

王燃知道李哲凯说这些话的目的，她有点不自然："看来你还挺有眼光啊！照你说的那女孩应是绝世美女吧。"

"是美女我不否认，但自从见了你以后，才知道她不是最美的，你比她还漂亮，第一眼看见你我就……"

"要是我男朋友也跟你一样多夸夸我就好了。"王燃叹了叹气。

"你男朋友？你什么时候有男朋友了？"

"他高中追我，我没答应，上大学了也一直给我写信，我被他打动了就同意交往了。一年到头难得见一次，平时都靠打电话和写信。"

"这哪叫处对象，分明就是笔友。"李哲凯显然松了口气。王燃被李哲凯逗笑了。

"你别说还真挺像的。我们连牵手可能都没超过十次，因为我妈说结婚前不能随便跟男生关系亲密。"

"哈哈哈哈哈，你也太可爱了吧！这年头居然还有你这么保守的女孩子。"

"这有什么不对吗？"王燃扑闪着无辜的大眼睛，"男人不都是喜欢纯洁的女孩吗？"

"当然，你吸引我的就是你的纯洁。"

"我纯洁？如果不是你想的那样呢？"

"无论你是什么样，我都喜欢，因为你把我的心偷走了。"

"等等，我可是有男朋友的。"

"我祝你早日分手。"

王燃哭笑不得，第一次看到这么耍赖的男生。

回到宿舍的林亦诚躺在床上翻来覆去难以入睡,王燃和李哲凯跳舞的那一幕一直在他脑子里闪现。

"王燃和李哲凯不会真在一起了吧?还有那个刘珂,舞会上也没有看出她哪里不对劲啊?前几天刘珂为什么哭啊?以她的性格,她不会因为一些鸡毛蒜皮的小事哭。不会真还生我的气吧?有机会要亲自问问她。"

5

"林亦诚,下了课去办公室把上次论文作业拿来发下去,每个同学都要仔细看看评语,这是大学来的第一次论文,写得不好情有可原,同学们都能按时交上来挺令老师欣慰的,除了个别同学以外。我要强调的是咱们班论文唯一得优秀的是林亦诚,有兴趣的同学可以看看林亦诚是怎么写的。"

石老师的这番话让林亦诚尤为得意,他用无比自豪的眼神看了看徐飞,徐飞不好意思地低下了头。

每次上法理课林亦诚都很高兴,他心里明白,只有在课堂上才是他唯一自信的资本,为此他珍惜每一堂课,学习是林亦诚唯一出气的载体。尽管法理这门课都是理论,但林亦诚打心眼里喜欢,他一直记得石老师上第一节课的第一句话,以后所学的各科法学,都能从法理这门课中找到理论,希望同学们认真学习。

除此之外,林亦诚还非常喜欢可爱的石老师。在法理课堂上,石老师总是把最难回答的问题交给林亦诚,徐飞每次回答不上来的问题,林亦诚基本上每次补充回答得都非常流利。石老师一而再、再而三地表扬林亦诚,他心里自然充满了惬意。

周宁天天去开信箱,盼他父母给他汇的汇款单快点来到。而林亦诚从来不去开信箱,他知道没人会给他汇钱,哪怕是一分。

"靠,我的汇款单还没到,我现在彻底身无分文了。林亦诚,这里有你一封信,我给你捎来的,怎么答谢我?要不请哥几个撮一顿?"周宁笑着说。

"不会吧,给我捎封信就来邀功啊?快给我看看是谁来的。"林亦诚从周宁手里一下子就把信夺了过来。林亦诚打开信,那熟悉的笔迹映入眼帘,林亦诚若有所思一字一句地读着:

亦诚:
　　一切还好吗?大学生活过得习惯吗?现在应该适应了吧?我最近比较忙,很少给你打电话,但老师对你的关心一点也没少。我知道你是一个坚强的孩子,学生的任务是学习,无论怎样,都希望你好好地珍惜来之不易的大学生活,好好学习……
　　人的一生总会有这样或那样的坎坷和曲折,但人之所以称之为人,就是因为在困难面前人永远掌握着自己的命运!人永远都不会被打倒,路是自己走出来的,在命运面前,任何人都无法为你指点迷津,一切靠自己!
　　对了,小柯还好吗?她和你一个班,我很欣慰。她是一个倔强而可怜的孩子,你要多多关心她。她是一个可怜的孩子,帮我转达我对她的问候……

王老师的信让林亦诚心里暖暖的,老师在信中的每一句话都深深地印在了林亦诚心里,他和刘珂相处的点点滴滴又浮现在脑海里。

寒冷的冬，刺骨地寒，无情地冷。

林亦诚只身一人来到石克牙，希望与失落交织重叠，在内心困扰着他。那段灰色的日子里，林亦诚夜不能寐。在那不堪回首的冬天里，林亦诚死寂沉沉。林亦诚也知道与其说他是上学，不如说他是在消磨时间，虚度光阴。

为什么去石克牙，很多人不止一次地问，林亦诚从未对人说过原因，就连王燃他都没告诉。他至今还清楚地记得和刘珂第一次见面的情景，那时的刘珂穿着粉红色的风衣、扎着马尾辫，乐呵呵地和同学们聊天。林亦诚对刘珂的第一感觉就是，这个女孩很漂亮，谁知道后来他和她就成了同桌。热情开朗的刘珂潜移默化地感染着林亦诚，他们成了好朋友，友谊在争吵中升华。

刘珂经常跟林亦诚讲她大姨对她有多严，她姥姥对她有多好，她大舅有多么地疼她，只是不知道为什么，在林亦诚面前，刘珂从未提起过自己的父母。

石克牙的冬天很冷，冷得让人发疯。林亦诚在石克牙时连生存都是问题，更不用说买什么棉衣驱寒了。刘珂看他冻得厉害，从家把她的毛裤拿来让他穿。林亦诚原本是拒绝的，但刘珂说这条毛裤她穿着大，并且特别肥，毛裤穿在里面别人又看不见，一直劝林亦诚穿上她的毛裤，更何况林亦诚穿的话肯定有点小，但毛裤小就会紧，肯定暖和。

林亦诚经不住刘珂三番五次的劝说，在最寒冷的时候，林亦诚身上穿的就是刘珂的毛裤。那段时间林亦诚真的应该好好感谢刘珂，她其实是一个非常善良热情的女孩，只是嘴上不饶人。可是我现在对她做了什么啊？经常无缘无故地对她发脾气，我该找个机会给她道歉。

6

夜,凉风习习。夜空非常的美,天空的星星眨着眼睛,尽把人世间的美景收入眼底。林亦诚来到刘珂宿舍的窗前,来回踱步,心神不宁,犹豫半天还是把刘珂叫了出来。

林亦诚和刘珂在操场上肩并肩地走着,空气非常凝固。林亦诚几次想开口,可每次话到嘴边又咽了回去,还是刘珂率先打破了沉默。

"今天有什么事,快说吧?你没有事不会找我的,我没有闲工夫陪你散步。刚才听见你叫我,我还以为我的耳朵出了什么问题。你不是说我很烦人嘛,这段时间没有烦你,你应该很滋润吧。"很明显刘珂的气并没有消。

"对不起,我知道对你有点过分,希望你能原谅。"

"真稀罕,这还是第一次听你给我说对不起,还真的有点不适应。你林亦诚是什么人物啊?学习好、老师爱,多威风啊,给我说什么对不起啊?你什么时候得罪过我啊?有什么事快说吧。"

无论刘珂怎么挖苦,林亦诚一直保持着微笑,他只是很紧张,心情很复杂,面对着刘珂,此刻林亦诚竟然六神无主,不知所措。

"王老师来信了,让我转达她的问候。"

"谢谢你了。"

"我不知道现在该怎样表达我的心情,王老师让我好好照顾你,我却经常与你争吵,我知道这样做不对,但不知道为什么我克制不了自己。我一直把你当作自己的亲妹妹,也许越是这么想,就越容易对你发脾气。每次给你嚷嚷我都特别后悔,我有四个妹妹，我在家也经常对她们这样，我不知道我这是怎么了。以后我会尽量克制自己，希望你能理解。说实话，我是一个很自卑的人。虽然我表面上很开朗，其实这只是假象，心里的苦只有自己知道。"林亦诚的眼圈有点红。

"我……我没事。你的情况我都知道，王老师也偶尔在我面前提起过。我知道你现在还没有完全静下心来，你一直在装着高兴，其实你应该真正地开心，家里的事你没有能力去顾及，还是好好想想怎么把大学读完吧，现在想那么多也没用。"刘珂不忍再呲林亦诚，其实她心里比谁都懂林亦诚的苦。

"也许你说得对。我现在很好啊。你最近有什么事吗？看你心情不太好，脸色也很差。"

"你家经济虽然很困难，但总有一个家啊，说实话真的很羡慕你。好了，不说了，现在心情好多了，其实我不可能生气的，何必拿别人的错误惩罚自己？"

何必拿别人的错误惩罚自己！对啊，她这个不生气的理由很有说服力，明白了这一点还哪来得那么多的闲气生啊。

王燃一个人在宿舍里，心情糟透了。她在想她郁闷时宿舍怎么没有一个人，连个说话的人都没有。她从抽屉里拿出一袋方便面用开水烫了一下就吃了起来。

"李哲凯是真的对我有意思吗？应该是的吧？不然他没理由对我这么好。叮是我已经有男朋友，如果杨浩也能跟李哲凯一样，什么都说出来，不要总是让我猜，或是让我帮他作决定就好了。如果不是因为有男朋友了，我一定会喜欢上李哲凯吧？"

王燃对李哲凯的印象不错，她喜欢李哲凯的飞扬跋扈，她觉得男人就应该有点野性。李哲凯有点大男子主义，但有时又非常细心，总能猜透女孩的心思，王燃对李哲凯充满了好感。

王燃的男朋友自从上次走了以后一个电话都没有来过，这很令王燃恼火。他是不是和他以前的同桌好上了。王燃的担心不是没有道理，他们经常为这事吵架。王燃边吃方便面边胡思乱想。

"小珂，你干什么去了？我都一个人在宿舍待了半天了。今天有点郁闷，想找个人解解闷都找不到，你这个没良心的也不知道去哪里疯去了。我看咱们明天去买个手机吧，联系多方便啊，省得找你找不到。"王燃对刘珂说。

"手机我是一定要买的，但我买不是为了让你骚扰，是为了和我们家陈涛联系的。你们那口子怎样了？好久没有打咱们宿舍电话了，你们有什么问题吗？"

"我正为这事发愁呢。他怎么一个电话都不来，虽然上次他是在我们吵完架走的，但也不至于……不对，他该不会想和我分手吧？肯定是这样的。估计又和他以前的那个同桌搞在一起了。

分就分，这年头谁怕谁啊，追我的人排的队都可以饶地球一圈呢。"

"呵！原来燃燃你也不简单哪，够狠的啊！今天连说话都那么像我。平时在男生面前那么温柔可人的小样，感情你这个淑女是装出来的啊！今天露出真面目了吧！不知道有多少男生都被你这个小妖精迷惑了，特别是那个公子哥儿李哲凯，被你迷得晕头转向的！还有大猪头林亦诚，对你也是死心塌地的！"

"呵呵，瞧你说的，哪有！不过你觉得李哲凯怎样？人，长得还行吧？亦诚就拉倒吧，好几次请他吃饭他都找借口拒绝。

在咱们班,你们可是公认的一对哦。他要是关心我有关心你的十分之一,我都考虑和他交往。对了,你的陈涛好像也不经常来电话了。"

"行了,快去刷你的缸子去吧,看你把整个宿舍弄得都是方便面味。"

刘珂躺在床上,无法入睡。

"陈涛在干吗呢?为什么这么久了都不来电话,难道是……"

7

陈涛上次来不是专门来看小珂的,他在学校又惹事了,他生日时请朋友吃饭,和饭店老板因为菜的口味发生了口角,借着酒劲把老板打伤了,老板现在还在医院呢。由于陈涛有前科,警察正四处找他呢。陈涛是转校到石克牙的,转校的原因也是因为打架被开除。

陈涛追女孩有自己的一套,凭借着帅气的外形、抹蜜的嘴巴,追女孩还从未失手过。在学校秋季运动会时,刘珂参加五千米比赛,陈涛一直为刘珂加油,在刘珂差气准备放弃比赛时,是陈涛鼓励她坚持下来,并陪着她跑完了剩下的路程。

比赛结束后,陈涛在全校师生面前深情地吻了刘珂,把早已准备好的玫瑰花送给刘坷并且对她说我爱你,从第一眼看见你时就知道你是我爱的人。刘珂从那一刻起就被陈涛彻底征服了,从此以后就死心塌地爱上了他。只要是大姨看得不严,刘珂就会去和陈涛约会。大姨和王老师看在眼里、急在心里,但是对此没有任何办法。

陈涛没有那么喜欢刘珂。他有女朋友，在青岛上大学。他很爱他的女朋友，只是目前他没有能力经常去看青岛的女朋友，寂寞时就找刘珂。其实刘珂也知道，有时候刘珂很痛苦，但每次都下不了决心和他分手，感情就是这么奇怪。

陈涛有着英俊的外形，重要的是他很懂女孩的心，所以很受女生欢迎。刘珂只是他交往过的二十一个女朋友中的一个，在他内心深处，他最爱的人还是在青岛上大学的女友。

陈涛这次来看刘珂除了逃难，更多的是去青岛顺便来此溜达一下。可是从大学城走后，陈涛并没有直接去青岛，而是在北京的老乡那里待了一周才去的青岛。他去前没有和他女朋友打电话，为的是给她一个惊喜。这一切，刘珂并不知情，可怜刘珂下决心买手机也是为了方便和陈涛联系。

陈涛坐在开往青岛的列车上，早已把刘珂抛诸脑后，他在设想见到他女朋友的场景。

先拥抱还是先热吻？我突然出现在她面前，她应该是什么样的表情呢？一定会感动得热泪盈眶吧？想到这陈涛乐得嘿嘿傻笑，心早已飞到青岛了。只是他不知道他这次青岛之行将会让他刻骨铭心，也将改变他的人生轨迹。

王燃和刘珂一狠心买了手机。两个人很高兴，虽然不知道以后的生活费从哪里来。在王燃买手机后，她接到了第一个信息：杨浩跟她提分手了。

果然不出王燃所料，杨浩跟以前那个同桌好了。听说同桌为了他天天煲汤熬粥，把杨浩伺候得跟个巨婴一样。分手的理由也千篇一律：王燃，我以为自己喜欢你，接触下来才发现，我只是喜欢你的外表，我们性格不合。

王燃以为自己会难过，却没想到，在挂掉电话后，有一种如释重负的解脱。所以,她和杨浩之间真的跟李哲凯说的一样,只是笔友关系吧。

"王燃——"

李哲凯箭一般冲到王燃寝室,把她拉到操场。气喘吁吁的李哲凯涨红了脸,满脸是掩藏不住的喜悦:"听说你被甩了,是真的吗?恭喜你啊!"

"喂,李哲凯,有你这么安慰人的吗?"王燃有些哭笑不得。

"我开心啊!这下我可以光明正大追你了。"

看着李哲凯发自内心的笑容,王燃也有些被感染:"你真的喜欢我吗?"

"比珍珠还真,你放心,只要你答应做我女朋友,我一定会好好爱你,不让你受任何伤害。"

"打赢我就满足你一个愿望。"王燃拿起一旁的羽毛球拍挥了挥,她对自己的球技还是比较有信心的。

"那你可别后悔哦!"李哲凯狡黠一笑。没到十分钟,王燃就惨败了。

"李哲凯,你打球太耍心机了吧。"

"哈哈,认输了吧?你说的如果我赢了,你就满足我一个要求,我当然全力以赴。"

"不打了,累了,我输了。"王燃用撒娇的语气说完,直接躺在操场上,李哲凯见状,也躺倒在她旁边。

"今天真好,太阳懒得出来,还有点小凉风,天天都这样多好啊。"王燃望着天空说。

"好什么啊,我最讨厌阴天了,一到阴天人的心情也跟着灰暗了下来,就觉得生活无光、未来渺茫。我们班昨天考篮球了。我考得还不错,十投九中,下周我们体育课就要考长跑了,我这几天得练习一下。要不咱们每天晚上一起跑步吧,一是为了考试,二是锻炼身体,你看怎么样?"李哲凯说。

"这算是你赢球后的要求吗?"

"你别把我想得那么无耻啊。"

"就看你的表现了,也许我可以考虑和你一起跑步。我们也要考长跑的。明天我们就是体育课,好像也考篮球,这次的成绩就作为期末考试的成绩了,以后要好好地看书了,真怕挂科啊。"

"还有一个月的时间就放假了,这半年不知道都做了些什么。大学生活不过如此。不知道北大、清华的学生是怎么过的,肯定比咱们有意义。"

"肯定是,什么样的人进什么样的学校,这能怨谁,所以我不想那么多,毕业了找个工作。人不就是这样嘛。"

"你毕业后回内蒙古还是留在北京?我觉得还是在北京好好混混,也许一不小心能混出什么名堂来呢。"

"你还真能想,现在谈毕业的问题未免太早了吧,还是想想怎样通过考试吧。周一晚上开始跑步吧?"

"好的,到时我找你,你买手机了吧?用你的手机给我拨一下,我给你发短信。"李哲凯笑着说。

恋爱的日子总是美好的。李哲凯自从和王燃恋爱后,整个人都变了。李哲凯想尽一切办法让王燃开心,哪怕是天上的星星,李哲凯也会舍命为王燃采摘。李哲凯总会在王燃最需要他的时候出现,他深深地陷了进去,爱得无可自拔。为了王燃他不惜一切,只为了得到王燃的一个笑容、一句赞美、一次拥抱、一次亲吻。

恋爱中的人都很弱智,李哲凯亦如此。白天约会,晚上兜风，公子哥李哲凯过得异常幸福。因为王燃，他改变了很多，身上的陋习也因王燃一点点在减少。李哲凯对王燃倍加呵护，王燃一咳嗽李哲凯马上就感冒。王燃也离不开李哲凯了，李哲凯的温柔体贴，李哲凯的浪漫深情，甚至是李哲凯的霸道，都让王燃疯狂着迷。热恋中的两个人忘记了周围一切的存在，他们沉浸在自己的幸福国度里。

第五章　心悸

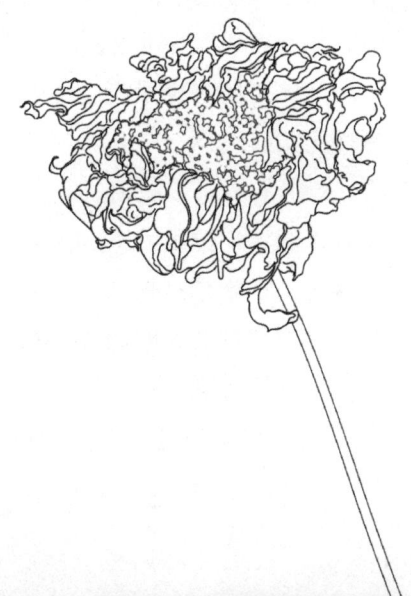

1

林亦诚和周宁、金鹏在篮球场上打篮球，篮球滚到了路中间，徐飞骑车载着他的女朋友正好从这里路过，为了躲篮球一不小心和迎面而来的一个女孩撞上了。徐飞的女朋友和那个女孩都倒在地上。徐飞处理完撞车事件后骂了一句："真倒霉，碰见你准没好事。"林亦诚握紧拳头忍住怒气，捡完篮球回操场继续打篮球。

打完篮球冲了一个热水澡，林亦诚去教学楼上自习。在去自习的路上恰巧碰见了李哲凯和王燃。

"林亦诚，你去上晚自习？学习真用功，离考试还有一个月呢。"李哲凯发自内心地笑着说。但林亦诚觉得今天他的笑不带好意，甚至有点恶心，还真够嘚瑟，看嘚瑟的那个劲。

"哦，我不是学习。去给我妹妹写封信，在宿舍太吵，写不下去。你们慢慢聊。"林亦诚带有醋意地说。至于王燃说了什么话，他一点都没有听进去。

"他们两个发展得那么快吗？不会是真的吧？找机会让刘珂探探虚实。"

刘珂从买了手机后，天天等陈涛的电话。我给他在 QQ 上留言了啊，也给他发 E-MAIL 了，怎么一直没有来电话。他现在难道不在学校？那到底去哪里了？不会又出什么事了吧？他怎么每次都在关键时刻弄这么一出，真服他了。对了，给王老师打个电话问问。

"王老师，我是刘珂，忙吗现在？带毕业班一定很累吧？我们也快考试了，放了寒假我看你去。"刘珂拨通了王老师的电话。

"每年都是这样，也不觉得累，都已经习惯了。你考试准备得怎么样了？亦诚对你怎么样？其实你可以考虑考虑他，他人挺不错的。"王老师笑着说。

"林亦诚，他还是算了吧，我可没有那个福气！我就纳闷了，他哪儿好啊，和我们家陈涛比差远了。对了王老师，陈涛现在在学校怎么样？成绩应该还不错吧？十一时他还来看我了，但现在给他在网上留言他也不回，给他写的信也没有回，不知道怎么回事。"刘珂说到这里有点激动。

该怎么跟她说呢？告诉她真相还是？王老师犹豫了片刻，还是决定对刘珂道出实情。

"陈涛惹事了，把人打伤后逃跑了，还好伤者不是特别严重。但警察到处找他呢，你要是和他联系上，劝他让他投案自首吧，这样躲是不行的……"

刘珂呆住了，听不清王老师后面说了些什么。这个消息来得太突然了。她有点不敢相信，但她心里清楚这是事实，陈涛打架惹祸应经不是一次两次了，只不过这一次的严重程度超乎了她的想象。

火车终于抵达青岛站。

陈涛想见女朋友的心情更加迫切了，他下了火车，打车直奔女友慧的学校。他顾不上欣赏青岛的美景，早一点见到慧才是他目前最大的心愿。

陈涛来到了慧在的大学校园。校园很漂亮，但这样的美景留不住陈涛匆忙的脚步。他的心早已飞到慧的宿舍里了。慧的宿舍离校门口很近，但陈涛走起来却觉得非常漫长。

终于来到了慧的宿舍楼前。"现在是午休时间，慧一定在宿舍吧？她肯定想不到我现在就在她的宿舍楼下。哈哈。"陈涛心里高兴得很。扫兴的是慧并不在宿舍，得知这个消息后陈涛满脸沮丧。慧的室友告诉他，慧有可能在学校"仙缘湖"。陈涛立即赶往"仙缘湖"。

"仙缘湖"是一个很美丽的湖，也是学校的著名景点之一。在"仙缘湖"旁边的亭子里，慧正和一个男生在聊着什么。陈涛远远地就认出了慧，她还是穿着陈涛那件再熟悉不过的粉红色外套。乌黑的秀发垂直至肩。

"慧，慧……"陈涛忍不住叫出了声，慧转回头正好和陈涛四目相对，陈涛一下子就把慧搂在怀里，在慧的耳旁轻轻地说："宝贝，我想死你了。"慧并没有陈涛想象得那么激动和兴奋，反而显得有些僵硬和不自然。她很吃惊陈涛为什么突然来到这里，她有点措手不及。

陈涛看着慧吃惊的表情好像明白了点什么，然后指着慧旁边的男孩，绷着脸问："他是谁？"慧没有回答。"你来怎么也不提前打个招呼，也没有去车站接你，你还没有吃饭吧？走，先吃饭去吧。"慧说完就拉着陈涛慌忙地离开了，离开时还不忘对那个男生说："我晚上给你电话，我先走了。"

坐在学校附近的饭馆内，慧点了陈涛最爱吃的水煮肉片。陈涛仔细回想刚才发生的一幕，想到慧见到他时那不正常的反应，越来越觉得不对劲，肯定是哪儿出了问题。他决定问个清楚。

"为了给你个惊喜，我来时没有告诉你，把你吓一跳吧？我还以为你突然间见了我会感动得大哭呢，谁知道你没有什么反应，我有点失望。"陈涛边吃边说。

"我当然高兴了。你都没有看出来啊，刚才同学在我没有表现出来。"慧连忙解释。慧说这话时一直不敢和陈涛对视。

"我总觉得你今天有点怪,是不是我不该来啊?没有打扰你的学习吧?对了,午休时间你怎么不去睡午觉,和你在一起的那个男孩是谁啊?"陈涛小心翼翼地说。

"跟你说了你也不认识。对了,你怎么突然间来这里了?高三了怎么还到处乱窜啊。"

"不是想你了嘛。我来看看你就走,这样学习才有动力啊。我也要考到你这个学校来。到时就能天天和你在一起了。从石克牙到青岛够远的,我来这一躺容易吗。你好像不希望我来,见到我也不高兴。你不会和别人好上了吧?"陈涛鼓足勇气终于憋出了最想说的一句话。

"这样也不是没有可能啊,如果真这样你怎么办?"慧反问到。

"你又不是不知道我的脾气,我非得把那个家伙打个半死,这还是在我心情高兴时。如果我不高兴,要他的命也说不定。"陈涛说这话时一直盯着慧。

慧不敢直视陈涛的眼睛,腿不听使唤地发抖,她不知道她现在到底该怎么做,怎么和陈涛开口。这个节骨眼上该不该和他说分手。慧拿不定主意,但她想早晚有一天他会知道,干脆和他摊牌算了。

"陈涛,我觉得我们之间……"慧的话没有说完就被陈涛打断了。

"不就是想说分手嘛,干脆点!打一见面我就看出来了。你还没有学会掩饰,你的眼神早把你出卖了!我不难为你。是那个小子吧。放心,我今天下午就走,我陈涛不会缠着你!不过这顿饭还是你请,就算是为我送行。"说完陈涛把筷子使劲往桌子上一摔夺门而去。

慧愣住了,她完全没想到陈涛会这么爽快地答应分手,但以她对陈涛的了解,这太反常了,这不是她所认识的陈涛应该有的反应。望着陈涛远去的背影,慧总感觉到会有什么不好的事情要发生。

陈涛是个爱面子的人,他不会对慧纠缠不清。他觉得缠着一个不爱自己的女人是很丢人的事情,他陈涛丢不起那个人。但他是真爱慧的,"我大老远来看她,她怎么能这么对我!"

陈涛越想越气,一个罪恶的念头在他脑海里产生了……

2

"曾几何时,我背负着父辈的理想行走在人世间,又曾几何时,我为自己编织了五彩缤纷的梦,现实却把它击得粉碎。为什么同在一片蓝天下,人与人的差距竟然这么大?我已经习惯了贫穷,但我没有放弃改变命运的念头,窗外的明月能了解人间的物欲横流吗?"

林亦诚和往常一样在夜深人静时拿出日记本记录下当下自己的心情。

今夜注定又是林亦诚一个不眠夜,上高一的妹妹突然病了,得了胸膜炎。为什么会这样,难道上天就注定和我们一家人过不去吗?妈妈的医药费、自己的学费,还能拿什么为妹妹治病啊。林亦诚不敢再往下想,无助是一件很恐怖的事情,长时间处于恐惧中,林亦诚的精神状态高度紧张。

借室友的电脑,林亦诚开始搜索兼职工作,可是适合他做的兼职少之又少,他在本子上记了几个,打算等考试结束后去试试。

等他关上电脑,已经半夜了,不知道王燃睡了没?他很想再次跟她去操场聊天,不知道为什么,每次跟王燃聊完后,自己都能满血复活、充满能量,让他感受到,就像他这样一个人,这么辛苦地活在这个世界上,也是被心疼、被爱着的。

可能这就是喜欢一个人的力量吧,可是,他也只能想想,可能只有等待上天赐予他自信和勇气了,他才敢去告诉王燃,只希望那一天不会太远吧,前提是,他要变得优秀……

青岛那边,陈涛依然沉浸在嫉妒和愤怒中。

"慧为什么对我这样?难道她不知道我有多么爱她吗?有多少女孩追我,我都不动心。我的心是属于慧的啊。我不能便宜了那小子,我一定要出口恶气,和我抢女人,真是活腻歪了。"陈涛在琢磨着如何收拾那小子才能解气。

青岛的夜色很迷人,海风的味道飘在青岛的大街小巷。忙碌了一天的人们在海边散步,游客们用照相机和DV记录每一个值得记忆的瞬间。

陈涛没有心情欣赏美丽的夜景,在嘈杂的夜市里,他买好一把水果刀后就直奔慧的学校,他要去吓吓那小子,让他长点记性。

下了晚自习,慧和那个男孩来到老地方。

"不好意思,今天中午来的是我高中同学,也是我的男朋友,他来青岛顺便看看我,但现在我们分手了,你不要多想,现在他估计在火车上了。他是个很会哄女孩开心的男孩,有时候也很浪漫,但我觉得我和他根本就不可能。他经常打架,经常和一些女孩暧昧不清,都复读两年了还是没有考上大学。我早就想和他提出分手,但怕他分心影响高考,谁知道他今天竟然来了,我也只好向他摊牌了。这样也好,我以后和他就再也没有任何关系了。"慧冷静地说。

"我也没说什么,不是吗?不过看得出来他很喜欢你。咱们交往也有一段时间了,我很了解你,你对我说实话我很开心。你不用解释什么,如果这么点小事都不能释怀,那以后怎么在一起生活啊。"说完,两人紧紧地相拥、激烈地热吻。

这一切都被躲在旁边的陈涛看得一清二楚。陈涛再也抑制不住心中的怒火,一个跨步冲上去紧接着就是一拳,完全没有防备的慧惊呆了,她哀求陈涛不要打,这下更激怒了陈涛。陈涛的拳头雨点般地落在慧的男朋友的身上。

"你他妈的敢泡我女朋友,真是不想活了。"陈涛边打边骂。

慧突然死死地抱住陈涛的腿,陈涛想不到慧这样护着他,把心中的怒气全部撒在了慧的男朋友身上。一脚把慧踢开,从兜里拿出准备好的刀子挥了过去,慧的男朋友用手臂去挡,手臂被划了长长一道,血顺着刀子流满了陈涛的手。

陈涛慌了,他原本只是想吓吓这小子的。眼见有路人闻声过来,陈涛仓皇而逃。此时的慧被陈涛这一举动吓傻了,好久才醒悟过来叫救护车。

陈涛把擦了血的外套扔掉后,拦了一辆出租车直奔火车站,买了最近的一趟列车,只要能马上离开青岛就好,于是他毫无准备地登上了开往深圳的列车。

幸好慧的男朋友只是皮肉伤,但因为路人举报,学校保卫科在了解了事实真相后,向公安局报了案。

"林亦诚,下午咱们班和少儿教育系举行一场篮球赛,你也参加吧。咱们班男生本来就很少。"刘珂说。

"我是无所谓,但我的篮球可很差劲,你可要有思想准备。"

"没事,徐飞、周宁、金鹏他们都和你差不多,就这么定了,我组织啦啦队给你们加油。再说李哲凯他们班打得也不好,咱们肯定能赢。"

3

林亦诚班的同学在刘珂的组织下,啦啦队很是壮观。李哲凯他们班在其组织下也不示弱。两个班的啦啦队在篮球比赛开始前绝对是一道亮丽的风景线。

随着裁判的一声哨响,篮球比赛在双方啦啦队的加油助威声中开始了。李哲凯他们班配合得很默契,关键时刻徐飞就是不把球传给林亦诚和金鹏。比赛结果可想而知,林亦诚他们班以大比分落败。

"林亦诚,你们班怎么回事?都是单打独斗,一点配合都没有。"听着李哲凯这话林亦诚觉得非常刺耳。

"真是太让我失望了,我想过会输,但怎么都没想到会输得这么惨,不一致对外,就知道窝里斗。"刘珂对王燃说。

"结果不出意料,要是能赢才怪呢。"王燃附和着。

徐飞走了过来,林亦诚直着眼看着他,徐飞朝地上吐了一口唾沫转身走了。林亦诚真想和他打一架。金鹏扯了扯林亦诚,示意在一旁的王燃,林亦诚才收敛了怒气。想去打招呼,可是刘珂直接朝他们甩了个大白眼走开。

周宁、金鹏和林亦诚三人闷闷不乐地一起回宿舍。今天他们的确够郁闷的,丢死人了,重点是在王燃面前丢脸了,下次可要管好自己的脾气了。

"燃燃，一起走吧。"李哲凯满脸笑容，在王燃面前击败林亦诚他当然高兴。

"好的，今天你在赛场上还真够潇洒的，没想到你不仅会羽毛球，篮球也打得这么好，那几个三分投篮也太帅了，真是小看你了。"王燃的这番话，使李哲凯心里乐开了花。

"那是因为你在为我加油，所以我才打那么好的，如果你不在，我肯定发挥不了那么好。"李哲凯笑着说的同时拉住了王燃的手。王燃落落大方地任由他拉着没有挣脱。

"臭美，谁给你加油啊，我为我们班加油呢。我们班真不团结，什么集体活动都弄不好。这次输得那么惨。"

"林亦诚和徐飞两人有矛盾吧，我看出来了，他们较上劲了，但不应该不一致对外。没有集体荣誉感，这点还不如我呢，不过依我看刘珂和徐飞关系挺好的。"

"别臭美了，看你一身汗，你去洗下吧。"

"亲一个我就去。"李哲凯把嘴凑了上去、

"哎呀，真是的。"王燃还是脸色绯红地亲了一下李哲凯的脸颊。

"晚上去我家吃饭吧，你还没去过我家呢，我今天特意把车开来了。"

"不行，我和小珂约好去夜市买东西。"

"我开车载你们去。"

"你拉倒吧。夜市里面车跑不开，改天去你家吧。"

"只有这样了，晚上电话。"李哲凯很知足地离开了。

刘珂和徐飞还在议论刚才的那场球赛。

"你们是不是有病啊，也不嫌丢人，我都把嗓子喊破了，可你们呢，在场上还真够滑稽的！不嫌丢人啊！"刘珂还是很窝火。

"我打得不好，活该输。林亦诚他们一个个都自以为了不起，有本事去赢别人啊！"徐飞也显得很气愤，完全不找自身原因。

刘珂看着徐飞那副德行，懒得说什么。一个人垂头丧气地骑着自行车走了。

王燃等刘珂回宿舍洗去一身汗，化了妆后，出门的时候天已经黑了。

夜市有很多小吃，很多女孩子都爱去那里吃东西。那里的衣服也很便宜，这也是大学城的女生经常光顾的原因之一。夜市离教学楼不远，但是离宿舍有一段距离，刘珂和王燃决定骑着自行车去夜市。

夜市里的人很多，两人今天准备大开吃戒，把夜市的小吃几乎尝了个遍，临走时还顺便买了一些水果。因为太久没有出来逛街，两人对什么都感兴趣，才逛了一半就累到不行，脚也磨破了。时间越来越晚，实在走不动的两人找了个人少僻静的地方边歇边聊天。

"好久没有这么开心地吃了，看来我以后是夜市的常客了。"刘珂还沉浸在刚才的美食中。

"要不是你非得洗澡化妆，一直在寝室磨蹭，我们早些出来，就可以把这几条街都逛完了。"王燃开玩笑地抱怨。

"好不容易出来一趟，一定要香香的、美美的嘛。刚才那个炸年糕真好吃，我姥姥可会做年糕了。"

"你不是天天嚷嚷减肥，这么个吃法小心陈涛不要你了。"

"燃燃，你学坏了哦，现在有李哲凯宠着，就开始酸我了不是？你就这么不想念前任？"

"可能因为第一次交往，以为经常写信、打电话就是爱情，但是他跟我分手，我完全没感到难过，甚至有点解脱，他让我没有安全感,我也不想天天去猜测他是不是变心了。能轻易离开自己,经不起诱惑的男人,也不值得我喜欢吧。"

"你还真是洒脱,要是陈涛跟我分手,那比杀了我还痛苦。我觉得,你是因为身边有更好的李哲凯了。不过李哲凯还真让人刮目相看,平时那么桀骜不驯,但在你面前怎么感觉像只小绵羊一样,要陈涛也跟李哲凯一样就好了。"刘珂嘴里念着陈涛,心里惦着陈涛。陈涛,你到底在哪里啊?想急死我吗?

"哪有。"王燃娇羞一笑,"哲凯很暴躁的,他正常时非常好,但发作起来也够吓人的,不过我觉得男人应该有点脾气。我觉得林亦诚也喜欢你,真的。"

"什么啊,他喜欢你才是真的。"

"哪有……"两人打打闹闹,越说越来劲。

4

夜已很深。

王燃和刘珂了聊得非常尽兴,也许是好久没有长时间畅谈了,她们直到夜市打烊才准备骑车回宿舍。为了早些到学校,刘珂提出抄近路,从一个少有人烟的小胡同穿过去。但是万万没想到,等待她们的是一场噩梦。

刘珂和王燃刚进胡同,就碰到几个喝醉酒的混混。

"哟,这两个小妞不错啊,来陪大哥喝几杯。"几个拿着啤酒瓶、地痞模样的几个人挡住了她们的去路。

王燃和刘珂被这突发状况吓蒙了。

"眼睛挺水灵的。"一个满脸横肉的男人摸着王燃的脸。

刘珂给王燃使了一个眼神，王燃心领神会，用水果摔向地痞，然后几乎同时扔下自行车拔腿就跑。体力不支的王燃最终还是被一个地痞抓住了。

无论王燃怎么哀求，还是没躲过一劫。

漆黑的夜，一边是地痞的淫笑声，一边是王燃撕心裂肺的痛哭声。

王燃的人生也因这次受辱发生了根本性的改变。

刘珂气喘吁吁地跑到了宿舍，她的腿直发抖。王燃怎么样了，我该怎么办？要不要告诉老师？可是，万一王燃要是有什么不好的事，老师要是知道了是不是不太好？告诉同学也不好吧？刘珂犹豫万分。慌乱之下，她像无头苍蝇一样找到林亦诚。

看着刘珂的落魄样，听着她支支吾吾、不成句的阐述，林亦诚大概明白她所表达的意思。他无法想象王燃遭受了怎样的凌辱，来不及多想，他骑着自行车载着刘珂飞快地去事发地点。

他俩远远地就看见，昏暗的路灯下，王燃头发凌乱，衣衫不整地坐在地上，双手环肩，蜷缩成一团。她神情呆滞，目光涣散，只有无声的泪水一刻不停地流下来……

林亦诚迅速地脱下外套，冲了过去，拿衣服裹住她，刘珂也赶紧跟了过去，把王燃紧紧搂在怀里。看着眼前的这一切，林亦诚攥紧拳头，脸涨得通红，眉毛拧成了一团，目光凌厉得想要杀人一般。他恨得咬牙切齿，但此时却不知如何安慰王燃，更不敢直视王燃流泪的眼睛。

林亦诚看着王燃受到的伤害，他再也忍不住压抑的情感，泪潸然而下。他第一次感受到心会这么痛，仿佛在滴血。

林亦诚跑出胡同，叫了个车，跟刘珂一起把王燃送到了医院。刘珂替王燃交了押金办好住院手续，安顿好王燃后，林亦诚让刘珂在医院好好陪着王燃,自己先回宿舍,天亮了再来。他不想看到王燃苍白的脸,他也不想让王燃面对自己有任何压力。

从医院出来后,林亦诚重返王燃出事现场,他一定要把那个坏蛋揪出来,替王燃报仇。可是,实际情况哪有那么乐观。

林亦诚把那条胡同反反复复走了几十遍,试图寻找有关施暴者的蛛丝马迹,可是那一条胡同本身就很偏僻,又特别狭窄,旁边是拆迁的废楼,连个住户都没有,路灯大多也都坏了,黑压压的,更别提有摄像头了。重要的是他发现,现场好像有被人清理过的痕迹,连个烟头和酒瓶都没有……

倍感挫败的林亦诚垂头丧气地回到夜市街,已经是凌晨了,商户们也都打烊了。林亦诚追问几个小摊户,他们似乎也是惧怕那些地痞,非但没提供任何线索,甚至还凶神恶煞地怼林亦诚,让他不买东西就赶紧滚得远远的,别挡了财路,晦气。

林亦诚很想一把钱甩到这些市侩的人脸上,可是……他确实没有钱。

交不起学费,交不起医药费时他都没有这么绝望,因为还可以贷款,可以跟姨家借,可急需用钱的这一刻,他才深深感受到钱的重要性和自己的无能,也深深感受到当地人的冷漠。当你没有钱的时候,所谓的自尊都会被踩在脚下。作为这座城市的外来客,他连帮助王燃的渺小能力都没有,拿什么去说喜欢她?又有什么资格配得上她?

回到学校后,林亦诚在操场上使劲捶着沙袋,他把所有的怨气都撒在了沙袋上,手流血不止,林亦诚毫无知觉,不觉得疼痛,直到筋疲力尽,林亦诚才回宿舍。

躺在床上,林亦诚没有一点睡意。王燃痛哭流泪的表情,一直在他脑子里浮现。她就这么被摧残了,她该有多痛苦?如果我知道是谁干的，我他妈非宰了他不可。这事要不要告诉老师？王燃能挺过这一关吗？要不要告诉李哲凯啊？

此刻的林亦诚脑子里满满的，无论他怎么努力想让自己入睡，但都无济于事。他小心翼翼地打开台灯，从抽屉里拿出日记本记录他此时的心情：

> 夜很静，我的心很冷，降到冰点。王燃遭遇的不幸，对我来说是无论如何都不能接受的。她那么美丽、那么善解人意，为什么会遭受这样一场劫难？我能为她做点什么？怎样陪她渡过难关？这个不堪回首的日子，在王燃的生命长河里，永远都不会抹去，她心灵的创伤也许永远都不会愈合。但无论怎样，我都希望王燃能够坚强。我以后要好好地对待王燃，不是因为同情她，更不是因为可怜她，因为我爱她。
>
> 也许她永远都不会知道我对她的爱，但我会把这份爱深埋在心里，有些爱永远不需要表达，行动代表着一切，我会努力用行动去爱她，我会为王燃付出我的一切，甚至生命。无论怎样，至少她目前需要我的鼓励和关怀……

天快亮了，林亦诚合上日记本，依然呆呆地坐在那里，悲伤袭来，林亦诚再次以泪洗面。尽管他发誓以后再也不流眼泪，但想到王燃的遭遇，林亦诚满心伤痛，豆大的泪珠尽情洒落，他的心没这么痛过，痛得他无法呼吸。

5

躺在病床上的王燃，绝望地望着医院的天花板，她多么希望昨晚发生的一切是场噩梦。她怎么都不会想到这种事会发生在自己身上，她该怎么办？这种刻骨铭心的痛折磨着她，她泪如雨下。刘珂不知道该说什么，只能陪着王燃一起流眼泪。

"燃燃，你不要想那么多，一切都会好的……对不起，我要是不约你去夜市，不抄近路就好了，真的对不起。"刘珂对此很愧疚，她觉得王燃的不幸她也有责任。

"燃燃，你一定要坚强。算我求你了，我知道我现在说什么都晚了，我也体会不到你此时此刻的痛，但我真的希望你尽快把它忘掉……"刘珂泣不成声。

"小珂，谢谢你陪我。我怎么会怪你，这也许就是命。我只有一个要求，这件事情我不希望除你和亦诚以外的任何人知道。答应我好吗？我会挺过去，很快的。天亮咱们就回学校吧，我真的没有问题。"刘珂和王燃抱头痛哭。

林亦诚把日记本放在抽屉里，看着那只火红的蝴蝶结，他心如刀割。宿舍的兄弟们睡得很香，林亦诚洗漱完毕后，就坐上了去医院的公交车。

靠在车窗边，清晨的风吹散了林亦诚的眼泪。在快到医院的时候，林亦诚看到了推着早餐车的小贩，忙叫司机停车，跑了过去，用为数不多的生活费，买了两瓶热腾腾的豆浆和几个肉包，找老板要了几个塑料袋，严严实实包好裹在外套里，搂在怀中朝医院跑去。

医院寂静得可怕，浓郁的消毒水味冲刺着鼻子，林亦诚想要见到王燃的心更急切了，找到病房，林亦诚深呼吸一口，抹去眼睛残留的泪水，轻轻地推开医院的门。王燃好像睡着了，刘珂趴在床边，林亦诚蹑手蹑脚地走到床边，刘珂睡得很浅，立刻惊醒了，一脸憔悴、睡眼蒙眬地看着林亦诚，好一会儿才回过神。林亦诚轻手轻脚地把早餐放到床头柜上。

"轻点,她刚刚睡着,咱们去外面吧。"刘珂小声说道。林亦诚点点头,跟着走出去。空荡荡的走廊没有一个人。

"你一夜没有睡吧?看你眼睛红得跟兔子眼似的。"

"对了,燃燃说不要告诉任何人,她想今天就回学校。她回去咱们统一口径,就说她感冒输液去了,今天的课你帮她请假吧,我下午帮她办出院手续,在宿舍陪她。"刘珂说。

"好。"说着,林亦诚从贴身口袋里掏出一个纸包,"我身上就这么多钱,不知道够不够医药费。"

"得了,你还是拿着吧,我昨天刚取了钱准备给我姥姥买生日礼物的,我先交上。"

这时房间里传来轻微的声响,两人赶紧推开门。王燃醒了。

当她看到林亦诚的一瞬间,眼泪又刷地涌了出来。林亦诚快步走到床边,拿起纸巾帮王燃擦去脸上的泪水,然后拿起热乎乎的早餐。

"现在感觉怎么样?好些了吗?吃点东西吧,我来的时候刚买的。"林亦诚撕了一块包子递到王燃嘴边,王燃把头扭到一边,摇了摇头。

"吃饱了才能更快地好起来,多少吃点吧。"刘珂跟着劝说。

"我没胃口,你们吃吧。"王燃轻声说。

见状,林亦诚把包子递给刘珂:"你也辛苦了,吃了吧,等凉了就不好了,等下还要照顾燃燃。"刘珂听话地接过去,含着泪大口大口吞下去。

"你先拿着,等想吃的时候再吃。"林亦诚把热豆浆瓶塞进王燃手里。王燃冰冷的手因为豆浆瓶的温度开始有了温暖,微微颤抖。

"谢谢你。"王燃看向林亦诚的眼神里也多了些感动。

"我们是朋友,只要你赶快好起来,我就放心了。"林亦诚尽管心里很难受,但依然强忍着不让眼泪掉下来,他不想让王燃察觉。

"嗯,我没事。"

"那我先回去,你等出院后,回宿舍好好休息一下,课基本上都上完了,接下来就是期末考试的事情,我会把笔记整理好给你的。"林亦诚宽慰着王燃。

"是的,一定会变好的,相信我们。"刘珂也附和着。

第六章　难言

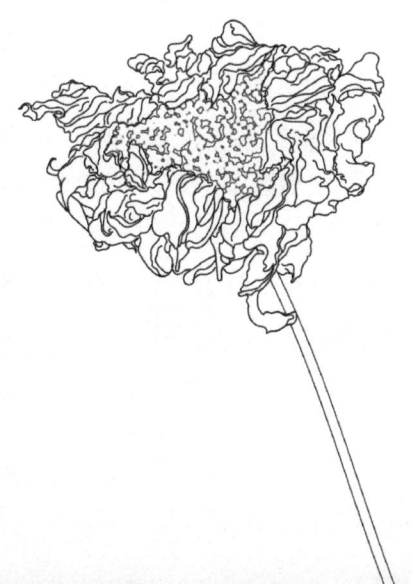

1

从医院回来后,林亦诚直接去了教室,趴在课桌上,一觉昏睡到上课铃响。

"今天咱班是不是就王燃和刘珂请假啊,那我就不点名了。今天是咱们最后两节课,接下来就是期末考试,希望同学们好好地复习。"石老师说完像往常一样讲起了课。林亦诚有些心不在焉地用书遮住脸,趴在桌上,看着教室的时间一分分过去。

突然,一个纸团落到他头上,他抬起头四下张望了一下,教室后窗,李哲凯探头探脑,对他挥手。林亦诚举手跟老师示意了一下,然后从后门走了出去。刚一出门,就被李哲凯拉到楼梯口。

"亦诚,我怎么没有看见燃燃?她今天没有来上课吗?我记错了,还以为你们中午没有课,我来上课时就没有和她一块来。我给她发信息没回,电话也不接,后来还关机了。"李哲凯一脸担忧。

林亦诚冷着脸,冰冷的眼神中透着隐忍的怒气:"你的女朋友,你问我?"

"你今天怎么回事?"李哲凯察觉出林亦诚的不对劲,"我搞错上课表了,还以为你们中午没有课,所以才没和她一块来。不就一天没见吗,怎么就搞得犯了什么十恶不赦的大错一样?"

看着李哲凯一副没什么大不了的样子,林亦诚恨不得给他一拳,可是想到刘珂的叮嘱,将怒气强压下来:"她昨晚阑尾炎突然犯了,在医院挂完吊瓶就在宿舍休息了。"林亦诚今紧盯着李哲凯,半晌才从嘴里挤出这么一句话。

"阑尾炎？昨晚什么时候？怎么都不叫我一声啊。她现在怎样了？我还有课呢，是班主任的课，我也不敢逃啊。"李哲凯一面很担心，一面又害怕翘课。

"哼——"林亦诚冷笑一声，"去上你的课吧，你现在去不去都不重要。"

这时李哲凯收到短信，班主任要点名了，李哲凯边跑边说："你帮我跟燃燃说一下，我下课马上去看她！"看着李哲凯的背影，林亦诚又冷笑了一声，然后走进教室。

回到教室的李哲凯正赶上班主任点他的名字，在座位坐稳，李哲凯心神不宁地坐在教室里，不停打开手机屏幕看时间，老师说了啥，他根本听不进去，他的心早已飞到王燃那儿了。他从未像此刻这样感觉时间过得很慢，班主任在讲台上的喋喋不休更令他烦躁不安。

叮——

好不容易这节课终于上完了，李哲凯箭一般地飞出教室。

回到宿舍的王燃，装出一副无所谓的样子。刘珂自己很清楚，她在伪装自己。她想把那耻辱的一幕彻底忘掉，所以她和王燃聊天时就像什么都没有发生似的，王燃也把所有的痛苦埋在心里，只是她不知道怎么处理和李哲凯的关系，她很矛盾。说实话，在这天之前，她都非常爱李哲凯，但发生了这种事她对李哲凯的爱没有信心了。

"燃燃，你没事吧？好点了吗？"未见其人先闻其声，李哲凯风风火火地冲进王燃的宿舍，"我知道阑尾炎犯的时候很痛苦的，你去医院输液怎么不叫着我啊。"

"呵呵，燃燃是那么弱小的女孩吗？什么事情都要叫你的话你会很烦的，再说有我刘珂在，燃燃能有什么事啊。"刘珂强装镇定地笑着对李哲凯说。

"哲凯,你……你怎么来了?"没想到会这么快见到李哲凯,王燃神色有些慌乱和紧张,她掖了掖被角,缩到床角。

"亲爱的,你怎么了,怎么看到我还躲呀?"李哲凯朝王燃蹭了蹭,王燃紧张地揪紧被角,脸上装作若无其事。

"那是给你腾地方,看你满头大汗,也不知道带来什么细菌没。"刘珂赶紧过来打圆场。

"因为太突然,时间又很晚,我不想打扰你,就没跟你说了。"王燃撒谎的表情有些不自然,但李哲凯没有察觉,"我没有什么事,昨天小珂陪了我一晚上,待会儿我请她吃饭,你去吗?"

"我当然去了,谁和这好事过不去啊。"李哲凯笑着说。

"不用了,我待会儿还得和徐飞商量事呢。你们去吃吧,改天让李哲凯请我好好地吃一顿,非得把你一个月的生活费吃光不可。你们先聊,我出去了。"刘珂边说边往外走。

"你今天吃什么了?别告诉我你一点都没有吃啊,你在床上好好待着吧。我给你做点吃的怎么样?你们宿舍有什么东西啊?"李哲凯边说边找东西。

"你做饭时小心点,别让宿舍管理员发现了,否则会把电饭锅没收了,我已经被没收一个了。你就给我煮袋方便面吧,那里有鸡蛋,我就爱吃面。"

"没有问题,待会儿我再去买一份鸡汤给你补补。"说完李哲凯就去接水准备煮面。看着李哲凯忙碌的身影,王燃陷入了沉思,眼泪却不争气地掉了下来。

一个玩世不恭的公子哥,竟然去给她煮面,单凭这一点,足以让王燃感动。哲凯啊哲凯,要是你知道了我的事,还会这样对我,还会和我在一起吗?王燃心乱如麻。

"面来喽!"李哲凯献宝似的端出面,"快尝尝味道怎么样?这个鸡蛋八成熟,这样最好吃,快尝尝。"李哲凯把方便面端到王燃的面前,并亲自动手喂起了王燃。这一刻,王燃的泪在脸上悄然滑落。

"哲凯,为什么对我这么好?我还有资格要你对我这么好吗?"王燃的心狠狠地揪在一起。

"傻瓜,这可是本公子第一次下厨,第一次为女人煮面,我妈都没吃过呢,感动吧?"李哲凯把头埋进王燃的发间,贪婪地闻着王燃身上特有的香味。

"谢谢你,哲凯,真的谢谢你。"王燃像个孩子似的趴在李哲凯怀里大哭。李哲凯紧紧地抱着王燃。

"宝贝,乖,别哭,你这一哭我也想掉泪了。你一定很难受吧?对不起,你生病了我都不知道,让你受委屈了。都是我的错,对不起宝贝,我来晚了。"李哲凯动情地说。

听了李哲凯的话,王燃哭得更厉害了。她不知道自己该怎么做,面对李哲凯的深情,王燃充满了负罪感,她没有勇气告诉李哲凯一切,她爱他,却更怕失去他。

2

对王燃的事,刘珂一直都很自责。她认为一切都是她造成的,如果自己不约王燃去夜市,就不会发生那件事情。王燃越是表现得平静,越是无所谓,刘珂心里就越不好受。回想起那一幕,刘珂还心有余悸。

"徐飞找我什么事啊?他不会知道了吧?不可能,亦诚绝不会给他说的,肯定是别的事。"刘珂显得忐忑不安,带着猜测去赴约。

"刘珂,你还没有吃饭吧?一起去吃吧?咱们边吃边聊。"徐飞说。

"好啊,正为吃什么而发愁呢。你女朋友呢?咱们在一起吃饭她不会吃醋吧?她好像对我意见挺大的,见了我都是板着个脸,好像我欠她多少银子似的。"

"呵呵,没有那么夸张吧?是你太优秀了,她怕你抢走我,你应该很高兴才对!其实……你是不是也对我有意思啊?哈哈。"徐飞以开玩笑的口吻说。

"滚一边去,还真自恋。"

徐飞和刘珂来到饭馆里,找了个位置坐了下来。

"今天随便点,有我买单你尽情吃。"

"随便吧,今天也没有什么心情吃,还是说找我有什么事吧?请我吃饭肯定有什么目的。"

"你别说那么难听行不行,先吃块排骨。"徐飞说着就把排骨放到了刘珂的盘子里。

"我男朋友又打架了,现在不知道在哪里,真是急死我了。"

"你给他打电话啊。"

"废话,要是打电话能联系得上,我还用这么急?说吧,到底找我干吗?"

"咱们不是马上要考试了,我的英语特别差,考试时你帮帮我,你要知道高考时我的英语才考了七十五分。"

"原来是这事啊,我说怎么请我吃起饭来了。行,但到时候出了什么问题可别把我拉下水啊。"

"能出什么问题啊,小考而已。"

"对了,你和林亦诚就一直这么耗着?你们有什么深仇大恨啊。"

"提他我就来气。早晚我得收拾他一顿狠的,他就是不挨揍不舒服。"

"你厉害,还是忙着考试吧,你不挂科那就谢天谢地了。"刘珂看了看菜单,"服务员,再加一份参鸡汤。"

吃完饭,王燃说想晒太阳,李哲凯扶着她在亭子下的藤椅上坐下。

王燃闭目靠在椅子上,阳光洒在脸上,很温暖,似乎可以洗涤一切脏东西。李哲凯拿毛毯给她披上,静静地看着她,这一刻就如同一幅美丽的油画。

"燃燃,你真美,我发现我越来越喜欢你了。"李哲凯轻轻地抚摸着她的长发,将王燃拉进自己怀中,王燃一颤,浑身紧绷。

"哲凯,你以前交过几个女朋友?"

"说实话就一个,但也不是交往,就是对她有好感,为什么问这个问题?"

"随便问问,没别的意思。如果,我是说如果,有一天我和你分手,你觉得什么样的理由你才能接受和信服?当然,我只是问问,你千万别多想。"王燃试探着问李哲凯。

"咱们会分手吗?我从来没想过这个问题呢。分手会有很多理由,要我信服的理由只有一个,那就是你已经不爱我了。如果你不爱我了,我一定会离开,还你自由,只要你幸福。两个人长期相处,或者是生活一辈子,彼此真诚是最重要的。我父母现在之所以处在半离婚状态,就是他们相互猜疑,不能坦诚相待。我妈妈老是怀疑爸爸有外遇,为这事经常吵。他们尽管还没离婚,却天天冷战,一个忙着做生意,一个忙着怎么往上爬,可我却没有了一个完整的家。"

"对不起，我不该问这个问题，让你想起了伤心事。"

"没什么。现在的家只剩一副空壳子。爸爸外面真的找了情人，而妈妈只是想着怎么利用爸爸的职权赚钱，而我就是多余的。别看我外表光鲜，不可一世，其实我自己清楚我是多么的脆弱，多么的不堪一击。以后我要是结了婚，一定不离婚。"李哲凯平静地说着，像是在讲述别人的故事一样，或许他早已习惯了这份苦楚。

"对不起！原来我是那么不了解你。我一直觉得你是一个衣食无忧、不食人间疾苦的公子哥儿，你很幸福，开着跑车，每天都那么开朗，不识愁滋味。原来你心里装着那么多事儿，那么苦！"

"习惯了，你知道吗？我第一眼看见你，就被你吸引了。我一直觉得你和别的女孩不一样。你很纯洁，在我心里你和仙女没什么分别。现在像你这么纯洁的女孩打着灯笼也难找了，我一定把你牢牢地抓住，我会爱你一辈子的，相信我。"李哲凯深情地说。

"你怎么会觉得我很纯洁？"王燃嘴角露出一丝苦涩，"我之前不是交了个男朋友吗？"

"你不是跟我说过，你和你前男友连牵手都没几次，你那只是精神恋爱，你的身体是干净的。"

听到这话，王燃浑身颤抖得更厉害了。

李哲凯哪里知道他的这番话给了王燃很大的压力。她对纯洁这个词很敏感，此时她被一种恐惧感包围着，她不敢直视李哲凯的眼睛，她遭受屈辱的那一幕在她眼前时时浮现。

"你是冷吗？怎么浑身冰凉。"

"可能是因为阑尾炎吧，咱们回去吧，我累了。"王燃的声音有点发抖。

"嗯，早点休息。"李哲凯把王燃送到宿舍门口，吻了她一下，王燃微微避了一下。李哲凯注意到了王燃的反常，但他以为是王燃身体还没复原，没有多想。

3

马上就要期末考试了，也意味着假期即将来临。学生们都进入紧张复习状态，林亦诚已经好几天待在教室埋头写着什么。这天放学都还在教室待着。

"哟，这么卖命是要拿全校第一呢。"徐飞冷嘲热讽着。

林亦诚头也不抬，懒得搭理他。徐飞见林亦诚不搭理自己，也吵不起来，只好愤愤地走了。

"亦诚，去打球吗？"金鹏和周宁过来叫林亦诚。

"不了，你们去吧，我还有事。"林亦诚继续奋笔疾书。

时间一点点过去，夜幕渐渐降临的时候，林亦诚终于将笔记整理完毕，他长长地伸了个懒腰，活动了一下脖子，捶了捶肩膀，拿起笔记本，匆匆离开教室。

李哲凯走后，王燃一个人回到宿舍，刘珂还没回，其他室友也不在，她拿了换洗的衣服进了浴室，脱掉衣服，抱膝蹲在地上。

"你知道吗？我第一眼看见你，就被你吸引了，我一直觉得你和别的女孩不一样，你很纯洁，在我心里你和圣女没什么分别。现在像你这么纯洁的女孩打着灯笼也难找了，我一定把你牢牢地抓住，我会爱你一辈子的，相信我。"

李哲凯的这些话一直在王燃的耳畔回荡，像紧箍咒一样让王燃头痛欲裂。王燃扶着墙站起来，打开热水器，水顺着头顶流下,王燃的眼泪也混合着泪水落下,她用力搓着身体,雪白的皮肤渐渐变红,身上出现一条条血印,甚至有星星点点的血斑出现,她恨不得把这层皮给撕掉。

叩,叩,叩——

突然传来用力的敲门声,王燃从痛苦中缓过神来,赶紧擦干身体,穿上衣服去开门,是林亦诚。

"你……你怎么来了"王燃湿漉漉的头发还在滴水。

"我来给你送笔记。"林亦诚递过来一大沓笔记本,"快考试了,我怕你看不完那么多书本,就把英语、数学、法理、语文……的考试笔记都整理了,你只要把这些看完,应该能考好的。"

"谢谢你。"王燃侧着头,用手抓着发梢,"你……你帮我放桌上吧,我手太湿了。"王燃侧侧身子让出路。

"好。"林亦诚侧着身子进去,把笔记本放下,没有离去的意思,"王燃,你等下有空吗?我们一起去自习室吧。"

"我——"王燃想要拒绝,可是看着那么厚一堆笔记本,又不太好直接拒绝。

"去吧,我的字有些潦草,我怕你有认不清的地方,去自习室我给你讲讲;没多少天就要考试了,我们得抓紧时间,不然到时候重修,又得浪费不少钱。"

"好吧。"王燃觉得林亦诚说的也确实是事实。

"那你赶紧把头发吹干,免得感冒,我去楼下等你。"

十分钟后,王燃带着笔记本下楼。林亦诚递给王燃一杯红豆粥和烤红薯。

"还没吃饭吧?给。"

"你刚才先下楼是去帮我买吃的了啊?"王燃有些意外。林亦诚被王燃看透,脸一红。

"我自己也没吃东西,你快吃吧,待会还要复习功课。"

"嗯。"

吃了带糖分的东西,王燃的情绪恢复了许多,心情也好了一些。她真想永远就像此刻这样,简单没有压力地活着。

自习室里,坐满了学生。林亦诚和王燃好不容易等到有人走了就赶紧坐下。王燃翻着笔记本,里面的字迹工工整整,根本不像林亦诚说的潦草。

"你看这道题是老师在课堂上重点说到的。"林亦诚指着笔记上画了五角星的地方,"然后还有这里。"林亦诚滔滔不绝地讲解着。看着林亦诚认真的样子,王燃也渐渐把注意力都放在习题上,做着林亦诚给她临时出的每个问题。

叮——

十点,晚自习结束铃声响了,学生纷纷起身走出教室。

王燃张开手大大地伸了个懒腰,活动了下脖子:"终于做完了,好久没这么认真做题了,好累啊,但是亦诚,你整理得真的很容易贯通,比自己看书有用多了。"

看着王燃开心的样子,林亦诚笑了笑,一边收拾东西:"你现在心情好些了吗?"

王燃一愣:"你……怎么知道?"

"在宿舍的时候我看到你眼睛红肿了,像哭过的样子。"林亦诚心疼地看着王燃。

"所以……你让我来自习室,是因为这个……"王燃这才明白林亦诚真正的心意。

"嗯。"林亦诚点点头,"想让你分散下注意力。"

"林亦诚,谢谢你。"王燃眼眶一热。

4

车水马龙，人山人海。大学城比以往更加繁荣。

各个学校即将期末考试，一大早同学们就都急匆匆地赶往教室，谁也不想缺课，因为这个时候老师都会在课堂上，讲解考试的范围。

虽然林亦诚连续几天帮王燃复习，让她没有时间胡思乱想，但终究还是得面对现实。王燃为了躲李哲凯，没有和李哲凯一起去教学楼，在得知李哲凯心意后，她更加不知道如何面对李哲凯。

"同学们，咱们法理课是闭卷考试，希望同学们好好复习。平时的成绩占百分之四十，所以稍微用心复习，考试就没有问题。"石老师反复在课堂上强调。下课后，王燃独自迅速离开教室，生怕李哲凯会找来。刘珂叫住正准备跟去的林亦诚。

"亦诚，我现在没有一点心情学习，燃燃变了很多，别看她表面没什么，天天跟她同一个宿舍，我知道她还没有恢复到以往的状态，如果那天我不约她去夜市，没说走小路，早点回来的话，也不至于……特别是我看到燃燃牵强的笑容，我的心就隐隐作痛。我的脑子成天胡思乱想，我不知道我现在怎么了。"刘珂显得很烦躁。

"这不是你的错，谁都不想发生这样的事情。你又何必自责呢？那只是个意外，意外，懂吗？我们能做的就只有好好地关心燃燃，希望她可以早日从心底放开，彻底地忘记这件事，希望这件事李哲凯永远都不会知道。"

"李哲凯那么爱燃燃，如果知道了真不敢想象他会做出什么疯狂的事情来。"

"算了，我们都别瞎想了，只要你不说我不说，李哲凯是不会知道的。对了,你最近有跟王老师联系吗?"

"前些日子我给王老师打电话,她告诉我陈涛又惹事了,他总是这样,真令人心寒,警察正找他,也不知道他躲到哪里了,也不给我来个电话,真急人。"

"你就那么喜欢陈涛?他打架惹事不学好,你到底看上他哪儿呢?你也别为他牵肠挂肚了,他要是心里有你,肯定会和你联系的,他又不是不知道你的电话。你还是好好复习吧,通过考试才是最重要的。"

"你不懂爱情,说起来容易,做起来难。我也想沉下心来,但我发现太难了。倒是你,最近对燃燃可真上心啊,没少借复习跟她单独相处吧,跟你认识那么久,也没看你对我这样过。我觉得燃燃跟你在一起更适合些,假如李哲凯和燃燃分手,你就有机会了……"

"你说些什么乱七八糟的东西,呵呵,你的想象力真丰富,你有这个时间,不如回去多和燃燃交流一下,我也不能二十四小时跟着她,你俩平时在一起的时间更长些。"林亦诚赶紧打断刘珂的话。

"OK,OK,那我先走了。"刘珂吐吐舌头,头也不回地跑了。望着刘珂远去的背影,林亦诚无奈地笑了,笑容有点僵。

5

王燃没想到,刚出教室不远就被李哲凯"恰巧"遇见了。

"今天早晨我都迟到了,说好了你叫我起床一起上课的,你怎么没有叫我?"李哲凯牵着王燃的手,用带有一点责备又有点撒娇的语气说。

"你天天赖床,多迟到几次就长记性了。"

"这么说你是故意的?"

"我故意又怎么了?我有天天叫你起床的义务吗?"

"你记住啊,从明天开始,我每天叫你起床,五点就把你吵醒,我愿意承担这个义务,到时有你受的。"

"我不会关机啊,当然,再把宿舍电话线拔了,看你怎么骚扰。"王燃挣脱李哲凯的手小跑着。李哲凯追了上去,从后面抱住了王燃。

"燃燃,我发现我越来越离不开你了,一会儿不见心就闷得慌,我这是怎么了,真心喜欢一个人就是这种感觉吧。这种感觉好奇妙,都说恋爱是幸福的,谢谢你让我有这种幸福的感觉,别动,就这样抱着你,再给我一分钟,就一分钟。"

哲凯,你何必这样,我现在好怕,好怕失去你,我也好想这样让你抱着,我也很幸福,可是我值得你这样去做吗?你不会了解我现在的痛苦,求你别这样,你这样我会更加内疚,我会更加贪心,更加舍不得离开你。哲凯,告诉我,我该怎么做?我到底该怎么做啊!

王燃的眼里盈满了泪水,她心里的苦李哲凯是无法理解的,也不可能理解。她只能在心底默默地倾诉着。王燃转过脸,和李哲凯紧紧拥抱在一起。

"傻瓜,你怎么又流泪了?怎么这么爱哭?你明明知道你流泪的样子有多丑。"李哲凯擦去王燃脸上的泪水,用怜爱的语气说。

"谢谢你对我的好,我真的希望一辈子,就像现在这样被你宠着,被你爱着……我是不是太贪心了……"没等王燃说完,李哲凯满含深情地、忘情地吻起了王燃。王燃微闭双眼,泪水一滴一滴滑落，打湿了李哲凯的手，更灼痛了他的心。

一阵阵的不安在李哲凯心里升腾着，他不知道王燃到底发生了什么事，但总觉得自己将要失去她了。看王燃被吻得喘不过气来，李哲凯才放开她，随后把她搂在怀里，紧紧地，好像要把她揉进骨髓里。

"你一定不会离开我的，对不对？"此刻的李哲凯，就像是一个找不到回家路的孩子。

王燃没有回答，她感觉到了李哲凯的不安与无助，只是用尽全身的力气回抱他。

林亦诚在附近静静地看着他们，不知道是高兴还是酸楚，只知道心有一种莫名的痛。他们真配，天生就是一对。林亦诚自嘲地一笑，转身离去。

林亦诚给家里去了个电话，妹妹的病有所好转，很快就能出院。只是她的功课耽误了不少，家里为了给妹妹看病，把唯一值钱的牛卖了，在农村没有牛就好比战士在战场上没有枪一样。

妈妈的身体一直不好，在没有牛的日子，妈妈干农活会更加辛苦。没有办法，为了她的六个儿女，妈妈没得选择。等考试完，就立刻去找兼职，他不断提醒自己。

6

陈涛从青岛来到了深圳，被眼前这座繁华的城市所吸引。虽然这是他第一次来深圳，但他没有一点陌生感，相反的是他很喜欢这里的气候，在这里他觉得很惬意，看来来深圳是正确的选择。

深圳有石克牙没有的高楼大厦，有石克牙没有的霓虹闪烁，有石克牙没有的车来车往。从踏入深圳的那一刻起，陈涛就一直把在深圳所看到的一切，自然地和石克牙对比。他决定再也不回石克牙了，再说他也不敢回，他现在最关键的问题是如何在深圳生存下去并且不让警察找到。

不知道那个男的怎么样了？此时的陈涛内心很复杂，他想给慧打个电话，想听听她的声音，想问问情况，也想慧能对自己还有一丝关心。他不甘心就这样被慧无情地甩掉，他依然深深地爱着她。但同时他也知道，这只是自己的一厢情愿。慧现在不可能原谅他，何况他也没有信心慧不会透露他的行踪。

不然给刘珂打个电话吧，这么久不见，以刘珂的性格，估计都炸了。可是……当陈涛走到电话厅，拿起电话的一瞬间他又放下了。他不能给刘珂打电话，至少现在不是时候，要是刘珂知道他在深圳的话，以她轰轰烈烈的性格，估计全世界都知道了。

陈涛漫无目地地走在深圳繁华的大街上，依然是车水马龙、人来人往，但这一切都与他无关。他知道他只是这里的一个过客，万家灯火处永远没有属于自己的那扇窗，想到这些陈涛难免有点伤感，人在落难时往往会想家，此时陈涛想妈妈和姐姐了。

陈涛的妈妈很慈祥，也很爱陈涛。小时候和妈妈一起散步是他最快乐的时光，但是在八岁那年，一场突如其来的车祸夺去了妈妈的双腿。从那时起，陈涛的记忆里就只有妈妈的叹息声、爸爸的咆哮声，还有姐姐的哭泣声。原来幸福的家因为一场车祸开始步入不幸。

陈涛的爸爸由于生活的压力，脾气越来越暴躁，稍有不顺就对陈涛的妈妈发火，直到最后动手。这一切都深深地印在了年幼的陈涛脑海里，每当爸爸喝醉时，陈涛和姐姐都会遭到爸爸的毒手。在暴力家庭中长大的陈涛的眼里，暴力才是解决问题的唯一方式。这也是陈涛从小就爱打架的根源所在。也许他自己现在也不明白，为什么自己总是用武力解决问题。但不得不说，家庭的不幸造就了陈涛的不幸。这是谁都无法否认的事实。

时间很快，马上到了考试时间。首先开考的是法理，没有开考前考场里乱哄哄的，有人还在利用最后的一点时间看书，有人把先前打好的小抄放在恰当的位置。

林亦诚看了王燃一眼，她好像有什么心事，脸色很难看。刘珂和徐飞在聊着天，还偶尔向林亦诚这里瞅一眼。林亦诚笑着对刘珂做了一个"V"字型的手势，算是为彼此加油鼓劲。林亦诚点点头，把注意力再次放在王燃身上。

石老师拿着试卷进来了，考场里立刻安静了下来，石老师让同学们把书和包等东西全部交上去。考试开始了，考场内一片寂静。对于法理这门课，林亦诚一直都比较喜欢，学得又好，所以他很快就做完了全部试题。

林亦诚四周打量着其他的同学，徐飞把小抄放在试卷下面，全神贯注地抄着，眼睛还不时四处张望。王燃看起来心不在焉的样子。林亦诚很替她着急，法理试题很容易的啊，这几天还着重帮她复习了的，怎么感觉今天她很不在状态。

"啪"的一声，王燃的书掉在了地上，打破了考场内的宁静。

一刹那，同学们的眼睛齐刷刷地都对准了王燃。王燃脸涨得通红，腿也抖个不停，惊慌失措地耷拉着脑袋。石老师走到王燃的面前，从地上捡起书，放在了课桌上，奇怪的是石老师对此并没有说什么。坐在一旁的刘珂望着王燃，示意她没有什么，继续做试题。

法理课考试结束了，同学们七嘴八舌地议论着王燃作弊的事情。王燃的脸色惨白，她不敢和任何一个同学交流，拿起书包就往外走,任凭林亦诚怎么喊她,王燃都装作听不见,不予理会。

"怎么办啊,亦诚,燃燃不会真的作弊吧?石老师不会把此事反映给学校吧?"

"我也不知道怎么会这样,这两天她看起来都挺正常的啊,你快回去安慰一下她吧。明天还有英语考试,这才是最重要的。"

"让李哲凯去更好些吧。"刘珂说。

"李哲凯他们下午还有考试吧?再说这事还是先别告诉李哲凯,燃燃很爱面子的,这毕竟不是什么好事。"

"也对。"

"作弊都不会,干什么吃的?"一旁的徐飞阴阳怪气地讥诮。林亦诚没时间理会,"你不是学习很好吗?平时就装清高,这下装不了吧?"徐飞故意挑衅。

"你他妈再说一句。"

"我又没说你,别在这儿狗拿耗子,没事一边待着去。"

"这里哪里有你说话的份啊。狗嘴吐不出象牙来,就你会作弊,炫耀什么?"林亦诚被徐飞激怒了。

"你丫火还挺大,今天老子心情好,不跟你一般见识,否则有你好看。"徐飞得意地走出考场。

"你给我站住……"林亦诚准备追徐飞,刘珂拉住了林亦诚,制止了一场冲突。

"行了,你还有闲心和徐飞折腾?我去看看王燃,你和石老师关系好,去一趟办公室探探她的口风,你去也许会对王燃有帮助。"

王燃骑着自行车,脸上没有一丝笑容。

原本林亦诚给她复习,她觉得自己都一门心思好好学习了,可是没有人知道,自从事发之后,她晚晚做噩梦,表面却还要装作若无其事，还要照顾李哲凯的情绪。

她不敢让别人看到她的难过，白天笑对生活，难受的时候只能躲在洗手间或被子里哭。精神压力和考试压力重重压着她，让她分分钟就能崩溃。今天考试的时候，不知道为什么，她脑袋一片空白，一道题都不会了。

一路上，她觉得所有人的目光里都隐藏着鄙视和嘲笑。她的自尊心受到了严重的打击。她只想赶快到宿舍睡一觉，她多么希望刚才的那一幕是场梦。从小学到现在，她从来没有在考试中作过弊，想不到第一次有作弊的念头，书却掉在了地上……

7

如果王燃作弊的事被学校知道，学校一定会通报批评的，那样无疑在王燃的伤口上撒盐。她再也不能受什么打击了。想到这儿，林亦诚来到了办公室，班主任也在。林亦诚看了看石老师，不知道怎样开口。石老师好像看出了他来的目的，以让林亦诚帮她去整理试卷为由，把林亦诚叫到了另外一个办公室。

"你找我有事吧？刚才看见你在班主任面前不自在，现在就咱们两个，没有什么顾虑的，你有什么事就直接说吧。"

"石老师，我……"林亦诚深吸了一口气，正视石老师的眼睛，"石老师，请你帮王燃把今天考场的事压下去，这一定是个误会，我帮王燃补习了一个星期了，她学得很认真，今天考试的题都在她熟悉的范围内的，她不可能作弊的。"

"你就这么相信王燃？"石老师有些意外今天的林亦诚，跟平日里大不相同。

"她是我见过最好的女孩。"林亦诚的眼神中满是坚定,"名声对每个人都很重要,对一个女孩子更是,我不想她因此活在大家的耻笑中。"

"可是今天的事很多同学都看到了。"

"也许……也许她真的作弊了,但是有原因的,她最近倒遇到了很不好的事,她现在比谁都痛苦。"

"王燃怎么了?发生什么事了?我也看她最近有点反常。"

"她……对不起,石老师,我答应过王燃不能说,但是那件事对她影响真的很大,这些天她好不容易稍微走出来了一些,她不能再被说作弊了,她也承受不了这些了。求求你了,石老师,只要你为王燃证明,自然会堵住那些人的嘴的……我保证,以后王燃再也不会这样了。"林亦诚苦苦哀求着。

林亦诚尝试说服石老师的努力,还是起到了作用。石老师让林亦诚回去好好准备明天的考试,她也决定要帮助王燃度过这个坎。

王燃来到宿舍,洗了把脸就躺在了床上,想着自己在短短半年来所遭遇的事情,泪止不住地往下流。

刘珂来到宿舍,把凉皮和馅饼往桌上一放说:"燃燃,我买了你最爱吃的凉皮和韭菜鸡蛋馅饼,一起吃吧,我去洗一下手。"

王燃赶忙擦干眼泪,说:"谢谢。"

"明天的英语考试你没有问题,你英语那么好。"刘珂故意显得很轻松。

"我不知道能考成怎样?"王燃低头啃着饼,"今天的事……"。

"这真的不算什么,谁的青春不做个弊啊。你别放在心上。"刘珂宽慰着王燃,"对了,放假了你去哪里玩?有什么打算吗?

要不咱们一起去?"刘珂转移话题。

"不知道。"王燃的回答很简单。王燃的少言寡语在刘珂的意料之中,只是看着面前的王燃,刘珂一时间大脑短路,平时叽叽喳喳的刘珂,此刻却不知道该怎么安慰王燃。

林亦诚思前想后,还是决定要告诉李哲凯。虽然石老师没说拒绝,但他还是怕风言风语传到李哲凯耳中。

林亦诚找李哲凯找得很费劲,等了两个多小时才等来了李哲凯。他迫不及待地告诉了李哲凯王燃考试的事,并且特别提醒李哲凯在王燃面前,最好别再提考试的事情,装作什么都不知道。李哲凯对林亦诚的嘱咐一边表示感谢,一边对于林亦诚如此关注王燃不解。

"林亦诚,你这么关心燃燃,该不会是喜欢她吧?你可是小珂的好朋友,小珂又是燃燃的好朋友,四舍五入你也算是我的朋友了。"

林亦诚有些生气:"都什么时候了,你认真点行吗?"

"好,那你答应我哦,千万不能对燃燃有非分之想。否则——"没等李哲凯说完,林亦诚头也不回地大步走掉了。

8

英语考场内,监考老师来回地走动。徐飞急得抓耳挠腮,刘珂示意他别急,马上就把答案给他传过去。

王燃的英语很好,她很认真地答题。金鹏的英语一直都不好,林亦诚和周宁提前交卷时,周宁把答案给金鹏。谁知道使的劲不够大,竟然落在了徐飞的脚下。

徐飞捡起来得意地望着林亦诚和周宁，然后小心翼翼地压在试卷底下，很熟练地抄了起来。林亦诚一肚子火，气得肺都要炸了，想过去拿走，被周宁拉住了。

徐飞没想到会有意外收获，抄得太投入，被巡考的校主任逮个正着。英语考试后，学校的通报栏上就通报了徐飞英语考试作弊的消息。

"哈哈，咱班作弊第一人原来是班长啊，作弊都不会，能干什么呢？"林亦诚看见徐飞耷拉着脑袋走过来，故意提高嗓门对周宁说。出乎他意料的是徐飞好像什么都没有听见似的径直向石老师的办公室走去。林亦诚当时没往心里去，想着他只是去跟老师求情。直到下午经过通报栏。

法理课考试作弊名单，赫然写着王燃和周宁的名字，林亦诚这才反应过来，是徐飞！林亦诚怒气冲冲地冲进教室，一把揪住徐飞的领口。

"你中午去石老师的办公室里干什么去了？"林亦诚强装镇定地质问徐飞。

"去干什么关你屁事？什么时候开始关注我的一举一动了。"徐飞也不示弱。

"你他妈真欠扁。"林亦诚说完给了徐飞一拳。

林亦诚和徐飞又打了起来，这一次打得比以往激烈。林亦诚的门牙被打掉了，徐飞的嘴出血了。刘珂拉不开他们。

"都给我住手！干什么呀！再不住手我马上去请班主任！"刘珂愤怒地朝他们吼道。听见要叫班主任，二人才悻悻地停了下来。

"你他妈以后积点德，生了孩子才有屁眼。"徐飞恼羞成怒，临走时不禁骂了林亦诚这么一句。至于林亦诚回击的是什么，徐飞完全没有听清楚。

李哲凯看到了通告栏上学校对王燃的通报批评，心里犹如打翻五味瓶。

对于王燃的作弊，他有点意外，尽管林亦诚告诉过他，他也不敢相信王燃会做这样的事。王燃最近是怎么了？经常约不到人，都说在复习，可既然复习了，怎么又会作弊呢？是不是有什么心事啊？李哲凯仔细回忆最近和王燃相处的点点滴滴，总觉得王燃有点不对劲，至于哪里不对劲，他说不清楚。要不晚上吃饭时间问她？可是林亦诚都千叮万嘱了，如果王燃知道自己知道她作弊，一定会很难堪吧？还是算了。李哲凯心里很乱。

李哲凯约了王燃吃饭，王燃还是赴约了。

但今天的王燃很少说话，一直闷着头吃饭，李哲凯心里很着急，除了不断向王燃碗里夹菜外，也不知道说点什么话来安慰她。

李哲凯知道也许现在什么不都不用说，就这样静静地陪着她是最好的做法。

"你也吃啊，菜都凉了。"还是王燃先打破了沉默。

"我一直在吃啊，你多吃点，这是你最爱吃的西红柿炒鸡蛋。"李哲凯每说一句话都非常小心。

吃完饭，李哲凯和王燃来到了操场上。

"哲凯，我最近心情很不好，经常对你发脾气。对不起，我不知道我最近怎么这么烦躁，我真的不想这样。我被通报批评的事你知道了吧？"王燃沉默了几秒，接着说，"自从我上学以来，第一次在考试中有作弊的念头，可能我太笨了，不仅没成功，还把书掉在了地上，在老师和全班同学面前，我当时真想找个缝钻进去。考前一直学不下习去，当书掉在地上的一刹那，我觉得老师和同学都用嘲讽的眼神看着我，那样的眼神我一辈子都忘不了。说实话我现在不想念书了，我想退学。再这样下去我一定会崩溃的。"

李哲凯把王燃揽入怀里,紧紧地搂住王燃,深情地说:"说什么呢,傻瓜?你知不知道你这样我好心痛。我不知道你最近究竟出了什么事,但我希望你能想到我,第一时间告诉我、相信我。无论怎样我都希望你能明白,真的能明白,无论遇到什么困难、发生什么事情,你都还有我,我会一直陪在你身边,分担你所有的痛苦。你记住,你的一笑一颦不属于你自己,也有我的一份。你的喜怒哀乐会直接影响到我,没有什么大不了的事。考试谁不作弊啊,只是没有被发现而已。如果是因为这件事你很痛苦的话,一点都不划算,也不值得。你还说什么退学,别吓我,你退学了我怎么办?"

听着李哲凯动情的告别,王燃泪流满面。

哲凯,对不起,我何德何能让你如此对我?我何德何能承受你的深情?我又何德何能让你这么为我牵肠挂肚?我已经不再是那个纯洁的王燃,我没有资格让你如此爱我,我也真的不知道在以后的日子里,我将如何面对你的爱。该不该告诉你我所遭遇的一切,如果告诉你,你还会像现在这样宠我、这样爱我吗?

王燃不敢再往下想,此刻,她只想痛快地趴在李哲凯的肩上,尽情地哭一次……

第七章　暗涌

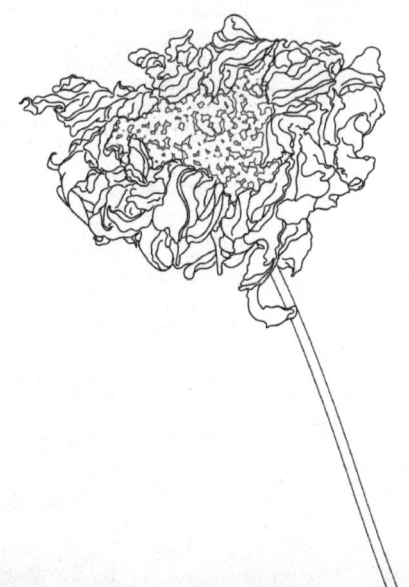

1

夜，出奇的静。

天，疯狂的冷。

北京的冬，无雪、干冷。

同宿舍的同学都已经进入梦乡了，林亦诚在床上翻来覆去，一直无法入睡。只要闭上眼睛，他就会看见王燃那双流着泪的水汪汪的大眼睛。时间一点点过去，室友的鼾声都传出来了，林亦诚却还睁着眼，他只好起身穿好衣服，决定出去走一走。

夜没有了白日的喧嚣，如此的静谧，林亦诚一时间还真有点不适应。

林亦诚路过王燃的窗前，本能地站住了。真想透过窗看看王燃，哪怕就一眼。这个冲动的念头也只是一闪而过，因为他知道这是奢望，他做的一切都只是徒劳。在王燃的心里没有他的位置。林亦诚自嘲地笑了笑，摇了摇头继续往前走。

明天是最后一天的考试了，马上要放假了，得赶紧找找兼职，挣下个学期的学费和生活费，这样也能帮妈妈和妹妹减轻些负担。如果能多挣点，还能给妈妈贴补家用。

操场上时不时有一对对情侣在窃窃私语。顺着他们指点的方向，林亦诚意外地发现了王燃，她一个人坐在操场边的藤椅上，仰头凝视着夜空，脸上的表情，有些绝望。林亦诚的心立刻揪了起来。

跟李哲凯吃完晚饭后，王燃的压力更大了，李哲凯深沉的爱压得她有些喘不过气来。最近真的太难受了，为什么老天要怎么对她？白天羞于见人，晚上更是无法安然入睡，她其实真的想退学,现在的一切对她来说似乎都没有什么意义了,她想得到李哲凯的理解和支持,可是李哲凯的那番告白,像枷锁一样牢牢将她困住。她害怕自己真退学了,李哲凯真会冲动做出什么傻事,可谁又在乎她的感受呢?想到这里,王燃用力吸了吸鼻子,重重地叹了口气……

林亦诚远远地望着王燃,王燃的眼泪让林亦诚一阵心酸,他无法形容此时的心情。他走了过去,脱下外套,轻轻披在王燃身上。

"亦诚——怎么是你?"王燃被林亦诚的突然出现吓了一跳。

"我被金鹏的呼噜声吵醒了,出来走走。"林亦诚挨着王燃坐了下来,"你呢?"

"睡不着,一个人出来透透气。"王燃扯了扯衣服,身上渐渐有些温暖。

"你下次出来多穿点,冻坏了可怎么办?"林亦诚有些心疼地责备。

"嗯,谢谢你,亦诚。"王燃笑了笑,"你放假回家吗?"

"不回。准备去找些兼职,和金鹏说好了,我们一起去劳动市场看看。你回家吗?"

"回去,和刘珂一趟车。"

"燃燃,那个……通报栏的事你真的不用放在心上,是徐飞自己被通报了,气不过去才去打小报告的,原本石老师都答应我把这事压下来了。"

"你……你去跟石老师求情了?"王燃眼睛一亮。

"嗯,我实在不知道能为你做些什么,只好去求石老师,都怪那该死的徐飞,我非得给他点教训不可。"

"你有这个心,我已经很开心了,真的,亦诚,谢谢你为我做的这些。其实……说实话我想退学，真的。我觉得在这里没有一点意思，自从那件事后，我发现我做什么都不行，感觉什么倒霉的事都往我身上来了，我想离开这个伤心的地方。"

"可是燃燃你想过没有，现在退学，毕业证也没有，你要怎么找工作？又要如何维持生活？"

"我……我没想那么多，只想快些离开这里。"

"相信我，一切都会好的，逃避也只能解决当下的问题。"

"可是只要离开这里，做什么都可以。我现在越来越不敢面对李哲凯，我很喜欢他，可是我又很害怕，他把我想象得太完美了，可是你知道，我哪有那么好。"王燃凄凉地一笑，"亦诚，你知道吗？我现在活得很累，每天都在装那个完美的自己，你能理解我此时的心情吗？"王燃有点激动。

"我知道你最近背负很多的压力，但你要相信一切都会好的。李哲凯如果真的喜欢你，他不会介意的。你还有很多的朋友，他们都是你坚持下去的理由啊。等放假，你好好地调整一下，别想那么多了。"

"一切都会好的……可是这一切是多久……"王燃的语气中流露出无奈。

"走吧，明天还有最后一科考试。回去洗个热水澡，好好休息。"林亦诚把王燃送到宿舍，望着她的背影，莫名的伤感涌入心头。

2

回到宿舍，林亦诚像往常一样，打开日记本记录当下的心情。

今晚有风,我明显感受到风的咆哮。任凭风怎么肆虐,也带不走我心里的那份哀愁。我不能对风有更多的奢求,它只是在人间完成它的使命,仅此而已。思绪如风,承载了太多情感的大脑此时短路。我本以为能用自己的方式来安慰受伤的王燃,可是我发现我的无力和无能。原来她什么都不想要,原来她在乎的只是李哲凯。真是好笑,我在笑我自己,你以为你是谁?但甘愿这样,这就是我。

王燃的眼泪在林亦诚的记忆里永远尘封。真想轻轻地为她抹去眼角的泪水,真想替她伤,代她痛。可是他不能。她有李哲凯。这是怎样的一种悸动,说不清楚。也许这才是爱一个人所要付出的代价,管她知道不知道……

合上日记本,已经是凌晨四点了,林亦诚困了,一头倒在床上……

李哲凯开着那辆抢眼的法拉利跑车,准备考试结束后载着王燃去兜风。

"考试再过几个小时就结束了,怎样去庆祝呢?"李哲凯笑着说。

"把所有的课本都撕了,扔在垃圾桶里。"王燃回应着。

"扔了还不如卖了,这样还能买几包你爱吃的薯片吃呢。"

"也是,就这么决定了。"王燃的心情看起来还不错。

林亦诚和刘珂从食堂里吃完早餐,一起上楼,准备最后一科的考试。谁都知道这场考试结束后就意味着大学第一个学期结束,回想起这半年所度过的每分每秒,林亦诚心里有说不出的失落,不知道什么原因,也许半年的大学时光消磨了他曾经的激情和憧憬。

考场内一片寂静，只有监考老师的踱步声。林亦诚依然很认真，刘珂依然全神贯注。考试对于他们来说不是什么难事。只有王燃显得很紧张和吃力，她的重心显然没放在考试上。考试刚过一半的时间，王燃就交卷了，林亦诚和刘珂对王燃的这一举动很吃惊。

另外一个考场里，李哲凯认真地做着试题，他不会想到王燃这么早就逃离了考试现场。

考试结束了，514法律系的教室里人声鼎沸，同学们七嘴八舌地展望着寒假里去做什么有意义的事情。刘珂在收拾课桌上的东西。王燃的表情很麻木，这一切林亦诚都看在眼里。

林亦诚本想对王燃说点什么，却找不到任何的借口，只好沉默。

班主任站在讲台上喋喋不休地说着同学们早已知道的放假日期和开学日期。

林亦诚的脑袋此时一片空白，他不知道放假对于其他人意味着什么，他们看起来那么兴奋，不知道原因。他只知道对于他而言，放假绝对是打工的机会，别的他不敢多想。

"燃燃，收拾好了吗？"李哲凯笑眯眯地进来了。

"马上，我去一下洗手间，完了就回宿舍。"王燃的情绪有点低落。

"李哲凯，考得怎么样？"刘珂的嗓门依然是那么的大。

"小菜一碟，这样的低级考试有什么难的，除非你弱智。林亦诚，对吧？"

"你就吹吧，小珂和燃燃是明天晚上的火车？你去送她们吗？"

"还是亦诚有良心，还记得送我们，李哲凯真的该向亦诚学习学习，真不知道燃燃为什么喜欢你，对亦诚竟然一点不感冒。

你给燃燃下的什么迷魂药啊？还不快从实招来！"刘珂嚷嚷着。

"又说我什么呢？"王燃笑着进来了。

林亦诚和王燃四目交汇的一瞬间，他知道王燃的笑容有多勉强。

"我和燃燃去市里买点东西，你们两个就不用去了，省点力气明天帮我们拿行李吧。"刘珂对林亦诚和李哲凯说完，拉着王燃就走了出去。

"今天别去食堂吃饭了，改善一下生活吧，走，我请你吃大餐。"李哲凯说。

"我还剩几十块钱，你请我？"

"没问题，走吧，别磨叽了。"

李哲凯开车带着林亦诚去学校外面的餐厅，豪爽地要了几个招牌菜。

"听说你放假不回去。"李哲凯一边吃一边问。

"嗯，准备找点兼职。"林亦诚夹了几块面前的菜，味道还不错。

"咱们学校寒假让住吗？听说不让住啊。真是这样你怎么办？"李哲凯问林亦诚。

"回到宿舍问问宿舍管理员，确认一下再说吧。好久没有吃荤了，这鸡肉还真不错。"林亦诚转移话题。

"这家饭馆我和燃燃经常来，这里的西红柿炒鸡蛋是燃燃最爱吃的，她非说这里的好吃，我真的没有吃出好吃在什么地方。"李哲凯说起王燃一脸幸福。

"燃燃是个好姑娘，不知你前世修了什么好福气。"

"什么前世不前世的，帅就是我的绝招，呵呵。我看你和小珂还真是天生一对，就别惦记别人了。"李哲凯还在担心林亦诚喜欢王燃。

"你还真逗,我对小珂一点兴趣都没有,她喜欢的是陈涛,还爱得死去活来的,大脑有毛病,条件又不差,怎么就中了陈涛的毒了。"

"呵呵,还说不喜欢小珂,我看你挺欣赏她的嘛。"

"我当她是妹妹。对了,我听说你之前因为自己不是前女友的初恋,就跟对方分手了,真的假的啊?这都二十一世纪了,你不会还有初恋情结吧?"林亦诚试探着问李哲凯这方面的话题。

"当然,别看我外表有些花心,其实我骨子里还是很传统的。"

"燃燃是好女孩,你不要辜负和伤害她。"

"那还用你说,我自己的女朋友,我当然是最了解的,我们交往了这么久都还没发生关系,可见燃燃多保守,我一定会好好珍惜她,把神圣的一刻留在最重要的时刻。"

听着李哲凯这番话,林亦诚压抑得说不出话来,他不想去想那天的场景,他一面担心,一面嫉妒。可是相对自己的私欲,他希望李哲凯永远也不知道。

3

大学城里面的各个大学都快放假了,回家的同学很多,去市里买东西的人更多。

王燃和刘珂在等公交车。

"怎么还不来啊,都快冻死了,真该睡一觉再去."刘珂搓着手,跺着脚,不耐烦地抱怨着。

"快了,不是说十五分钟一趟吗,再等会吧。"王燃看了看刘珂，淡淡地说道。等了差不多十分钟，公交车终于来了，王燃和刘珂松了一口气。

"这大冷天的坐车真不是什么好差事。有钱了一定买辆宝马，还要雇个司机。"刘珂又在做白日梦。

大学城处于京津之间，地理位置优越，大学城的建立为这座城市带来了不少的经济收入。城市虽然不大，但发展得还不错，绿化还可以。不一会儿就到了市里，走在熙熙攘攘的人群中，王燃和刘珂各怀心思。

"回家总要给大姨和姥姥买点东西吧？买什么好呢？关键是钱不多了。"

一个粉红色的发卡映入刘珂的眼帘。在她仅有的童年记忆里，好像听大姨说妈妈经常戴粉红色的发卡，妈妈有一头乌黑的长发，头发上粉红色的发卡，使妈妈显得更加漂亮动人。付完钱后，刘珂小心翼翼地把发卡放在包里，然后和王燃上了二楼。

王燃四处找卖公文包的柜台，她要给爸爸买个公文包，爸爸在教育局上班，他的那个公文包从王燃记事起就一直没有换过，给弟弟买点什么呢？他明年就高三了，买本英汉字典吧。妈妈喜欢好看的皮鞋，就这么定了，王燃把该买的东西全买好了，就只有陪着刘珂逛了。

刘珂实在不知道该为大姨和姥姥买什么东西。看上的东西实在太贵了，在几乎转遍了整个商场时，刘珂决定给大姨买条裤子，给姥姥买双袜子。"表表心意就行了。"刘珂这样安慰自己。

这天的天气真冷，王燃和刘珂穿得有点少，冻得刘珂直骂人。

"这个破地，赶快搬回咱们学校本部吧，买东西多方便啊。"刘珂发起了牢骚。

王燃心情虽然不好，还是笑呵呵地劝刘珂别较真。

"早知道这么冷,真该把林亦诚和李哲凯也叫来。他们倒是舒服了。李哲凯明明有车,你偏不让他送你,跟自己过不去。你和李哲凯没什么事吧?今天你怎么交卷那么早啊,有什么烦心事?"

"没有,就是特别烦,坐在考场上就像是坐牢,我很讨厌上学,回家给我爸爸商量一下,真不行就不上了。"

"你在胡说什么啊,还是乖乖地上学吧。四年很快就过去的。李哲凯对你多好啊,林亦诚对你也不错,你还胡思乱想什么?"

"别人都用异样的眼光来看我,真丢人,还被公开批评,这些都是我想都不敢想的事情,还有那件事,它死死地烙在我的心上,噩梦般地跟着我。我最无法面对的还是哲凯,有时候真想告诉他,可是就是没有勇气,我现在很矛盾,很痛苦,我到底该怎么办啊?"

"你想得太多了,这算什么啊,李哲凯不会介意的。现在没有告诉他的必要。趁这个寒假回家好好调整一下,时间是最好的良药。我还记得那些家伙长什么样,就算化成灰我也能认出他们。最好别让我碰见,否则绝对饶不了他们!他们早晚会遭到报应的,一定会的!"刘珂只顾着说,没有发现王燃瞬间变得苍白的脸。

"好了,咱们走吧,回去睡一觉,晚上还要和亦诚、哲凯他们一起吃饭。"王燃颤抖着声音打断了刘珂。

王燃和刘珂走出商场,马路那边传来了一阵悠扬的箫声,刘珂被深深地吸引了。

一个衣衫不整的失明老人在专注地吹箫,吹箫的姿势在刘珂的眼里是那么的潇洒。特别是当老人吹起《特别的爱给特别的你》时,刘珂的眼里泛起了泪花。她从兜里掏出十块钱放在了老人面前的盒子里。

"该死的陈涛,你现在到底在哪里啊?至少来个电话,哪怕就说一句话也好啊,就这样毫无音信,算什么啊!"

刘珂的思绪还停留在陈涛送她时在火车站为她吹箫的情景里,心如刀绞,泪水夺眶而出。一旁的王燃好像明白了什么,默默地把纸巾递过去,刘珂擦去了眼角的泪水。

坐在回去的车上,刘珂心里久久不能平静。也许是触景生情的缘故,有关她与陈涛相处的点点滴滴此时都一一萦绕在心头。

刘珂清楚地记得她第一次与陈涛相遇时的场景。当她在跑道上实在坚持不下去,要放弃五千米的比赛时,一个英俊挺拔的男孩拼命地为她加油,并一直助跑,直到她跑完全场完成比赛。

陈涛当着众多同学的面深情一吻,彻底俘虏了刘珂的芳心。从那一刻开始,刘珂就爱上了陈涛,爱得那么彻底,爱得那么死心塌地,尽管陈涛不是真的爱他,她也深知这一点。

现在的陈涛在哪里呢?刘珂真的希望现在就能见到他,可是这只是一个幻想。

4

深圳,灯火阑珊。

陈涛在深圳已经有一段时间了。他不敢与任何人联系,他的钱已经用光了,此时他想起了刘珂。到底给不给刘珂打电话。他一直很犹豫,一是他怕暴露自己的行踪,二是他现在不相信任何人。

生活毕竟还是要继续,如何在这个高消费的城市里生存下去是摆在陈涛面前的第一道难题。他一直以为自己应该是个名牌大学的大学生，可命运总是和他作对。他把这一切都归罪于残暴的爸爸，在他的思维里，如果不是爸爸，他也不会沦落到今天这个地步。在他的记忆里，只有爸爸向妈妈挥拳头的痕迹。陈涛的暴力至上的行事准则，也许是从他爸爸那里继承过来的。

陈涛属于深圳，在深圳他找到了一种生活方式。已经适应了深圳花红酒绿的陈涛，意识到原来人还可以这样生活，只要有钱，什么事都好办。钱充斥了他整个大脑。他要有更多的钱，只要有钱，他才可以做他喜欢的事情，才可以让慧回到他身边。至少在慧面前他能挺起胸，像一个男人那样。

陈涛由于长相英俊，在一家高档夜总会，做起了包房服务生，工资不高，但生存是没有问题的，何况夜总会还包吃住。一开始他还不习惯夜总会的乌烟瘴气，可现在他觉得一切都很正常，有很多像他一样无处可去的人，每个人都有自己不得已的理由，每个人也都有自己的生存方式。

林亦诚在电话亭前给家里打电话。他想给妈妈报一声平安，他在担心妈妈的身体。一个普通再不能普通的农村妇女，用自己的勤劳养育着她的六个儿女，她没有什么高尚的理论，甚至一个字都不认识，连自己的名字都不会写，但正是这样的母亲，给了林亦诚很多做人的道理。

妈妈经常说的一句话就是老实人就要做老实事，对别人好点，别人也会对你好。的确，在林亦诚的记忆里，妈妈没有和人吵过一次架，每当林亦诚和别的小孩打架时，妈妈都是打林亦诚，给别人说好话，在她看来打架不怨一个人。在妹妹的信中得知妈妈的手还没有完全好，重活还是不能干，不仅妈妈着急，林亦诚更着急。

"妈，是我，家里还好吧？"

"亦城啊,好,家里都挺好。"妈妈的声音苍老了好多。

"我们今天放假,今年过年我不回家了。"

"啊!你一个人怎么在外过年啊?我都已经在准备你喜欢吃的菜了。"

听到这儿,林亦诚的声音都哽咽了:"谢谢妈,我十一不是刚回过家嘛,寒假应该比暑假好找工作些,我去打点零工,你保重好自己的身体。"

"那你自个在外照顾好自己,不用担心家里,现在就我一个人在家。"

"嗯,你多休息,不要太累了,等我有时间就回去看你。"看了下电话马上又要跳一分钟了,他还得留着下次再打,林亦诚赶紧加快语速,"妈,我也没有别的事,先就这样吧,再见。"

林亦诚抢在跳秒前挂掉电话。每次挂下电话,他的心里就会有种莫名的惆怅。每次和家里通完电话,他都有些许伤感。这样的穷日子何时是个头啊?他有能力改变这一切吗?

躺在床上的王燃一言不发。

明天就可以暂时离开这个地方了,对于王燃来说是个解脱。她的这种惊恐的情绪不知道还要维持多久,她只想这种状态尽快结束。今天的考试很不理想,能否及格都是问题,反正免不了补考,再多一科又如何,王燃满脑子都是这些杂念。

李哲凯在琢磨送给王燃什么东西,能让王燃开心过个年。纨绔子弟看来真的陷入了爱河,爱的魔力的确够大,能短时间内改变一个人的某些本性。

李哲凯努力回忆和王燃相处的点滴,希望能发现什么。极力在脑海中搜索,尽力找到一些线索。王燃到底喜欢什么?送她什么东西能表达我对她的爱呢?有了,送个水晶球,一定要中间带心的那种,她一定很喜欢。李哲凯为自己的突然发现兴奋地叫了起来,她一定很喜欢,耶!

老人悠扬的箫声还在刘珂的脑海里萦绕。不行,还是打个电话问问王老师吧,也许能从王老师那里能得到一些新的信息。

电话那端王老师的答案使得刘珂很郁闷。王老师不仅不知道陈涛的下落,还奉劝刘珂别再和陈涛纠缠在一起了,但现在她什么都听不进去,她只想知道陈涛在哪里,她只为陈涛的安危着急。她想陈涛了,自从上次分别后,她再也没有陈涛的任何信息,她留恋陈涛身上的味道,她想他想得发疯了……

5

李哲凯约林亦诚、王燃、刘珂今晚大吃一顿。李哲凯想到和王燃假期的分离,难免有点不舍。原本要开车去一家五星级酒店为她们人送行,但被王燃制止了,最后他们还是去了王燃经常去的饭店。四个人各怀心思,但都在尽力地遮掩。特别是刘珂,因为陈涛,心绪难宁。

"亲爱的,多吃一点。"李哲凯的心情还不错,给王燃夹菜。他那句亲爱的使王燃有点尴尬。

"看你今天酸的,注意场合,这不是二人世界,还有我和亦诚呢。"刘珂冷笑着讥讽。

"来,亲爱的,我也给你夹点,这样你心理平衡了吧?"李哲凯赶紧赔着笑给刘珂夹菜。

"没错,我心里就是不平衡。凭什么啊!"刘珂才不领情,李哲凯夹菜的动作和陈涛怎么那么像啊。

"来,咱们喝一杯吧。多喝点,明天没有什么事情,也不会为考试烦恼了。"

　　林亦诚的提议得到了大家的响应。四个人举杯一饮而尽。林亦诚不会喝酒，他只是在极力烘托气氛，唯恐饭局陷入尴尬的境地。

　　"今晚敞开肚皮好好吃、好好喝。从来没有这么痛快过，林亦诚，你说我这半年都干了些什么啊，唯一的收获就是燃燃了，这半年有了燃燃，日子好过多了。亦诚什么时候也找个女朋友啊，有了女朋友真的不错。小珂也是的，你不会还惦记着陈涛吧，我看你跟亦诚好了算了……"

　　李哲凯这话是故意说给林亦诚听的，林亦诚当然听得出来。

　　"李哲凯，你才喝几杯啊就说胡话，你没有喝多吧？你看你那张牙舞爪的样子。燃燃，你怎么看上他了啊。"刘珂不屑地说。

　　"自罚一杯吧，这就是胡扯的代价。"林亦诚边说边给李哲凯倒满了酒。

　　林亦诚和李哲凯这对爱情上的死对头，目前面上还能过得去，只是两个人都心知肚明，那就是他们都一样深爱着同一个女人——王燃。

　　"他已经喝了四瓶了，少喝点吧。"王燃说。

　　"没事，我的酒量大的呢。"李哲凯端起酒杯一口气喝完了。

　　四个人喝得差不多了，刘珂完全醉了，只有林亦诚还算清醒。

　　刘珂趴在林亦诚怀里大哭，林亦诚对这一突发状况措手不及，赶忙安慰刘珂，谁知刘珂哭得更厉害了。李哲凯和王燃虽然是醉意浓浓，但对刘珂的失声痛哭还是表示出了一丝的诧异。

　　"李哲凯，你爱过一个人吗？真心地爱过一个人吗？那种感觉你有吗？"刘珂有点歇斯底里。

"我知道那种感觉,只能意会不能言传的,就像我现在是如此爱燃燃一样。"李哲凯边说边搂住了王燃。

"走吧,喝那么多干什么啊。"王燃似乎还算清醒。

"你照顾李哲凯,有一个小珂就够我应付的了。"林亦诚从座位上拉起还在痛哭的刘珂对王燃说。刘珂脚一滑,重重地摔在了地上。这下刘珂哭得更厉害了。林亦诚干脆把刘珂背在肩上。

"你背我干什么啊,我不要你背,你不像个男人,肩膀和陈涛比起来差远了。你背过女生吗?肯定没有背过像我这样漂亮的女生。你是不是现在非常想背燃燃啊,把我放下来去背她啊,你去啊你!"刘珂借着酒劲,在林亦诚背上又扯又踢的,说着大家都心知肚明的话,只是谁都不会在正常的情况下说出口。

"闭嘴!"林亦诚恼羞成怒地低吼了一声。

"燃燃,林亦诚说想背你,呵呵,你让他背吗?我知道你肯定不会让他背,有我呢,轮不到林亦诚,对吧?来,我来背你。"李哲凯说完欲要背王燃。弯腰的工夫,却一屁股坐在了地上。王燃看着李哲凯痛苦的表情和狼狈样,忍不住笑了。

"自己起来,快点。"王燃用命令的语气说。

"遵命,夫人。"李哲凯跟跟跄跄地站了起来。王燃搀扶着他继续往前走。

"我是不是很重啊,该减肥了,陈涛不喜欢胖的女生,不过他喜欢丰满的。林亦诚,你说我是胖还是丰满啊?"

"还丰满呢,瘦得跟麻秆似的。"虽然这么想,但林亦诚还是很奉承地对刘坷说:"我的大小姐,你很丰满,非常的丰满,丰满得让全世界的男人都为你疯狂。"

"谢谢,还是你懂得欣赏女生,找女朋友也要找我这样非常非常丰满的……"

话音未落，刘珂"哇"的一声吐在了林亦诚的身上。林亦诚立即停了下来，眉头打成结，嘴唇似乎被咬出血来。一股刺鼻的酒腥味让林亦诚忍无可忍。

"你疯了，吐也不吱一声。"林亦诚把刘珂放在了地上，火气冲天。

"你吼什么吼！走开！不用你管。我的陈涛就从来不会吼我。不就是吐了嘛，人家难受啊。"刘珂自己觉得很委屈，借着酒劲在地上又号啕大哭。

"小珂够猛的，哈哈，林亦诚做好事要做到底，还是把她背回宿舍吧。我和燃燃先走了。"李哲凯整个人挂在王燃身上，压得王燃腰都直不起来。

"燃燃，我帮你一起送他回家吧"。林亦诚看着吃力扶着李哲凯的王燃，皱了皱眉头。

"怎么，是瞧不起我吗？我还能走！"李哲凯摇摇晃晃走了几步，搂住王燃的肩。

王燃知道林亦诚对自己的心意，感激地看向林亦诚："你送小珂回去吧，我能搞得定。"

"陈涛，你在哪儿？你在哪儿啊？你知道我多想你啊？"

刘珂一边大叫，一边疯疯癫癫、跌跌撞撞地朝前跑，林亦诚没办法，只好追了过去。

"送我回家吧，我开不了车。"李哲凯头靠着王燃的肩，声音沙哑，似乎在隐忍着什么。

"这么晚了，要不你在亦诚宿舍凑合一晚？"

"你跟我回家吧。"李哲凯意有所指，王燃沉默不语。

"宝贝，你知道我爱你，就爱你，只爱你，你知道吧？"李哲凯晃晃悠悠嘴里不住地唠叨着。

"我知道,我当然知道,我也爱你,你也知道的,我非常爱你。"

"今晚我不想回家了,咱们住宾馆去吧。"李哲凯猛地吻住了王燃,热烈疯狂地吻着。他呼吸变得急促,体温也随着升高。王燃快窒息了,双眼紧闭回应着李哲凯炽烈的吻。

在王燃快要晕厥的时候,李哲凯结束了这个缠绵的吻。他眼神热切地和王燃对视着,良久,良久。

"哲凯,我给你叫辆车,早点回家吧。"王燃幽幽地开口,打破沉寂。

李哲凯所有的欲望被瞬间浇灭:"好,明白了,我自己回家,自己回……"

看着李哲凯踉踉跄跄远去的背影,王燃再也控制不住,一下子瘫坐在地上,失声痛哭。

"对不起!哲凯,对不起!真的对不起,原谅我哲凯……"

6

今天你就要回家了,也许一个多月的假期对你来说是疗伤的最好的日子。事情虽然过去有一个多月的时间了,但从你的眼眸里我能读懂你所受到的伤害。

有人说经历劫难是命中注定,只要挺过去就会柳暗花明。相信你也会笑对磨难吧?在这个物欲横流的社会,感情已经不是那么的重要了,处女也很难找到了,这样想来你不必难过,可是我知道你很在意那件事情。

昨天你喝高了,偷偷擦泪的你显得那么无辜,看到你那样,你知道我有多么难受吗?可是、可是我无法去安慰你,不知道从何说起，也不能和你走得太近。唯恐不小心又揭开你的伤疤，同时又怕被李哲凯误会。

不可一世的李哲凯，其实很爱很爱你，他对你的爱我都能感觉到，他的爱也一定能融化你，有人爱是幸福的，你就身处幸福中，难道不是吗？只要你别和自己过不去，让梦魇远离，你会非常的快乐和幸福。

宿醉后的林亦诚大清早起来写日记，只有在日记里，他才能和他心中的女神对话。昨晚喝得有点多，现在他的嗓子有点不舒服。不知道他们几个怎样了。

刘珂和王燃在宿舍收拾行李。她们还在议论昨天喝酒的事。

"你昨天真有能耐，吐了亦诚一身不说，还破口大骂他，他还真能忍，还背你回宿舍，你还记得吗？"

"我真的这样了？太丢人了吧？林亦诚还不得揍我啊。你昨天没有怎么喝，李哲凯那个小贱人一直袒护你，看来有男朋友真是爽啊。"

"又说我什么呢？为什么总是在背后说我的坏话？"李哲凯像变戏法似的来到了她们的宿舍。

"看你那熊样！提你都感觉晦气。昨天怎么灌我那么多酒，让我出尽洋相，没安什么好心。"

"你自己要喝的，免费的酒你自己贪杯，别怨我啊！"李哲凯为自己辩解。

"好了，别贫了，我还要去超市买点东西。"王燃说。

"一起去，小珂就别去了。"李哲凯做了个鬼脸就搂着王燃出去了。

"怎么就你一个人在宿舍啊？"李哲凯和王燃刚走没多久，

林亦诚就来了。

"妈啊！想吓死我啊！你鬼啊？走路怎么没声音啊！"刘珂又埋怨起了林亦诚。

"东西都收拾好了吧？回家带的东西不多吧？"林亦诚懒得跟她计较。

"没有什么。给家里人买了点东西。昨天不好意思啊，今天请你吃饭啊，呵呵。你比李哲凯那小子好多了，回家得向我大姨好好地夸夸你。"

"昨天的事别提了，提起就来气，待会儿一起简单吃点吧，省得火车上饿。七点就要去火车站了，别磨蹭了。"

"来超市就买了两瓶水啊。"李哲凯笑着说。

"是啊，就小珂我俩，本来东西就很多。对了，寒假宿舍不让住的话，就让亦诚住你家吧。"

"林亦诚肯定不会住我家，我记得他说学校可以住，一天交四块钱的住宿费。"

"哦，有地方住就行。"

"亲爱的，寒假这么长，见不到你怎么受得了啊。想你怎么办？我可以去你家找你吧？"李哲凯像小孩子一样撒娇。

"别，你可别找我，我爸会杀了我的。"

"有那么严重啊？"

"你以为呢。你自己在家好好地陪家人吧。"

"我不怕，我没家人可陪的。"

土燃想到之前李哲凯之前说的关于家里的事，意识到自己说错话了，走上前轻轻抱住他："有空的时候我会给你打电话和写信的。"

"别坐在这里磨蹭了，吃点东西要去火车站了。"刘珂看着时间催促着林亦诚。

"好吧,我也饿了,吃点好吃的。"

"亦诚,其实……"算了还是不说了,刘珂欲言又止。

"想说什么啊?跟我还有什么不能说的,支支吾吾的可不像你啊。"林亦诚说。

"没有什么。"刘珂显得心事重重。

今天很冷,将近六点了,天已暗了一会儿了。大学城与以往相比,清冷了很多,人也相对少了不少。李哲凯那辆红色的法拉利跑车,在大学城异常显眼。李哲凯开车送王燃和刘珂去火车站,到达火车站只用了四十多分钟。离火车开动还有一个多小时。

火车站人山人海。大学城的学生居多,正值学生放假之际。

"死林亦诚,你说来这么早干吗啊,还不如在宿舍待会儿。"刘珂习惯性地开始数落着林亦诚。

"是有点早,不过总比晚好吧。"林亦诚笑着说。

"我和燃燃去广场上逛会儿了,麻烦你们看着点行李。"李哲凯得意地对着刘珂说。

"滚吧,越远越好。燃燃啊,我亲爱的妹妹,你怎么会看上他啊。"刘珂的嗓门依然很大。

一旁的林亦诚看着李哲凯和王燃的背影,心里酸酸的同时他也纳闷,是啊,为什么会看上李哲凯呢?他也有点想不通。

7

李哲凯和王燃在广场一角坐了下来。

"知道吗,其实我很不愿意你回家,我怕想你会想得发疯。也许在我忍不住时,我要突然出现在你面前,你不要吃惊。想着你的笑，我就很开心地度过每一天。有时候我在想，我的生活里如果没有你，将是什么样的，我无法想象。我不知道你最近有什么心事，总感觉你有点怪怪的，你不说肯定有你的理由。"

"今天这是怎么了？有什么事吗？好不习惯此时的你。其实我有很多的缺点，你还没有看到而已，别对我那么好，我怕有一天会辜负你，我是一个不值得你去爱的人。不管你在别人眼里怎样，但在我眼里你是那么的优秀，我好担心在我离不开你的时候你会离我而去。你会一直守护我吗？无论发生什么事？"

"傻瓜，那还用说。把眼睛闭上。"

"为什么？你又想要什么花招？"

"乖，听话，让你闭你就闭呗，哪里这么多话，要听老公的话。"

"切，你又要做什么？"王燃闭上了眼睛，心里七上八下的，尽管不知道李哲凯要做什么，但王燃满心幸福感油然而生。

李哲凯从兜里拿出一个用红毛线编织的手链，轻轻地放在了王燃的手里，他决定把那个水晶球暂时珍藏起来，他想用他自己的钱为王燃买礼物，家里再多钱和他没关系。

王燃睁开了眼睛，看着手里的礼物，深情地望着李哲凯，感动地说不出话来。

"这是我亲手编织的，虽然不好看，但我的心在里面，我以后挣了大钱，会给你买最好的，我要用自己挣的钱给你买最好的礼物，这个你先带着，至少我的心是真诚的，你能理解就好了。"

"谢谢你，我很喜欢。"王燃头靠在了李哲凯的肩上。

站在附近的林亦诚，恰巧又目睹了这一幕，带着莫名的惆怅，低着头回到了候车室。

"你给我买的雪糕呢？"刘珂问。

"哦，大冬天的，别吃了，多喝点水吧。"林亦诚慌张地说。

"他们两个厮怎么还不来，去了那么久，马上要检票了。"

"小珂，背着我们说话怎么也这么损啊。"李哲凯开着玩笑，一脸笑容，看来心情不错。

"尊敬的旅客同志们，由北京开往满洲里的13XX次列车开始检票了……"广播响了。

林亦诚帮刘珂背着行李，趁刘珂不注意，把一个信封装在了刘珂的包里。李哲凯和王燃难舍难分、卿卿我我地走在最后面，好不容易把刘珂和王燃送上车。林亦诚和李哲凯与她们挥手告别，直到火车远离了他们的视线。

林亦诚和李哲凯走出了站台。

"哥们，怎么着，要不要喝一杯去？"李哲凯用试探性的语气问林亦诚。

"怎么？燃燃走了闹情绪啊，还是早点回去吧。刚吃过饭，别喝了，明天我还要早起去市里找工作。"林亦诚的语气有点无奈。的确，谁想在外打工啊，何况是大学第一个寒假，但又有什么办法呢？既然自己无法选择父母和家庭，也只有努力让自己改变环境了。

李哲凯开着跑车回家了，林亦诚在火车站附近闲逛。北京时间八点四十八分，大学城火车站依然熙熙攘攘。一旁的商贩大声地吆喝着，来来往往的人群嘈杂声四起，整个火车站俨然一个菜市场。

火车站是流动人口比较集中的地方，自然少不了很多劳务中介公司。林亦诚没有坐李哲凯的车回去，他在一家中介公司门口停了下来。

手抄稿初中学历，零基础，写得那么好，是真的吗？看起来大学生打工还是很好找的啊。只是为什么还要交三百元的中介费呢。这年头做什么都要交钱，钱真是个好东西。可是他连中介费都交不起。

"还有没有去大学城的啊，最后一班车还有五分钟要开车了，请抓紧时间！"不远处的公交车站，一个肥胖的中年妇女拿着喇叭吆喝着。林亦诚这次晃过神来，是该回去了。

8

"旅客朋友请注意，前方到达的车站是天津车站，有在天津车站下车的乘客请提前做好准备……"

"还真快，五十分钟就到天津了。"刘珂说。

"是啊，你家要是这么近多好啊，你到家得四十个小时吧。"王燃问刘珂。

"是的，不敢想，四十多个小时是什么概念啊，真要命啊"。刘珂说。

"我也好不到哪里去，对了我的随身听放你包里了，你帮我拿出来吧。"

"差点忘了。"刘珂边说边从包里取出随身听递给王燃。一个信封从包里滑了出来。

"你看着东西我去一下洗手间。"王燃从座位上站了起来。

"刚喝了一口水就去洗手间啊，你是不是尿频啊。"刘珂笑着说。

"懒得理你。"王燃朝刘珂做了一个鬼脸。

刘珂打开那个信封，里面有一张二十元的人民币，还有一封信。刘珂有点困惑，这是谁的啊？刘珂小心翼翼地打开那张信纸,心里很紧张,万一是王燃的,又被王燃看到我看她的信多尴尬啊。尽管这么想,但刘珂还是以最快的速度打开了那封信。

小珂:

你能注意到我写的这封信吗?应该能吧,我的预感一直都是很准的。

大学半年了,我一直在努力地适应所谓的大学生活,尽管和我所期望的大学有很大的差距。这半年多来,发生了很多意外的事情,有时候对你的态度很恶劣,还好你都没有介意,你的开朗也一直在影响着我。

现在想起咱们从石克牙来时我对大姨说的那句话,真有点可笑。我根本没有照顾你,还一直惹你生气,我很自责,在此真诚地对你说一声:对不起。同时对于你对我的帮助道一声感谢,这是发自内心的。

本想给你买点什么东西,但愧于囊中羞涩,20元就买几瓶水喝吧。回家后给我来个电话,代我向大姨问好。

一路顺风。

林亦诚

林亦诚这家伙还会来这一套,真没看出来,不过他的确很细心,这一点不出刘珂的意外。看着这干巴巴的二十元人民币,刘珂心里暖暖的。她和林亦诚相处的点点滴滴又在她的脑海里一一闪现。曾几何时两人无休止地争吵,曾几何时两人相互鼓励,又曾几何时两人深夜谈心。谢谢林亦诚这么细心,我还一直对他大呼小叫……想到这里,刘珂眼圈红了,因为她知道林亦诚多么的不容易。

"怎么了,发什么呆啊,看起来一副心事重重的样子。"

"没什么,我倒是要问你,怎么这么久啊?我还以为你在洗手间出什么事了呢,再晚一点出来我就要叫乘警了。"刘珂努力地平息着自己的情绪。把信迅速地装进包里,装作一副若无其事的样子。

火车继续前行,王燃和刘珂趴在座位上早已进入了梦乡。吵闹的车厢内此时显得很安静,只有男人们发出的鼾声和乘警来回走动的脚步声。

大学城很宁静,就林亦诚一人在宿舍里。

同宿舍的人回家的回家,找朋友玩的找朋友玩。林亦诚没有感到一丝的孤独,相反他很喜欢这样的氛围,没有一个人打扰,自己在宿舍里做自己喜欢做的事情。做些什么呢?虽然已经是凌晨了,明天还要去市里找工作,但他仍无倦意,于是他又拿出了自己的日记本,记录自己的心情,这俨然成了他的习惯。

今夜,有风。心情不会因为有风的存在而有所改变。送走了王燃和刘珂,心里未免有点失落。

今夜,有风。我的心原本没有感觉到一丝的凉意,只是在火车站的广场上看到李哲凯和王燃拥吻的那一幕,我的心为什么结了冰?为什么?

今夜,有风。我在不属于自己的城市里能做些什么?明知道自己的路会很艰难,所以始终是提心吊胆,至于明天,不敢想象。

今夜,有风。明天会是个艳阳天吧?我会顶着阳光去寻找自己的第一份工作。有点期待,有点茫然,努力使自己不要多想,但做到实在太难。

今夜,有风。火车上会不会太冷?王燃和刘珂在聊天还是在睡觉?我给刘珂的信不知她看了没。她不会骂我吧?她不会让王燃看吧?

今夜,有风……

不知道为什么，林亦诚现在抒发情感最喜欢的一个字就是风字。用风代替某种感情，就这样在自己的日记中抒发着此刻的心情。只有日记才是他唯一忠实的听众。有些话也只有在日记中才可以倾诉。

写完日记，林亦诚的心情豁然开朗。他躺在床上，像个孩子似的带着笑意入睡。毕竟在属于自己一个人的夜里，这样的机会实在太少了。他现在应该是最放松的时候，他很快便进入了梦乡……

9

大学城里时不时的有人影在晃动。寒假没有回家的同学被宿舍管理员很早地叫醒，把他们归为几个宿舍以便于管理。今天气温零下十八度，非常冷。整个大学城显得很冷清，只有清洁工阿姨在收拾垃圾。

大学城的大街上繁华依旧，在熙熙攘攘的人群里，林亦诚只是普通的一员，路边作业的民工在寒风中施工。他走了十多个劳务中介所，不是没有合适的工作，就是要交中介费。林亦诚心有点寒。今天真是冷，这天气好像故意和林亦诚过不去。前面还有两三家中介所，要不先进去先看看。为什么都要中介费，真不行就交。林亦诚心里盘算着。

中介所的老板是个女的，三十多岁，长的不怎样但穿着挺时髦。见到林亦诚在门外犹豫，就扯开嗓门朝他们喊："小伙子，找工作吧？大冷天的在那里愣着干啥啊，进来坐吧。来来来，是大学生吧？我这里有适合大学生寒假做的工作……"林亦诚经不住中年妇女的劝说，走进了中介所。

中介所很简单，就一张桌子、一台电脑。墙上贴满了大红纸，上面密密麻麻地写着各式各样的工作和各单位的名字。女老板很热情地招待林亦诚。

"小伙子，大学城的学生吧？你们是哪个学校的？想寒假打工吧？想找什么样的工作？你以前做过什么？我这里有很多工作机会，你可以看一下，保证你能上岗，我这个是正规的中介公司。昨天来了两个大学城的小姑娘，在我的安排下今天都已经上班了……女老板从林亦诚进屋开始就一直喋喋不休。

林亦诚在女老板的一连串紧逼下不知所措，女老板好像看出了他的心事，突然间换了一个语调："小伙子，别紧张，我太热情了。不过，你想找什么样的工作？说出来看看，大姐一定帮你。现在的大学生利用假期打工值得表扬，这是好事情，不用难为情。"

"有……有什么适合我做的工作？"林亦诚试探性地问

"很多啊，比如说饭店、宾馆、酒吧的服务生之类的。"

"需要交中介费？"

"不是什么中介费，小兄弟。这是我们和厂家合作，再说房租、工商、税务啊都是问题，所以相应地收点费用，这是很合理的。"

"多少钱？"

"这样吧，大姐看你这小伙子挺实在的，就给你个最低价，完全看在你和大姐的缘分上，别人都是三百，你就交二百吧，这是最低的了。帮大学生们做点事大姐我心里痛快。"

"我要去宾馆做服务生的话，一月多少钱啊？交完钱什么时候能给我安排工作？"

"工资的问题你要和他们面谈，一般是包吃包住一个月不少于八百吧，交了钱现在就给你电话，你电话联系好后，就可以拿着我给你开的介绍信去面试。如果这工作不成,我们还会免费介绍别的,直到你找到工作为止。"

女老板的话听起来很真诚。林亦诚还在犹豫,他不知道女老板的话到底可不可信,他很担心受骗,交了钱找不到工作就惨了,本来钱就很少,现在连温饱都是个问题。女老板看林亦诚一直犹豫不决,又开始了新一轮的劝说。

"我说小伙子,现在找工作不是件简单的事情,你也走了几家中介公司了,我这里交的中介费还是少的呢。我又能保证你找到工作,收了你的钱我还要给你开收据,再说我在这里又不是一天两天了,你担心什么啊。"女老板这话说的还是在理的。林亦诚有点动摇了。

"这样吧,小伙子,我知道你是学生,看大姐有没有诚意,你交一百五吧,别磨蹭了,我来给你开收据,马上就给你联系工作。"经过女老板这么一说,林亦诚也无法推却了。他交完钱后女老板给了他一个电话让他去联系,并且告诉他如果不合适就再来找她。林亦诚走出中介所,深深地吸了一口气,轻松了许多。

林亦诚又冷又饿,买了一个煎饼充饥。吃完后就拨通了女老板给他留下的电话号码,电话那端传来的是一个小姐的声音。林亦诚把情况说明后,对方要求他明天下午三点来面试。林亦诚充满了期待,他很高兴地回学校了。他精心准备着明天的面视,毕竟这是他寻找的第一份工作,他对今天的收获很满足。

10

火车快到赤峰站了,也就意味着王燃该下火车了,半年多没有回来了,她很想家。特别是在她经历很多不堪回首的往事后，家的概念在她的脑海里有了更深刻的蕴意。

"前面就是赤峰站了，家里有人接你吗？"刘珂说。

"不知道，应该没有人来吧。我爸我妈工作都很忙的。"

"我还要坐很久才能到家。我大姨会来接我。"

"你爸妈来接你吗？"

"快收拾行李吧，到站了，走，我送你去。"

王燃不理解为什么一提到爸妈刘珂总是闪烁其词，总好像刻意在隐瞒什么。

火车在赤峰车站停下了，刘珂和王燃告别。王燃在人群中一直在寻找着什么，但始终没有找到爸爸的身影，就在她有点沮丧时，她听到了有人叫她姐。她朝前望去，在出站口，他弟弟王伟正招手朝她笑呢。

王伟接过王燃的行李："想不到是我来接你吧？爸爸单位临时有事，被叫去加班了，妈妈在给你准备好吃的呢，所以我就来了。"

"你不是在呼和浩特上学吗？怎么这么早回来了？学习紧张吗？"

"前天才回来的，学习当然紧，模拟考试我考得不错。呵呵。"

王燃和弟弟边走边聊很快到了家。

在厨房里忙前忙后的妈妈，正张罗着做王燃最爱吃的饭菜。回到了熟悉的家，看到妈妈早早摆好的饭菜，王燃很激动。

"快吃吧，你爸爸单位有事情，不回来吃了，这都是你最爱吃的。在学校生活习惯吗？还是妈妈做的饭菜合口吧？"

妈妈一连串的发问让王燃倍感温馨。是啊，哪里能有家好啊，如果可以，我宁愿在家待一辈子。王燃知道这样的想法非常幼稚，这是不现实的。如果妈妈知道自己的遭遇，肯定会非常心痛。

林亦诚回到大学城已经是晚上十点多了，喝多的李哲凯在宿舍门口等林亦诚。

"你怎么在这里？"林亦诚看见李哲凯很惊讶。

"怎么，不行啊？等你呗。"

"啥事，等我？"

"燃燃应该到家了吧，怎么也得来个电话啊。"李哲凯满身酒味。

"你喝多了吧？不至于吧？这才一天就这么想啊？恋爱中的人都是这样吗？你可以打她电话啊。"李哲凯说话的语气有点生硬。

"你谈过恋爱吗？谈过吗？没有吧？谈过恋爱的话你就不会这么说了。"

"我没有谈过，怎么了？没有恋爱过就没有资格发表对恋爱的看法吗？我是不想谈，想谈的话早就谈了，哪里有心思谈恋爱啊，饭都吃不饱呢。"

"靠，你丫真高尚。你厉害，你生在这个时代真是个天大的错误，大学期间不谈恋爱会后悔的，没有一点美好的回忆，生活该多苍白啊。"

"理论还真多。你不能左右我的想法吧？闭嘴吧，一喝酒就这德行。"

"什么德行？我这样怎么了？你看不惯吗？也用不着你看得惯，燃燃喜欢就行。谁也别想打燃燃的主意，也包括你。"

"喂，在胡说什么？小心我揍你啊。"

"这是一千块，拿着吧。燃燃说你没钱了，特意临走时给我说，看来她挺在乎你。拿着吧，收回你所谓的自尊心，不是我给你的，是借给你的，燃燃的朋友自然也是我的朋友。还有我的燃燃心地善良,你别多想,对你好可不是喜欢你,你要分清楚。今天我喝多了,开不了车,住你这里。"李哲凯公子哥的劲又犯了,说话尖酸刻薄的同时,容不得半点商量的余地。

李哲凯已经连续半个月没回家了,他不想回那个充满战争的家。他甚至想和林亦诚一起打工攒钱,为王燃买她最喜欢的礼物。

林亦诚陷入沉思。李哲凯的冷言冷语尽管他已经习惯,但这次林亦诚伤心了。不要轻易被打倒,更不要被击垮,一切都会过去,忍过去,前面是个天。林亦诚在心里为自己打气。

今天去了市里,和往常不一样。这次去市里目的性很明确,第一次去找工作,没想到还挺顺利的,不知道明天的面试怎样?今天唯一不爽的就是李哲凯一贯的嘲讽,先忍着吧,这个社会,有钱就是爷,我认了。

林亦诚今天没什么心情写日记,特别是看到躺在床上死猪一般的李哲凯,他更没有心情写什么了,在日记里只写下了这么简短的几句话。

李哲凯昨晚失眠了。他心事重重。

有钱、有势、有车,也不缺女人,在外人眼里李哲凯过着皇帝般的生活。每个人都有自己的苦,只是你不知道而已。李哲凯表面上飞扬跋扈,其实内心非常脆弱,太缺乏安全感。除了钱,他几乎什么也没有。不想回家,不想看到爸妈那张脸,王燃在他还有个念头,此刻他心空空的。

昨晚好不容易回一趟家,又看见妈妈和爸爸大吵,原因还是因为小三,李哲凯厌倦了,非常想逃离那个冷冰冰的家,所以昨晚他喝高了。十分压抑的李哲凯,无论多么想摆脱那个家,但他知道这根本不可能。李哲凯看了一眼熟睡的林亦诚，回忆起昨晚对林亦诚说的话，感觉自己似乎有点过分。

"为什么偏偏和我喜欢同一个女人？为什么我要和你有交集？王燃竟然还千叮万嘱多帮你，凭什么？不过也没什么，燃燃是我的，是我女朋友，谁也不能把她从我身边抢走，包括你林亦诚。"

伸了伸懒腰，李哲凯起床了。林亦诚的书桌上摆好了新牙刷。

"李哲凯，这是新牙刷，明早用这个吧。"一张小纸条，足以说明林亦诚多么的细心。如果林亦诚不喜欢王燃，有这样的朋友，其实挺好。李哲凯笑了笑，拿起牙刷去刷牙、洗漱。

李哲凯的手机响了，铃声吵醒了沉睡的林亦诚。林亦诚半眯着眼睛："李哲凯、李哲凯，你的电话、你的电话。"

"好的、好的，我的燃燃来电话了，来电话了……"正在刷牙的李哲凯听到林亦诚的叫声很兴奋。王燃终于来电话了，这回能好好地气一下林亦诚。李哲凯顾不得擦去嘴里的牙膏，对着手机兴奋地嚷嚷着："亲爱的，我就知道你会给我来电话的，哈哈哈。一大早接到你的电话，心情真爽啊，路上很辛苦吧？累不累？……"

"什么，亲爱的？你小子当我是谁啊，我是你老妈，你起床了没？现在在哪个宿舍啊？我就在你们宿舍楼下呢，快点告诉我。"

"晕死，妈妈你怎么来了啊。"李哲凯嘴里嘟囔着还是去下楼接妈妈。

不远处，一辆白色的宝马跑车在宿舍旁边停放着。李哲凯对于这辆车再熟悉不过了，那是他妈妈最喜欢的一部车。

"凯凯，我在这边呢，你爸爸去超市买烟去了……"

"爸爸也来了？你们都来做什么啊？我不是跟你们说过了，我在外面过夜，你们怎么还来？"

"你小子多久没回家了？昨晚在家没待两分钟就跑出来了，你知道我多担心吗？刚才跟谁用那种语气接电话啊？你谈恋爱了？"

"你们回去吧，我待会儿还要去市里陪朋友找工作去呢，我不回家。"

"什么？你爸爸要是听见了非揍你不可。"

"小凯，怎么不回家？"李哲凯的爸爸抽着中华烟过来了。

"我……我，我想打工锻炼一下自己……"李哲凯还真能扯，竟然编了这么一个非常不靠谱的理由，自己都不清楚这话是怎么说出口的。

"就你？打工？我没听错吧？"

"回家去锻炼吧，你想做什么我给你找。"说着，李爸爸瞪了一眼李妈妈，"你还站在那里做什么，去帮小凯收拾东西。"李妈妈没想到老公会当众使唤自己，脸一阵青一阵白。

李哲凯狠狠地瞪了一眼他爸爸，极不情愿地领着妈妈去宿舍收拾东西了。

"妈，你们怎么一点自由都不给我，一回家你们就天天吵，你们这样有意思吗？妈，你给爸爸说说吧，我真的不想回家。"

"还是回去吧，你爸爸那么爱要面子，怎么可能允许你在外面打工，别做梦了。这大过年的，有什么工可以打？"

林亦诚洗刷完毕，在宿舍等李哲凯。

"林亦诚，这是我妈妈。"李哲凯很不高兴。

"阿姨好，阿姨来接哲凯的吧？"林亦诚明知故问。

"我要回家受罪了，羡慕你啊。"

"说什么呢，快收拾东西吧，多幸福啊，爸妈来接你回家。"

"切，你还真会奉承人，电话联系啊，我走了。"

李哲凯就这样被爸妈接走了，尽管李哲凯非常不乐意，但爸妈亲自一起来接,可见这事在他们心里的分量有多重,面子真有那么重要吗?不离婚也是为了所谓的面子吧?

李哲凯坐着妈妈开的宝马车,他那辆红色法拉利由爸爸开着。

"妈,今天是怎么了,我何德何能让你们亲自来接?太阳是不是打西边出来了?总感觉怪怪的?这肯定有什么猫腻,不会有大陷阱吧?"

"你脑子整天在想什么?爹妈怎么会害你?年关了,你爸爸要提升,咱们别给他添乱,他单位人多嘴杂,都盯着你爸呢。"

"切,我说连我死都不看我一眼的爸爸今天怎么来学校,原来还是为自己,这么装下去累不累啊?"

"你工作了就理解了,你谈恋爱了?那姑娘是哪里的?家里父母做什么的?当官的还是做生意的?改天让妈给你把把关。"

"好了,好了。你好好开车吧,别操心了,你自己管好你自己那筐破事吧。"李哲凯不耐烦。李妈妈也识趣地没有说什么。

有钱真好。李哲凯一家人的出现,给林亦诚不小的刺激。他也只有坐公交的命。林亦诚苦笑了下,坐上了开往市里的2路公交车,他不奢望什么,只希望今天的面试能成功,早日上班。

11

林亦诚按照中介公司的地址,找到了那家宾馆。

宾馆怎么看都不像是五星级。位置虽然很偏僻,但面子工程做得不错,从外面看上去还算豪华。当林亦诚说明来意后,结果却令他大失所望。他有一种不祥的预感,不会被骗了吧?

林亦诚来到了第二家,第三家……结果总是让他失望。

天已经暗了，林亦诚漫无目的地走在大街上。万家灯火，找工作受挫。林亦诚很想家。

走到路边的电话厅，原本想给家里打个电话，可是电话卡没有钱了，林亦诚无奈地摇了摇头。路边小贩大声地吆喝着，他用羡慕的眼神看着那些享受美味的人们，他的心很落寞。

火车缓缓地向石克牙站驶去，刘珂隔着车窗早早地看到了大姨。火车还没有停稳，刘珂就急不可待地向车门走去，使劲地向大姨挥手。

"大姨。"刘珂兴奋得像个孩子，扑到大姨的怀里。

"很累吧？快回家吧，姥姥、大舅他们都等着你呢。"

刘珂大姨的家里热闹非凡。大舅忙着张罗桌子，姥姥在为刘珂剥瓜子，上中学的表妹正在为姐姐收拾房间，一家人其乐融融，整个屋子里充满温馨的气氛。

"姥姥，想我了吧？"刘珂对姥姥有着特殊的感情，在她孩童的记忆里，姥姥一直很疼她。

刘珂在亲人面前，俨然是一个孩子。大家问长问短，刘珂看着家人那些熟悉的笑容很欣慰。但在她转头的瞬间，看见了相框里妈妈的照片，刘珂的心一下子沉了下来。

她这个细节被心细的大姨发现了，大姨只是轻轻地拍了拍刘珂的肩膀，刘珂能领会大姨的意思，所以她强颜欢笑，表面上很热情地与家里的各位打着招呼。

白色的宝马车停在了一栋豪华的别墅面前，李哲凯的爸爸关上车门走进家里。他跟跟跄跄的脚步说明他又喝多了。李哲凯的妈妈正在厨房，晚饭已经做好，正准备摆上餐桌。

"你又喝多了？一会儿也不闲着，真能折腾。"李妈妈边说边把他爸爸摁在了沙发上。

"你以为我想喝啊，还不是为了这个家。最近局里提升干部，不喝能行吗？对了，怎么没有看见小凯啊，小凯在哪里？李哲凯，出来，老子进门了也不出来打个招呼，白养你十八年了，给我出来。"

在房间玩电动游戏的李哲凯，听到爸爸这样的叫喊声，早已麻木了。

他已经习惯了这一切，所以在家他最好的伙伴就是游戏机，从这里他才能找到属于他自己的乐趣。

"你乱嚷嚷什么，孩子不是刚刚到家啊，估计休息了。"

"都是被你宠的，你还罗嗦什么啊，寒假竟然不回家，这个家哪里对不住他啊，老子这么辛苦……"

李哲凯忍无可忍，为耳根子清净，制止一场家庭战争，他硬着头皮出来了，没好气地说："爸，又喝多了吧？多喝水少说话，说那么多话别累着你老人家，回房休息会多好啊。"

"浑小子，啥时候轮到你给爸上课了？老子我还没有吃饭呢，给我端碗去。"

李妈妈张罗拉饭桌，李哲凯从厨房里端出妈妈做好的饭菜，一家三口很难得地坐在一起吃饭。

王燃和弟弟聊着天，她给弟弟讲着在大学里面好玩的事情，希望弟弟好好学习考上一所理想的大学。尽管王燃见到家人很高兴，但在她心里，她还是很想念李哲凯。等弟弟回房间后，王燃走到客厅，给李哲凯打电话。

"吃饭就该把手机关了，就没有吃过一次痛快饭，不是你爸临时外出，就是你不在家，看，刚吃到一半电话又响了……"

李哲凯顾不得妈妈的唠叨,欣喜地跑到自己的屋子里接电话。

"亲爱的,在家怎样?才几天我就想你想到快疯了啊。"

"去,嘴真甜,你怎样啊?找到工作了吗?现在和亦诚在一起吧?如果太辛苦就回家吧。"

"别提了,我被我爸妈强行拉家来了,郁闷死了,这个长假又要在家过了……"

"哦,原来是这样啊,在家也很不错的,你不是想学跆拳道吗?正好利用这个假期学啊。亦诚工作的事你也想着点呗,如果找不到能帮就帮呗。"

"遵命,就知道林亦诚。"

"你吃醋了?哈哈。"

"没有,不过你说得对,我要去学跆拳道,反正要找点活干,这样在家闷着非得憋出病来不可。"

"凯凯,快来吃饭了,菜都凉了……"

"知道了,吃吃吃,就知道吃。"

"好了,我先挂了,我妈喊我呢,我爸今天喝得有点高。"李哲凯挂掉电话吃饭去了。

王燃的心情在李哲凯挂电话的一刹那变得失落。自从发生了那件事情以后,她就很害怕,害怕李哲凯知道。她很爱李哲凯,真的很爱,同时她也知道林亦诚喜欢她,她有点为难,何况家里情况也不好。妈妈下岗了,弟弟和她都上学,全家就靠爸爸一个人生活。王燃每当想起这些就很难过,她真的对大学厌倦了,她真想早点工作为家挣钱。

刘珂在自己的房间翻着中学时的影集,这本影集是陈涛送给她的,里面的照片记载了他们在一起的美好时光。陈涛究竟在做什么呢?

12

深圳的大街依然花红酒绿,在火玫瑰夜总会,陈涛指挥着服务生为包厢客人送酒水。陈涛很适应夜总会的生活,由于干得出色,又是打架高手,陈涛很快荣升为包厢经理。

宿舍就林亦诚一个人,林亦诚在床上翻来覆去睡不着,还在为白天找工作时的遭遇愤愤不平。那帮死中介公司真是没有良心,竟然骗我的钱,也不怕遭报应,这年头钱真是好东西。林亦诚想起找工作的经历就来气,李哲凯那小子真幸福,有当高官的爸爸,还有做生意的妈妈,真是幸福啊。

这时电话突然响了。

"谁会打来电话呢?不会是找李哲凯的吧?难道是王燃打来的?"林亦诚接通电话。没想到是刘珂,林亦诚有点失落。

"你怎么打电话来了?"

"亦诚,谢谢你。"

"谢什么啊,我又没有好好照顾你。"

"别这么恶心了,工作的事情怎样了?"

"哦,还好,你在家还好吧?大姨他们还好吧?你回去他们很高兴吧?"

"你和哲凯找的什么工作啊?工作不好找吧?"

"李哲凯就是嘴上说说,他那个公子哥怎么可能和我一起找工作,他被爸妈接回家了,就我一个人,不过一个人也不错,我今天没有找到工作,感觉被骗了,好几家宾馆都是一样的答复,白交中介费了,明天只好再去看看,但不抱什么希望。"

"没事，能找到的。你早点休息吧，我改天打给你，我大姨叫我呢。"

刘珂挂掉电话，反而担心起了林亦诚。

亦诚真辛苦，上天别再考验他了，他付出得够多了。但我还是很羡慕亦诚，至少在某方面他比我幸运，至少他还有爸妈，我有什么呢？刘珂用力吸了吸鼻子，深深地叹了一口气。

李哲凯在干啥呢？刘珂随后又拨通了李哲凯的电话。

"公子哥，在家逍遥呢？"

"小珂啊，你怎么打来电话了？怎么，想我了？"

"想！做梦都想！切！对了，燃燃跟你联系了吗？"

"废话，你都跟我联系了，燃燃能不跟我联系啊。你有什么吩咐？"

"你们富二代是不是逻辑都这么奇怪？打个电话慰问下，你怎么想得这么势利？打电话就是有事？"

"你这么激动干什么？我就是这么一说，不过很高兴你主动打来电话。"

"真不愧是高官家庭出身，说话这么官方。"

"你就损我吧，姑奶奶，我服了。如果你不是燃燃的好姐妹，我早就挂电话了。"

"你要不是燃燃的男朋友，我才懒得给你废话。如果不巴结我，你信不信我非把你和燃燃搅黄，然后把林小诚和燃燃搞成一对？"

"你心理真阴暗，没看出来你还真那么无耻啊。林亦诚、林亦诚，你们老提他干吗？"

"亦诚找工作遇到了麻烦，貌似被骗了，你们家那么财大气粗的，赶紧让你爸给他找份工作呗，他需要钱。"

"我借给他一千了,知道了,别在我面前亦诚长亦诚短的。"

"你这么紧张干吗?吃醋了?"

"切,怎么可能。"

李哲凯的确很紧张林亦诚,王燃和刘珂为什么都这么惦记他?这是怎么回事?我和林亦诚相比差在哪里?搞不懂!

林亦诚无比郁闷。自己一个人在空荡荡的宿舍里,感觉有点凄凉。

曾无数次设想如果自己住一个宿舍多好啊,可是现在不就我一个人吗?为什么此时我如此落寞和伤感?今天心情糟透了,明天又会是怎样?听天由命吧!可是再找不到工作怎么办呢?手里的钱所剩无几了。

不想这些了,还是早点睡吧……

林亦诚的日记内容越来越少,这与他此刻的心情有关。灰暗的心,注定他写不出什么东西。

抽屉里那个红色的蝴蝶结,林亦诚看着它,脸上露出了一丝笑容。

李哲凯一大早就起来了,妈妈对于李哲凯的反常有点摸不着头脑。

"妈,我帮你弄早餐吧。"

"什么?好,今天这是怎么了?儿子,良心发现了?"

"爸爸还没有起吧?我给爸爸送杯牛奶。"

李哲凯敲了敲爸爸的房门。

开门看见李哲凯端着牛奶,李爸爸一下子没有缓过神来,竟然摸着李哲凯的脑门,说:"儿子,你今天也没有发烧啊?"

李哲凯很不好意思地低下了头。

"这还是第一次喝儿子端的牛奶,爸爸很高兴啊。有事?"

"其实也没有什么,爸爸,这个寒假我想学跆拳道。"

"可以啊,这是好事。需要多少钱?和你妈说声,今天就去报名吧。"

"谢谢爸。对了,我一个同学想寒假找份工作,他家很穷,可是交了中介费工作还没有找到,好像被骗了,爸爸你看你……"

"想做什么工作?大学生体力活做不了,太多技术含量的工作也不行,我有一个朋友开了一个宾馆,去那里做服务生怎样?你出去吧,待会儿给你答复。"

李哲凯高兴极了,他此时发现爸爸也并不像他想的那样恐怖,也能和正常人沟通。

"林亦诚知道了也会很兴奋吧?对了,给他打个电话,不行,万一不行多尴尬,还是等会吧。"

李哲凯的心里七上八下的,这种心情就像当年等待高考揭榜的心情,李哲凯忐忑不安地在房间里来回踱着步。这是李哲凯第一次帮人做事,他从没认真地为任何人做过此类事,所以这对于一个富二代来说,这点小事、这种感觉,李哲凯觉得很有意思。

"我不在家吃早餐了,今天有个早会,我去办公室先准备一下。"李爸爸说,"小凯,让你那个同学明天去酒店上班吧,一个月一千五包吃住,让他好好干,明天早晨八点半会有人联系你。"李爸爸丢下这句话离开了家。

李哲凯的妈妈在一旁听得是目瞪口呆,他不懂这父子俩在说些什么。

李哲凯那个高兴劲无法形容。他看看手机现在才早晨六点半，林亦诚应该还在宿舍，于是他拨通了宿舍的电话，连拨了好几次都没有人接，算了，干脆去学校找他算了。那小子肯定是昨天受打击睡得像猪似的没有听见。

　　"凯凯，你在房间里做什么呢？刚才你爸爸说什么去宾馆上班啊？"

　　"就是帮林亦诚找了一个工作。他寒假过年不回家。"

　　"林亦诚啊。我知道，这孩子不错。他今天就得要去市里，你哪天也带他到咱家吃顿饭，你这样的性格，有个朋友不简单。"

　　"妈，你说话怎么这么不中听？我性格怎么了，还不是和你一样？我的车送去保养了，你可以开车去送我……"

　　"我很忙。"没有等李哲凯说完，妈妈就打断了他的话，"让王司机送你去吧，开我的车去。"

　　"知道了，真啰嗦。"李哲凯说着进了自己的房间。不过他心里窃喜，能帮到林亦诚找到工作毕竟是一件高兴的事情，这样也能给王燃交待了。

　　"燃燃应该对我刮目相看了吧！"李哲凯美滋滋的，想到王燃心里更犹如灌了蜜。

13

　　"不要！哲凯，不要……啊！"

　　王燃从噩梦中惊醒。她梦见李哲凯知道了她被强暴的事情和她分手了，她苦苦哀求着，可是李哲凯依然拂袖而去。梦中李哲凯鄙视嫌弃的眼神刺痛了她的心。

　　王燃心里直犯嘀咕，总觉得哪里不对劲，好像有什么不好的事情要发生。她的心情异常烦躁,在家什么也做不下去,今天吃饭时因为一点小事还和弟弟吵架了。王燃想给弟弟道歉和好,可是话到嘴边又咽了回去。她又想回到学校了,在家觉得有点无聊,不知道林亦诚他们在做什么呢。

林亦诚一觉醒来都八点多了,找工作的经历一直在他脑海中挥散不去,他不敢奢望今天能有什么进展,他只关心接下来怎么生活。他打着哈欠端起脸盘准备去洗刷,李哲凯在门口正灿烂地笑着,望着林亦诚。林亦诚猛地睁大两眼,忽然又闭上,再睁开,之后又使劲揉了揉眼,没错,是李哲凯。

"你不是在做梦!你小子门也不锁啊,不怕小偷啊。"李哲凯被林亦诚搞得哭笑不得。

"呵,我有啥可让人偷的?倒是你,怎么来了?从家里偷跑出来的?又和你爸闹翻了,还是被赶出家门了?"

"你小子就不能说点人话啊。工作找得怎么样了,还顺利吗?"

"很顺利,正准备上班呢。你做什么呢?"林亦诚敷衍地说。

李哲凯走倒林亦诚面前拍了拍他的肩膀,说:"得嘞,小子,快洗脸收拾东西先去我家,然后明天我送你去我爸朋友那里上班吧,给你找好了,还愣着干什么啊?"

林亦诚没想到李哲凯会为自己做事:"谢谢啊,不过……"

"不过什么啊,快洗脸去……"

李哲凯打断林亦诚的话把林亦诚推了出去。

林亦诚边刷牙边琢磨:真是太好了,不用那么辛苦找工作了,可是,李哲凯为什么帮我找工作?

刘珂和表妹在去超市的路上叽叽喳喳地聊得甚欢:"姐,北京很大吧？你们学校不错吧？"

"北京是很大，不过我没有去过几次主校区，学校就是那样，感觉和高中差不多。"

"学校里有很多帅哥吧？姐姐这么漂亮，一定有很多人追吧？"

"哎呀，今年都高三了，满脑子想什么呢，真是的。不过你说对了一点，就是我很漂亮，呵呵。不过没有人追，再说我也不稀罕，在我的眼里谁也没有陈涛好看，你说他死哪里去了啊？真是急死我了。"

"啊，你还和陈涛有联系啊？他到底哪里好啊？

"你少废话，快进超市买东西吧。"

"你给我买点我最爱吃的东西吧，否则我把你和陈涛还交往的事实告诉我妈妈。"

"你，算服死你了。学习不怎样吃倒挺在行。"

陈涛一个人在酒吧里喝着酒，他还在想在青岛读书的慧，真想见她一面，哪怕就一面也好啊。一个人逃到这座陌生的城市，想想也够可怕的，不过总算在这里能站住脚了，但他心里还是很不平衡，看那些有几个臭钱的大款，夜夜笙歌，凭什么啊！有点钱就这么了不起啊！我现在挣的根本不够花的，经理顶个屁用啊，连打个长途电话的钱都没有，得想个办法弄点钱，不能再这样过下去了。

一个罪恶的计划在陈涛的脑子里再次闪现。

"你家几辆车啊，光我就看见你们家三辆不同的车了。"林亦诚问李哲凯。

"四辆。"

"三口人四辆车？不错，我跟你回家不会打扰你们吧？"

"说什么呢，我爸妈都认识你，你在我家住一晚，明天我爸的朋友会派车接你，我明天也送你去，前提是你今天要陪我去跆拳道班报名。"

"我说你怎么会这么好，还用车来接我，要不咱们现在就去报名吧，把事情办完再回家，省得再出来了。"

"也行。"李哲凯报完名后就带着林亦诚回家了。

车在李哲凯家的别墅前停下了，林亦诚上下打量着这幢豪华的别墅。只有在电影电视剧中看到过如此豪华的别墅，林亦诚这次是开了眼了。

走进李哲凯的家门，林亦诚有点不好意思脱鞋，他的白袜子变了颜色不说，更要命的是他还有脚气，袜子还破了洞。李哲凯看出了林亦诚的顾虑，笑着说，进来吧，别斯文了，我家现在没有人，别太客气。林亦诚长舒了一口气。

李哲凯给林亦诚倒了杯水，进自己的房间去换短裤。林亦诚坐在客厅里，眼睛没有闲着，四处张望，犹如刘姥姥进入了大观园。知道李哲凯家境不错，但真的没想到这么有钱。

"看什么呢？水烫吧？要不要来点饮料或凉茶？"

"不……不用了，你家真豪华啊。"

"豪华有什么用啊，又不是我的。把你的包放我这屋里吧，来看看我的房间。"

林亦诚跟着李哲凯去了他的卧室，李哲凯的卧室很大，布置得也很温馨，他家连李哲凯的卧室都比不了。

"我给燃燃通个电话，看她在做什么。你在我屋随便点，别拘束就好了。"李哲凯进来说。

电话铃响了，王燃立即跑到电话机旁，电话那端传来了李哲凯那熟悉的声音。

"亲爱的,想我了没?在家做什么呢?刚才我去学校一趟,把林亦诚接到我家了,我爸帮他找了一份工作,他现在在我的房间呢。"

"哦。知道了。"

"怎么了?你心情不好啊?有什么事吗?怎么感觉你不高兴,到底怎么了?"

"没有什么,就是有点心烦,真的没有什么,我改天给你打电话,先这样吧。"

"燃燃、燃燃,你,怎么了?"李哲凯很紧张。

"和王燃通电话呢?"林亦诚出来问道。

"她心情不好,你帮我问问怎么了。"李哲凯捂住话筒对林亦诚说。林亦诚接过电话:"燃燃,还好吗?怎么了?出什么事了吗?"

听到林亦诚的声音,她不知道该怎么跟林亦诚说,语无伦次地把自己的苦闷一股脑地说了出来,林亦诚安慰她,让她不要着急。一旁的李哲凯显然很生气,他想不通王燃怎么有那么多的话和林亦诚讲,对自己却什么也不说。

"燃燃到底怎么了?你们聊了那么久。"

"没有什么,只是她很想你,不知道怎么跟你说而已。"

"真会说话,这话我爱听。"

这时,李妈妈买菜回家了,李哲凯和林亦诚结束了关于王燃的话题。李妈妈很热情地招待了林亦诚,尽管有点不自在,但林亦诚还是很开心,对李哲凯的看法有点改变。

"林亦诚,你说什么是幸福?"

"怎么突然问这个问题?"

"你幸福吗?"

"也许吧。"

"我从不知道幸福是什么,在遇到燃燃以前。"

"现在知道也不错。"

"燃燃对我很重要,你知道吧?"

"我当然知道,她很爱你,这谁都知道。"

"我也很爱她,你会祝福我们吧。"

"你今天说话怪怪的,一点也不像你,看你们在一起很幸福,我很开心,真的。"

"你也爱燃燃?"

林亦诚不知道怎么回答李哲凯,沉默不语,气氛有点尴尬。

"睡吧,明天还要早起,我送你去宾馆。"李哲凯化解了尴尬,只是他心里更加不爽。

第二天一早,一辆黑色的奥迪车停在了一个五星级酒店门口。林亦诚和李哲凯下车,他们不约而同地看了看宾馆的名字,又非常有默契地会心一笑。

"加油吧,亦诚。这就是你将要工作的地方,不错吧?"

"谢谢你,帮我谢谢叔叔和阿姨。"

"快进去吧,我还要去跆拳道班呢。"李哲凯提醒自己,以后说话要彬彬有礼,不要大吼大叫带脏字。

和李哲凯分别后,林亦诚被一个很漂亮的小姐领到一个房间,在简单的欢迎仪式过后,林亦诚开始了自己的工作。宾馆很给面子,毕竟是高官委托,自然不敢怠慢。

工作不累,但也不很轻松,每天就是整理房间,林亦诚很知足,一月一千五也不少了,还包吃住,整个寒假能挣不少呢,想到这,林亦诚工作的情绪很高涨。

不知不觉林亦诚在宾馆工作几周了,快过年了,林亦诚很想家。

除夕夜，林亦诚给妈妈打了个电话。

"妈，是我，家里还好吧？我在宾馆上班，挺好的，你的手好了吧？该准备年货了吧？我领了工资给家汇点钱。"林亦诚有太多的话想对妈妈说，他知道妈妈为了这个家付出太多了。

"好，好，好，我们在家都好，不用汇钱，村里给低保发了一些补贴，够我们过年了。你一个人在外，多留点钱在身上，买些好吃的，这是你第一年没在家过年，一定照顾好自己，别太惦记着妈，电话贵，以后响三声就挂了，妈就知道你在外面安好了。"

从小到大，哪怕再苦再苦，妈妈都不愿他受一点委屈，什么好吃的都紧着自己。林亦诚眼眶一热，恨不得连夜就回去。可是啊，回去只会成为家里的负担，让家里雪上加霜。

"我会好好照顾自己的，妈妈你好好照顾自己。"

挂掉电话，林亦诚蹲在电话亭号啕大哭，为何老天这么不公平，贫富悬差这么大。妹妹该上高三了，学习也很紧张，他在宾馆的这些日子，真的体会到了为自己而失学打工的小妹的辛苦。每每想到这些，林亦诚都很心酸。

14

"我的手表怎么不见了？"

一位在前台退房的珠光宝气的中年妇女对着前台小姐嚷嚷着。

"小姐，你别着急，你的房间是1806吧？我再让服务生去仔细找找，好吗？"

"林亦诚，1806这两天不是一直都是你打扫的吗？你再去看看客人的表有没有落在房间里。"

林亦诚心急如焚，见鬼了。表怎么不见了呢？林亦诚找遍了房间的每一个角落，还是没有找到。林亦诚无奈地叹了口气。

客人还在前台嚷嚷着，大堂经理不停地给客人道歉并表示愿意赔偿，客人方才罢休。

"宾馆从来没有发生过这样的事情，这个房间一直是林亦诚负责的，旁人又没有进去过，真奇怪。"组长的一句话深深地刺痛了要强的林亦诚。说完瞪了林亦诚一眼转身怒气冲冲地上楼了。

面对这一幕，林亦诚心凉了。

他觉得自己被当众侮辱了，比被别人当众扇自己几个耳光还难受。林亦诚想不通自己到底做错了什么，就这样被人瞧不起。难道仅仅是因为贫穷吗？

林亦诚心情很糟糕，下了班约李哲凯出来吃饭，一是缓解下自己郁闷的情绪，二来感谢李哲凯帮自己找工作。

"跆拳道学得怎么样了？"

"还不错，你工作咋样？"

"我？不错！真的不错！今天请我喝几杯吧？我想喝酒。"林亦诚自嘲地一笑。

"老板，再拿瓶二锅头。"李哲凯兴致高涨。

"你小子耍赖啊，把酒喝完啊！喝干净了！我再陪你一杯。"林亦诚边说边往自己的酒杯倒满了酒。

"你别喝高了，明天还上班呢。你怎么了？出什么事了？工作不顺利啊？"李哲凯看出了林亦诚的反常。

"我能有什么不顺利，托你的福，寒假我有工作，还是有钱人好啊，有钱人就是不一样。看你，活得多滋润啊，完全不用为生活烦恼。"林亦诚右手揪着李哲凯的左脸说。

"我靠，你是不是找揍啊！起来，你喝多了，我送你回宾馆。"李哲凯把林亦诚从小吃店拽了出来。

"好啊，你送我？开着你的法拉利，你们这些有钱人就会这样……"

林亦诚的这番话彻底刺痛了李哲凯，没等林亦诚说完，李哲凯朝林亦诚脸上就是一拳。

"你他妈今天废话怎么这么多？你耍酒疯也找错对象了吧？"

"你打我。"林亦诚也狠狠地朝李哲凯脸上一拳，两人扭打在一起。

"这是你自找的，别说我欺负你，早就想揍你。"李哲凯对林亦诚毫不客气。

"你也不是什么好鸟，你们这帮有钱人除了有几个臭钱，还有什么啊？别对我假惺惺了，今天了结吧，我也受够了你的冷嘲热讽，你以为我是白痴吗？"

"你丫就是一个白痴，就你这副熊样，还打燃燃的主意，你也不撒泡尿照照镜子，看看你那副德性，我真的很可怜你，可怜你……"任凭李哲凯雨点般的拳头落下来，林亦诚此时死活都不还手。

"你还手啊，不还手我就不揍你了吗？"任凭李哲凯怎么叫骂，林亦诚依然一动不动。

李哲凯打累了，躺在地上大口地喘着气："你怎么不还手，装什么装？你今天到底怎么了？"李哲凯上气不接下气地说。

"你说得对，你打得好，我没什么好还手的，其实，不用你可怜我，总之，谢谢你对我的好，我会以自己的方式感谢你。"

林亦诚慢慢地爬起来,跟跟跄跄地往前走

"喂,你今天吃错药了吧?真欠揍,你约我出来就是让我来揍你的吧?神经病啊!"

无论李哲凯怎么破口大骂,林亦诚对此毫无理会。

"你丫就是一个白痴,就你这副熊样,还打燃燃的主意,你也不撒泡尿照照镜子,看看你那副德性,我真的很可怜你,可怜你……"李哲凯的这句话,一直在林亦诚脑海里萦绕。

是啊,现在的他,别说没钱,连自尊都可以被人随便践踏,还有什么资格去喜欢王燃。自卑感越发强烈地吞噬着林亦诚。

自从那天跟李哲凯通电话后,王燃一直处于情绪低迷状态。不知道是不是因为这样,加上老做噩梦,她最近脸色蜡黄,还一直恶心呕吐,吃了胃药也不见好。

年关临近,刘珂再也憋不住了,她一心想找陈涛,正在她烦躁不安时,刘珂的手机响了,一个陌生的电话号码在她的手机荧屏上出现……

第八章　决堤

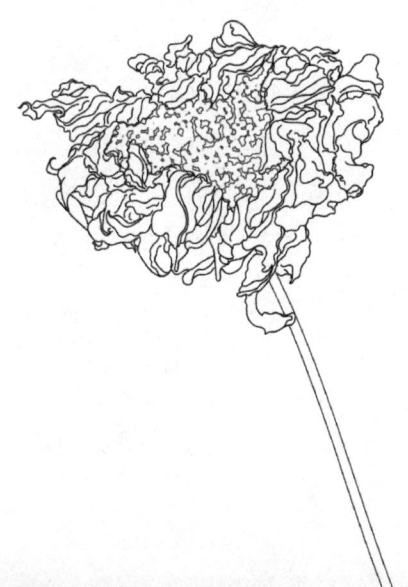

1

"喂,喂,喂,讲话啊,是谁啊?怎么不说话?"

刘珂第一感觉应该是陈涛的电话,所以有点激动,说话的声调逐步升高。可是无论她怎么对着电话喊,电话那端始终没有人说话,只能听到无情挂断电话的声音。她紧接着又把电话拨了出去,电话一直没有人接。

0755?是哪里的号码?深圳?对,没有错,是深圳,难道是陈涛?为什么不说话,打通了却挂断?一定是陈涛,陈涛在深圳,没有错。刘珂十分肯定这个电话就是陈涛打来的。

陈涛在电话亭旁边来回踱着步,他现在心情很乱,跟刘珂说点什么呢?又能给她说什么?难道让刘珂来深圳?刘珂会来深圳吗?这样是不是太缺德?要不是手头紧也不至于……陈涛心里七上八下的,毕竟刘珂是爱自己的,不能这么对她。他猛抽了一口烟,一根接一根。

刘珂在床上翻来覆去睡不着,她把手机紧紧地攥在手里,期待着电话再次响起。

时针已经指向午夜十二点,刘珂依然没有一点睡意,等了一个晚上,可惜的是她的电话一整夜都没有动静。刘珂失落的同时,难免回忆她和陈涛曾经美好的点滴。陈涛的一言一笑,甚至连骂人的脏话和动作,在刘珂的大脑里都无比清晰。爱让人着魔,刘珂深陷其中,中了陈涛为爱埋下的毒。

深圳的夜流光溢彩,大街小巷飘着过年的味道。深圳这座南方繁华的都市,在霓虹闪烁中显得更加迷人。火玫瑰夜总会,陈涛在指挥着服务生招待着客人。

林亦诚依然在宾馆忙碌着,重复着每天一样的工作,闭上眼睛都知道房间怎么走,整个宾馆的房间林亦诚都摸得一清二楚!

"林亦诚,下班去财务室吧,领取你的工资。"组长对林亦诚说。

"谢谢组长。"林亦诚很平静,对于手表的事,他不再耿耿于怀。

在家躺了一天的王燃在厕所里又吐了起来,这几天是怎么了,怎么一直反胃啊?吃什么吐什么,浑身乏力。王燃心中有种不祥的预感,她安慰自己别自己吓自己,决定去医院检查检查,看到底哪里出了问题。

王燃忐忑不安地在医院的走廊内来回徘徊,心里像揣了只兔子怦怦乱跳。医院的人来来往往,阵阵刺鼻的味道使王燃无法忍受,反胃的感觉更严重了。她靠坐在医院的长椅上,等待着医生叫自己的名字,心里紧张之余更多的是害怕和惶恐。

"王燃。"

听到叫自己的名字,王燃迟疑了一下,快步走了进去。二十分钟后,门开了,王燃扶着墙一点点挪出来,每挪一小步都异常艰难。她甚至不知道自己是如何迈入那个门槛的,整个脑子犹如晴天霹雳。

"没有什么问题,你怀孕了,已经五周了,注意休息,营养要跟上。"

医生的话像一根钉似的,深深地扎在了王燃的心里。她的整个世界瞬间坍塌了,她看不到一丝的光亮。她精神恍惚地走在回家的路上。

老天为什么如此对我？我究竟做错了什么？这一切都是为什么？为什么？

太多的问号折磨着悲痛欲绝的王燃。她的担心还是变为了现实，她最不希望、最不愿意面对的事还是来了，王燃的心降到冰点。对于一个大一的学生，怀孕意味着什么？王燃的眼泪一滴一滴地从脸颊滑落。一个人行尸走肉般、漫无目的地在拥挤的人群中走着。

天飘起了雪花，雪花无情地打在她的脸上。王燃丝毫没有觉察，就这样一直麻木地走着。

夜深了，王燃找不到回家的路。她的心犹如这下着鹅毛大雪的腊月寒冬夜，冷得让她发抖，流血的心承受不起这一切。王燃跪倒在雪地里，歇斯底里地叫喊、大哭。眼泪和雪花混杂在一起，分不清哪是眼泪，哪是雪水。

许久之后，王燃掏出手机，拨了李哲凯的电话前几个数字，又全部删除，她不知道该如何开口，她不知道她和李哲凯之间的感情能否让他接受自己遭遇的一切。

2

"林亦诚，你的电话。"前台服务员叫住他。

"喂，你好，我是林亦诚……哪位？讲话？"

"林……林……林……"电话那头传来微弱的女声。

"燃燃，是你吧？你怎么了？这么晚了还没有睡觉？"林亦诚一下子听出了王燃的声音。

"你工作还好吧？我们这里今天下雪了，下得好大，我跟你说过我喜欢雪，所以一个人出来溜达溜达。"王燃强忍着泪水，声音很沙哑，话到嘴边又咽了下去，她不知道该如何和林亦诚开口。

"你不舒服？声音不太对劲？是不是发生了什么事？"林亦诚没来由地心慌了。

"没、没什么。我该回家了，先这样，改天再给你打电话。"王燃慌慌张张地把电话挂了，泪水再次夺眶而出。

燃燃出什么事了？肯定有事情。林亦诚太了解王燃了，挂下电话后林亦诚心事重重。

李哲凯躺在床上，正琢磨着明天如何安排自己的时间。他的手机响了，这么晚了谁来的电话呢？不会是王燃吧？

"你没有睡吧？我是林亦诚。"

"你下班了？怎么这么晚打电话？有什么事情？"

"难道非得有事情才通电话啊？明天我休息，有时间吗？"林亦诚尽量平静地说。

"你约我？怎么？是皮又痒了还是手痒了啊？"

"我在你眼里这么爱打架？"

"你说呢！明天嘛，本来我要陪我妈去她的服装店的，但既然你都打来了，我就去赴约了，别找人报复我就行。"

"那你可得小心点。对了，燃燃这几天有没有给你打电话？"

"没有啊，今天下午我给她家打电话没有人接，晚上八点多的时候也没有人接，估计是走亲戚去了吧？她给你打电话了？"

"没……没有，好吧，明天见吧。"

挂了电话，林亦诚更加坚定了自己的预感，王燃一定是出什么事了,他有一种非常不祥的预感,该怎么办呢?走进集体宿舍,宾馆的同事们都在熟睡中,宿舍内漆黑一片。

林亦诚坐在自己的床上,没有开灯,脑海里回旋着王燃颤动的声音,黑暗的恐惧凶猛地席卷而来。另一边,王燃虚弱地赤脚走在雪地里,身后是深深浅浅的脚印……

第二天林亦诚再打电话,怎么都打不通,王燃的电话一直处在关机状态,他也再也没有接到王燃的电话。他想去找王燃,却没有她家的地址,打电话问刘珂,她也不知道,就在这样一个胡乱猜测的日子里,时间一天天过去。

过年对于林亦诚来说没任何概念,提到过年林亦诚就会想起上初三那会儿,全家人靠邻居送来的红薯,煮熟后就着咸菜过了一个年。所以在新年的夜晚,林亦诚很平静,拒绝了石老师和李哲凯的邀约,在学校和留校的同学们一起度过了一个春节。

"大姨,对不起,请原谅我的不辞而别,还有不到一个月的时间就要开学了,我想早点回学校,顺便去看望一下好久没见的朋友,我当面开不了口,所以原谅我只能以这样的方式与大姨道别!大姨,不必为我担心,舅舅和姥姥给了我生活费,我会经常给你打电话的……"

刘珂大姨早晨在喊刘珂吃饭时,在刘珂的书桌上发现了这样的一封信。看着这熟悉的字迹,大姨很伤心。

"可怜的孩子,大姨知道你个性倔强,你决定的事情,谁也阻拦不了,这点和你妈一样。"大姨叹息着走出了刘珂的房间。

其实刘珂根本不是回学校,她一大早就赶到了火车站,买了张去往深圳的火车票。

"陈涛一定在深圳,电话一定是他打的,我非找到你不可,无论你躲在哪里,我非得把你揪出来不可,你等着吧。"

坐在火车上的刘珂望着窗外,对面一个小孩的哭声打断了她的思绪,真是倒霉,哭的令人心烦,刘珂用眼睛瞟了一眼对面的母子俩。

"瞪什么啊,眼珠子都要出来了,你小时候也是这么过来的,真是的。"对面的大嫂边对刘珂嚷嚷边抱起孩子起身。那孩子屁股正好对着刘珂,小孩突然拉了一坨屎。

"大姐,你怎么这样啊?"刘珂生气地从座位上站起来,在过道里怒视着大嫂,心情无限糟。

"你嚷什么啊,小孩子家的拉屎不是很正常吗?你小时候不都这么过来的。"

"那请你把他当正常小孩,带去卫生间。"刘珂生气地冲去找乘务员。

乘务员收拾利落了,刘珂很不情愿地坐回了原座,对面的大嫂也不示弱地目视着刘珂。刘珂的手机响了,区号显示是0755,对深圳,是深圳,一定是陈涛打来的。刘珂很激动,对着电话就问:"是陈涛吧?陈涛,你说话,是你,对吧?你在深圳吧?"

"嗯,是我,小珂,我生病了,很想你,真的很想你,你现在在哪里?能来深圳不?我真的很想你。"

听到久违的陈涛的声音,刘珂激动得好像中了五千万彩票,眼泪大滴大滴地往下掉。

"你个坏家伙,怎么才和我联系?我现在就在去深圳的火车上,你得了什么病啊?现在怎样了?有没有吃药打针啊?你真是的。"刘珂语无伦次地边哭边笑。

刚才还一筹不展的刘珂,此刻心里乐开了花,在她看来这一切都是天意。怎么这么巧，自己刚上火车上就等来了陈涛的电话，大过年的决定去深圳，真是一个明智的决定。

"啊！你在来深圳的车上吗？太好了，我没有什么大事，我去车站接你，快到了给我电话，我先挂了，有人找我。"

陈涛对刘珂的话感到惊愕，她正在来深圳的路上？为什么？这么巧？完全出乎陈涛的预料，他慌张的同时也很内疚，心里有一点点后怕，但现在他无法回头了。

3

"小凯，你开车小心点，别再让我的宝马车受气，让你跟我去一趟店里真难。"李妈妈一边脱下外套一边碎碎念叨。

"知道了，放心吧，有的是机会，我这不陪你来了啊。妈，我走了，记得和我爸说让他再帮我买个手机，那个手机坏了。"

"走吧，手机怎么又要换啊，路上小心点。"

"知道啦！"李哲凯今天心情不错。林亦诚主动约他，事情没那么简单。

李哲凯今天开的是妈妈的白色宝马车，由于过年的缘故，马路上的行人和车辆非常少。李哲凯吹着口哨，手握方向盘，听着周杰伦的歌曲。

林亦诚在宾馆门口等着李哲凯。

"亦诚，你的电话。"

"哦，谢谢啊。"林亦诚大步跑到前台去接电话。

"燃燃，是你吧？这几天怎么都关机了，那天几点到家的？没感冒吧？"

"手，手机出了点问题，拿去修了。你在上班还是？"

"哦，今天休息，我约了李哲凯。他给你打了好几次电话你都没有接。你到底出什么事了？"

"亦诚……我，我现在很痛苦……我，我，我那天去了医院。我，我，我，我怀孕了……我该怎么办？怎么办？"

"什，什么？会不会搞错了？"林亦诚的脑子嗡的一下，大脑暂时休克。王燃的哭泣声使林亦诚心乱如麻，"你、你别着急，别着急。"他不知道说什么，他不知道怎么安慰王燃。

"林亦诚，和谁通电话呢？"李哲凯远远地朝林亦诚喊道。

"李哲凯不知道吧？他来了，你先跟刘珂联系一下，我回头想想办法，待会儿再联系你。"林亦诚匆忙地挂断了电话。

"你，你怎么来得这么早？"林亦诚不自然地说。

"都十点多了，还早什么啊，和谁通电话呢，你怎么看起来这么心虚啊？哦，该不会是燃燃吧！"李哲凯不自觉地提高了音量。

"不是……家里有点事，好了不说这个了。"

"你找我啥事？"

"想坐你的车兜风，这不可以吗？"

"你……你要我？先上车……"

林亦诚心急如焚，人坐在李哲凯的车里，心早飞到王燃那里了。

怀孕，也太不可思议了吧？怎么可能，这算什么事啊？林亦诚头痛欲裂，苦恼地抓了抓自己的头发。看着开车的李哲凯，林亦诚不禁长叹了一口气，他显然还没有完全从王燃怀孕这一震惊的消息中清醒过来。

完全不知道一切的李哲凯心情非常好，嘴角一直带着微笑。林亦诚面对李哲凯的笑容，突然有一种莫名的负罪感，到底要隐瞒他到什么时候？

"你怎么一副心事重重的样子？怎么了？家里又出什么事了？"李哲凯板着脸问林亦诚。

"没事，你专心开你的车吧。"

"那我们去图书大厦逛逛？"

"图书大厦，去那干吗？"

"我得买些书做做样子，免得被我爸一直唠叨。"

林亦诚和李哲凯在图书大厦逛了几圈。如果是平日，他一定会沉醉在书堆里，可是今天他完全没有心情逛。见李哲凯始终没有结束的样子，林亦诚心里始终放不下王燃，她怎么可能怀孕了？会不会是医生搞错了？不行，我得问清楚。

"李哲凯，宾馆临时有事，我先走了，你自己逛吧，我坐地铁回去。"说完林亦诚一阵风似的溜了，李哲凯反应过来的时候，林亦诚已经消失在他的视线外。

"他今天怎么了？把我叫出来自己又跑了，有病吧。"李哲凯摇了摇头，接着在图书大厦逛。

王燃和林亦诚通完电话后，一个人坐在公用电话亭的长椅上，她无奈地叹着气。

"该怎么办啊？要如何向家人交代啊！要是爸爸知道了，他怎么受得了啊？不行，还是跟刘坷通个电话。"

刘坷坐了两天多的火车，很疲倦，趴在座位上睡着了。她在梦里再次梦见了陈涛和她在校园里那些甜蜜交织的画面，陈涛的深情一吻让刘坷留恋至今。刘坷又做美梦了。

王燃没有打通刘坷的电话，刘坷的手机处于关机状态。一个人走在大街上的王燃无力地望着前方，她不知道前面等待她的会是什么。林亦诚一次又一次地拨着王燃的电话,无奈,电话一直没有人接听。王燃去哪里了?真是急死人了!

李哲凯早早地回家了,他一个人在外边挺没有意思的。

林亦诚那小子今天怎么神经兮兮的?李哲凯转了一天只买了几本辅导书和一本牛津词典,还是因为王燃,这一是最新版本的,她一定会很高兴吧?好几天没有听到王燃的声音了,她在做什么呢?李哲凯拨打她手机,依旧关机,打她家的电话,无人接听。李哲凯也没有太在意。

4

深圳火车站,陈涛忐忑不安。

来接刘珂的陈涛四处张望,表面上很平静,其实内心一直很紧张。列车马上就驶进深圳车站,刘珂早早地整理好行礼,她期待着和陈涛再次重逢的画面。

火车刚一到站,刘珂就下了火车,她在出口处远远地看见了陈涛。

依然那么帅气,身穿一件黑色的风衣,搭一条浅蓝色的牛仔裤,脚上一双干净的白色运动鞋,这身打扮的确够有范儿。刘珂朝思暮想、英俊潇洒帅气挺拔的陈涛,真的就在眼前,刘珂那个激动啊,恨不得一头扎进陈涛怀里,尽情宣泄自己压抑多久的情感。

陈涛一眼就从人群中看到刘珂,挥了挥手。刘珂出了站,箭一般地扑到了他的怀里,陈涛的心怦怦乱跳,他慢慢地推开刘珂,含情脉脉地上下打量了刘珂一番,此时的刘珂比以前更加漂亮了。

"宝贝，越来越美了，想死你了。"陈涛用嘴封住了刘珂的嘴巴。

"宝贝，走吧，别在这站着了，回家好好犒赏你。"陈涛搂着刘珂，消失在夜色中。

深圳的夜很美，美得让人陶醉。

陈涛带着刘珂，到深圳最繁华的地段游览，两人有说有笑，他们吃路边滩、逛商店。刘珂很开心，完全忘记了坐火车的疲惫，这一刻，刘珂非常的幸福。

夜深了，刘珂跟着陈涛来到了他的住处，陈涛住的地方虽然不大，但为了迎接刘珂的到来，还是精心布置了一番，床头上贴着他和刘珂的合影，床单是刘珂最爱的浅蓝色，就连被罩也换上了刘珂喜欢的色彩，陈涛的小屋还是很温馨的，有家的气氛，至少在刘珂眼里是如此。

"你一个人住还很干净，哪个女人给你收拾的？"

"什么啊，还不是为你精心准备的，为了接你我还专门请了假。你很累吧？冲个澡早点休息吧。"

"唠会儿再睡。好啊，你现在还是烟不离手啊？这是什么烟啊？我怎么没有见过啊？"

刘珂顺手拿起陈涛床上的烟问道。

"李总给我的，说是他们老家那边产的，快去洗澡吧。"陈涛从刘珂手里夺过烟说。刘坷用充满爱意的眼神瞟了陈涛一眼，伸了伸舌头做了个鬼脸就去洗澡了。

从浴室里走出来，刘珂穿着浴袍，美人坯子一个，越发显得楚楚动人。乌黑的秀发，诱人的双峰，水嫩的肌肤……

陈涛两眼直勾勾地盯着刘珂，他的呼吸变得急促，欲望充斥着他的整个大脑，他迫不及待地猛地抱着刘珂，一阵狂吻后把刘珂丢在床上,随后身子重重地压在了刘珂的身上。

一直没有王燃的消息,李哲凯急得快疯了。他恨不得马上就去找王燃,看看到底发生了什么事情,可是他不知道王燃的家在哪儿。李哲凯的爸妈因为一件小事又吵了起来,这更令李哲凯烦恼。李哲凯真希望早点开学,现在的他无比郁闷。

林亦诚心不在焉地工作,满脑子都想着王燃的事情,现在唯一的办法就是要联系到王燃,看她有什么决定,真不行就辞职去陪王燃。林亦诚为了王燃,做什么都愿意。

王燃又在厕所里大吐,爸爸关切地问她怎么了。王燃只说没什么,吃的东西有点反胃。这样下去不是办法,王燃趁爸爸不在,拨通了林亦诚的电话。电话只响了一声,王燃就挂断了。还是算了,林亦诚工作那么忙,还是找刘珂吧,看她怎么说。

刘珂在厨房边煮泡面,边听陈涛说这几个月的故事。

"你在夜总会还是经理啊?没看出来啊,你混得不错,晚上我也去你们夜总会看看?"

"快煮面吧,少废话,宝贝,我饿得快不行了。"

"对我就不能温柔点,真是的。"

这时,刘珂的手机响了。

"你的电话,哪个男人打来的吧?"陈涛把电话递给刘珂。

"你真无聊,也许是大姨的呢,你别吱声啊。"刘珂接过电话。

"小珂,你在哪里呢?我是燃燃。"

"燃燃,这是你家座机号吗?你怎么不和我联系,你手机怎么一直关机,我还以为是我大姨给我打的呢,还紧张了一小下,我现在在深圳呢,和陈涛在一起呢,你年过得怎么样?"

"我,我不太好,有件事情我和你商量一下,我,我,我……"

"你'我我我'什么啊?到底怎么了?快说啊。难道李哲凯知道……"

"我怀孕了。"王燃憋了好久终于小声憋出了这句话。

"什……什……什么?你,你……真的?我的妈呀,这可怎么办啊?李哲凯不知道吧?林亦诚呢?告诉亦诚了吗?还有二十天就开学了,这是什么时候的事情?"刘珂被这突如其来的消息惊得乱了方寸。

"五周多了,我该怎么办啊?小珂,怎么会这样?我该怎么办啊?"王燃在电话中痛哭失声。

"你别哭,别哭啊,让我好好想想。你哭得我心都乱了!怎么会变成这样啊……"刘珂气得浑身发抖,她无助地看了看陈涛。突然,她有了一个办法,让王燃来深圳把孩子打了吧,这样不就行了?

"你来深圳吧,我陪你去医院。"刘珂说。

"这……那……那么远,再说,怎么……说服我家人啊。"王燃依旧抽抽搭搭地说。

"那也得想办法,现在都是什么时候了啊。明天就来吧,等下你收拾一下,想办法来深圳。你只能这样。"刘珂说完就挂电话了。

"怎么了,宝贝?谁惹你生气了?"

"一个好姐妹,出了点麻烦。"刘珂气不打一处出,她把事情的整个经过告诉了陈涛。陈涛听了没多大的反应,冷冷地说了一句打掉不就得了。

"你真冷血。"刘珂没好气地说。

"不然呢?你们还没毕业,这个孩子的出现给王燃带来的都是噩梦,你难道希望她生下来?而且,她总不能怀着孩子去上学吧?家里人能接受?孩子大了怎么跟他解释他爸爸是谁?这样的情况生下来,对王燃和小孩都是一种伤害。"陈涛滔滔不绝说了一大堆。

刘珂目瞪口呆,对他刮目相看:"厉害啊,陈涛,几个月不见,你居然成熟这么多了,还会讲大道理了。"

"一个不和谐的家庭都会有各种矛盾,更何况这样的单亲家庭,不要让自己承受的痛再转嫁到孩子身上,再怎么说,孩子是无辜的。"说这通话的时候,陈涛想到了自己。

"谢谢你,陈涛。"刘珂捧着陈涛的脸用力亲了一口,"我会好好爱你,给你一个家的感觉。"

陈涛内心被震撼了一下,这是第一次有女生跟他说这句话。家?我有资格拥有家吗?陈涛没有说话,只是回抱了一下刘珂。

"我让王燃来深圳,你没意见吧?"

"没有,你朋友就是我朋友,晚上你要跟我去夜总会?去散散心也好。"

"对,我去,想去开开眼去,看你能在什么高级的地方上班,可以想象肯定是乌烟瘴气。"

"切,想死吧你?"陈涛一把搂着刘珂,一顿挠痒痒,逗得刘珂呵呵呵地笑个不停。

5

"你好,请问还有什么可以帮你?"

林亦诚像往常一样,笑着迎接每位到来的宾客,热情地和每位宾客打着招呼，只是他的心一直牵挂着王燃。

"亦诚，你该下班了吧？今天我来交接班。"

"好的，谢谢。"林亦诚去换衣服准备下班。

"亦诚，稍等，有你的电话。"

"电话？"王燃的吧？林亦诚飞一般地冲到前台。

"哥，是我，妈妈的病又发作了，需要住院。你上次寄来的钱都花完了，我不想上学了。"

"小妹，别这样，我这里有钱，我正准备给家寄呢，你学习那么好，怎么可以不上啊，你忘了你还答应我会来北京找我的。"

"那你对自己别太省了，多点钱在身上才有底气。"

"我知道的，你在家好好照顾妈妈。"妹妹挂断电话后，林亦诚陷入了沉思。

到底要怎样？世界那么大，人口那么多，老天为什么偏偏不放过我们？他翻了翻口袋，哪里还有什么钱啊？只剩不到五十块了，怎么办啊。

林亦诚无力地向宾馆大门外走去。他的脚步好沉重，这就是命，林亦诚只能认命。早熟的他对此早已学会调解，告诉自己要活着，要坚强地活着，与命运抗争，顽强地抗争，尽管不知道结果如何，但也要尽力用双手改变自己的命运。但为什么偏偏是他那善良的妈妈？病魔一刻都不曾远离。

"小诚，小诚，再回来一下，你的电话。"

"啊，又是找我的？"林亦诚又返回前台，忐忑不安。

"亦诚，没有打扰你的工作吧？"林亦诚听到了心心念念的声音。

"燃燃，你终于打电话了，急死我了。我刚下班。你准备怎么办？"

"小珂让我去深圳,她陪我去医院,她和陈涛在一起。我拿不定主意,想问下你,我该怎么办?"

"小珂在深圳?怎么都没跟我说,那你去吧,马上也快开学了,耽误不得。"

"你也这么认为?那我明天就去吧。"

"好的,过几天我找你去,我去陪你,你放心吧,别想那么多。"

"谢谢你,亦诚。小珂在就好了,你安心工作,有什么需要帮忙的我再给你电话。"

安心工作?林亦诚怎么能安得了心?刘珂在深圳,和陈涛在一起?去了也好,至少有人照顾。燃燃啊燃燃!为什么所有的不幸都找上你啊?林亦诚走出宾馆直奔电话亭。

"刘珂,燃燃跟我说你在深圳,她要去找你。"

"我就说,如果不是燃燃,我死了你都不会想起我。"

"说正事呢,别开玩笑。"林亦诚语气格外严肃。

"燃燃的事你早知道了吧?她决定明天来深圳了,有我在你放心,你自己还好吧?"

"那就好,我还好,只是刚刚我妹妹打电话说我妈妈又住院了,家里需要钱,我就算把所有的钱都给家里,也还是不够。我还想去深圳,怕燃燃出什么事情。"

"别想那么多了,车到山前必有路,阿姨的病会好起来的。燃燃有我照顾就好了,有什么事我会随时与你联系,这事又不能和李哲凯说。"

"还好有你。"挂掉电话后,林亦诚闷得慌,一个人在街上走着,思绪又回到了他的孩童时代。

在他的记忆里,妈妈一直在田间辛勤劳作。还记得那年的大年三十，妈妈给他们兄妹六个每人穿上一双她亲手缝制的新棉鞋。妈妈为他穿鞋时那双布满老茧的手，林亦诚一辈子都不会忘记。他真的希望妈妈的病能够早日好起来，林亦诚鼻子酸酸的，眼角有泪花在闪烁。

所有糟糕的事一股脑地全部袭来，压得林亦诚喘不过气来。如果有来生，他再也不要这么活。身体的疲惫林亦诚能吃得消，心灵的创伤难以让林亦诚招架，无论是心理还是生理，都已经达到了一个极限，林亦诚用意念在苦苦支撑着。

刘珂在深圳等王燃的同时，也给李哲凯打了个电话。但她没有提起王燃的任何事，只是说了林亦诚目前的处境，言外之意就是希望李哲凯能帮下林亦诚，无论他们之间有什么问题，哪怕就是看在她的面子上。

李哲凯心里很不爽，不明白刘珂和王燃为什么这么看重林亦诚，对他却一点都不关心，难道就因为他比林亦诚有钱吗？可是家里这一堆破事，他宁可拿钱换一家和谐幸福。但为了自尊，他没有把这说出来，尽管他对林亦诚意见非常大，但还是为了刘珂的面子，决定去找林亦诚。

"亦诚，做得好好的，怎么突然辞职……我可怎么跟领导交代啊！"组长把工资结算给林亦诚，有些不舍。

"谢谢组长这一个多月来对我的关照，由于家里有事，我必须回去一趟！"林亦诚接过钱与组长道别。

"哎，行吧。你要记住，我们这儿随时欢迎你，虽然中间出了点小问题，但我深信那不是你的错。"组长说。

"谢谢组长的信任。"林亦诚收拾好简单的行囊，怀着复杂的心情，依依不舍地看了看曾经工作过的宾馆，转身走出了宾馆的大门！

"亦诚,林亦诚,你去哪里啊?"一大早就来履行刘珂请求的李哲凯刚停好车出来,就遇到了林亦诚。

"我……没什么事,出去溜达溜达,今天不上班。"林亦诚有点结巴。李哲凯狐疑地看了一眼林亦诚:"你该不会又有事瞒着我吧?"

"哪有。"林亦诚稳了稳自己的情绪。

"行吧,没事就好,喏,这个给你。"李哲凯兜里掏出一个信封递给林亦诚。

"这是什么?"林亦诚疑惑地问。

"拿着吧,什么时候有了别忘了还给我,记得有利息的。"

"你怎么突然给我钱?"林亦诚不解。

"当放你这里存着,不然我都花光了。"为了给林亦诚留点尊严,李哲凯撒了个谎。然而,林亦诚心里明白了一切。

"谢谢你,不过我刚发了工资,你拿回去吧,上次向你借的还没还呢。"

"别啰唆了,正好一起还,拿着吧。这五千块钱是我爸给我的压岁钱。"李哲凯说着就把钱塞在了林亦诚的兜里,"我还要去我妈妈店里,先走了。"李哲凯没有过多的寒暄。

望着远去的李哲凯,林亦诚的负罪感油然而生。他知道李哲凯对他的怨气,也知道做这些并不是李哲凯的本意,但无论怎样,林亦诚对李哲凯心存感激的同时又很愧疚:爱上同一个人,对李哲凯隐瞒太多王燃的事。

6

火车马上就抵达深圳了。王燃忐忑不安,尽管刘珂在深圳,但她毕竟对这里的一切都很陌生,不知道接下来将会发生什么。

深圳火车站,熙熙攘攘,正是春运高峰,很多民工都返程了,王燃在人群中显得如此渺小。

王燃刚出检票口,刘珂一眼就看到了她,冲过去给了王燃一个深深的拥抱,她们彼此都明白这个拥抱意味着什么,是朋友之间的鼓励,更多的是信任。

"终于见到你了,深圳比家暖和多了,你怎么又瘦了啊?不会在减肥吧?"王燃笑着说。

她的笑容中带着几分苦涩,这一切刘珂都看在眼里,记在心里。

"现在可是春运高峰期啊,能买到票已经很不容易了。走吧,看看我住的地方,虽然不大但很温馨,陈涛反正每天上夜班,平时这会儿都在家睡觉,但今天突然有事出去了。"

"陈涛的工作还好吧?"

"好什么啊,就是一家夜总会,不过总比在外惹事强。"住处离火车站挺近,两人一路叙旧唠嗑,很快就到了目的地。

"当当当当……欢迎来到我和陈涛的家。"

刘珂一脸洋溢着幸福。王燃也真心为她开心。四下打量着房间:"确实挺温馨的,有家的感觉,不过,咱们三个都住在这里?"

"对啊。能住得下,这不有个沙发嘛,而且也就是一两宿的事。咱俩睡一张床,让陈涛睡沙发,陈涛几乎每天晚上不在家,等他回来咱们也就起床了。"

"不好意思,打扰你们。"

"说什么呢?跟我还客气。明天去医院?怎样?钱的问题你不用担心,亦诚也知道你来深圳了,他还说有机会一定来深圳,咱们在开学前把不好的事都解决掉。"王燃点了点头，沉默无语。

那边，林亦诚一大早就去了邮局，把领到的工资和李哲凯借给他的小部分钱寄去家里。

"妈，我给家寄了两千块钱，注意查收，你去医院看看吧，不能老是拖着。"

"你的钱哪里来的？打工挣不了几个钱，过年你也没回家。"妈妈的语气带有伤感。

"同学的爸爸给我介绍了个工作，我打工挣的，你先用着吧。我挂了，妈。"害怕妈妈念叨要把钱退回来，林亦诚抢先挂了电话。他长舒了一口气。妈妈，你千万不能倒下，儿子还没有报答你呢。别忘记儿子对你的承诺，我一定会带你来一趟北京，看看北京天安门。林亦诚心里为妈妈祈祷着。

火玫瑰夜总会。

门前停满了各种高级轿车，陈涛一如既往地忙碌着。他走到999包厢，在门前迟疑了几秒钟。门开了，李老板给他的手下使了一个眼色，手下人心领神会地把拿出一个鼓鼓的牛皮纸信封。

"小子，听说你最近手头有点紧，拿着吧。"

装着两万人民币的大牛皮纸信封，重重地砸在了摆放着各种酒的桌子上。陈涛的心怦怦乱跳。他从来没有见过这么多钱，不知道如何应付这样的场面。

"这是大哥赏赐你的小费。"李老板手下人硬把信封塞在陈涛手里，李老板给了他一个微笑。

"谢谢李总，谢谢。"陈涛把信封放在兜里，一边鞠躬一边走出包厢。

李哲凯联系不上王燃，急得快疯了。他又恢复到了公子哥的原形，脾气暴躁，脏字连篇，他从没这么着急过，也从没这么纠结过，等一个人等到心痛。王燃到底怎么了？李哲凯决定再去宾馆找林亦诚问问，也许林亦诚知道。

浑浑噩噩的李哲凯心不在焉地开着车，出门前爸妈无休止地争吵又在他的脑中浮现，不爽加郁闷。李哲凯用力踩油门，车速很快，在路口拐弯处来不及刹车，与一辆红色的车撞上了，顿时失去了知觉。等他再睁开眼时，发现自己已经躺在医院的床上了。

"凯凯，你终于醒过来了，吓死妈妈了，怎么那么不小心啊！头还疼吗？"妈妈在床边紧握着他的手。李哲凯摇了摇头，一句话也没有说，视线转移到爸爸身上。

"医生说了只是皮外伤，在医院休息几天就好了。我还有个会议要开。"说完，李哲凯的爸爸转身走出了病房的门，门被重重地关上了。关门声深深地刺痛了李哲凯，他的泪在眼眶中打转。妈妈看着这一幕，心里有说不出的酸楚。

7

北京西站人来人往，开往深圳的列车已经开始检票了。

林亦诚在人群中一点也不显眼，他默默注视着前方：我真的要踏上去深圳的列车了，是真的，这么去会不会很唐突？我为什么要去？以什么身份？一连串的问号，林亦诚自己给不出答案。唯一知道的就是，他想王燃了。

在颠簸了十几个小时后，林亦诚终于踏上了对他来说比较陌生的都市。

深圳的繁华和林亦诚想象得差不多,林亦诚用小卖铺的公用电话,拨通了刘珂的电话,无奈,手机关机。他没有给王燃打电话,心里有那么一丝希望自己的出现可以让王燃有一丁点惊喜。可现实是,林亦诚失望地继续在深圳的大街上行走,他每经过一个有电话的地方,都试着打一次刘珂的电话,可结果每次都令他很失望。

"走吧,进去吧,既然来了就进去吧,别怕,不会有事的,有我在。"刘珂拉着王燃走进了医院的妇产科。王燃耷拉着脑袋,她不敢直视任何一个人,她觉得背后有很多双鄙视的眼睛都用不屑的眼神盯着她。

"你是她姐姐?"医生疑惑地看着刘珂问。

"是的。"刘珂底气不足地答到。

"去办理一下住院手续吧,春节期间做手术的人不多,明天天中午就可以动手术。"

"好的,谢谢。"刘珂让王燃坐在医院的走廊上等她,自己去办理入院手续。没想到,住院费超出她的预期。刘珂央求医生先办理住院手续,并保证动手术之前一定交齐所有费用,在刘珂的苦苦哀求下,医生才勉强地答应了她的请求。

刘珂办理好院手续后,搂着王燃装作若无其事的样子,走进了妇产科208房间。王燃很消沉,脸上没有一丝表情。

"今天就住这里了,环境还不错嘛。"刘珂极力转移话题。

王燃没有出声,此时的她不知道该说什么,一想到手术,她害怕得浑身发抖。她使劲地咬着嘴唇,那个可怕的夜晚又在她眼前浮现,她的情绪非常激动,一下子瘫坐在病床上。刘珂目睹这一切,此时不知道如何安慰受伤的王燃,什么也不说,也许是最好的安慰方式。刘珂只是拍了拍王燃的肩，低声说："别想那么多了，一切都会好起来的，你在这里躺会儿吧，我回去拿几件咱们换洗的衣服后就回来。"

刘珂说完转身刚要走出房门，王燃突然从床上站起从后面紧紧地抱住刘珂，什么也没有说，许久都没有放开，任凭眼泪往下流。刘珂不敢回头，她不忍心看见王燃伤心的样子，她强忍着泪水，缓缓地掰开王燃的手说："傻瓜，真是的，我一会儿就回来……"刘珂有太多的话想说，但一句也没说出口，她没有回头，缓缓把王燃的手拉下来，慢慢地走出病房。

刘珂对王燃一直心存愧疚。她一直认为如果不是她硬拉着王燃去夜市，这一切也许都不会发生。她心里埋怨自己，把自己骂了几千遍，她暗暗发誓，一定要帮助王燃……

第九章 光

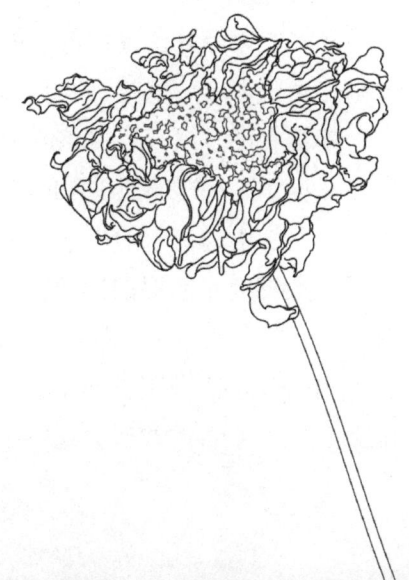

1

从医院出来，刘珂无精打采地向公交车站牌走去。一上午都没接到陈涛的电话，她才发现手机已经关机了，她赶紧开机，发现有几十个当地的陌生座机号，难道是，她脑海刚冒出"林亦诚"的名字，电话又响了，还是陌生的座机号。

"刘珂，你手机怎么关机了？"那头果然是林亦诚熟悉的声音。

"你什么时候来深圳啦？我大清早就过来医院帮王燃办住院手续了，还陪她做了术前检查，一直忙到现在，早饭都还没吃。"

"王燃怎么样了？"林亦诚有些紧张。

"她现在在医院，放心吧，我已经安排好了。我正准备回去拿点换洗的衣服，你现在在哪儿呢？"林亦诚看了看周围的建筑，告诉她。

"OK，你等我，我过去找你，你先陪我去拿衣服，我们再一起去医院。"

总算有了方向，恐惧感瞬间消失了，林亦诚紧绷的神经也终于松懈了。在这座孤零零的城市，他终于不是一个人了。

离医院不远街角的电话亭旁，刘珂见到了消瘦单薄的林亦诚。她突然有种想哭的冲动，顿了几秒，整理了下情绪微笑着跑过去，轻轻给了他一拳。

"真有你的！"这一刻，她打心眼里佩服林亦诚的勇气，在他自己这么艰苦的时候，还能不管不顾地来到王燃身边，也让刘珂有了一些力量。在她背负着对自己万分自责的时候,有人可以跟她一起去照顾王燃了。

"进来吧。"刘珂推开了房门。

林亦诚看见正在床上躺着的陈涛,突然有点拘谨,一时间不知道该说点什么,只是朝陈涛点了点头。

"哟,林亦诚,你也来了。看不出啊,可以啊。"陈涛打趣着。

"这不放假了吗,就顺便过来转转。"林亦诚胡编了个理由。

"你怎么就醒了?要不要吃点东西?我给你做。"刘珂在陈涛面前温柔得判若两人。

"早上被李总的电话吵醒了,我再躺会儿,你招呼林亦诚吧,冰箱里有吃的,我下班的时候带回来的。"

刘珂吃惊不已,这还是她认识的陈涛么。林亦诚也没想到陈涛会对自己这么客气,看来这次离家出走对他改变真的挺大。

刘珂飞扑了过去,在陈涛怀里撒了撒娇:"谢谢亲爱的,你不知道我……"

"没事,这不还有我么。"陈涛亲吻了一下她的额头,刮了一下她的鼻子。

"我去一下洗手间。"大清早被撒一把狗粮,林亦诚闪进了卫生间。

"在那边。"刘珂指着洗手间的方向,然后转头看向陈涛,"亲爱的,你现在能借我一点钱吗?"

"多少?"

"三千吧,不过五千更好,王燃的住院费我还没交齐的。"

"正好,昨晚李总给的小费。"陈涛说完把还没焐热的信封递给刘珂。

"啊！太爱你了，你真好。"刘珂给了他一个大大的吻，"不过，这个李总为什么突然给你这么多小费，你不会帮他做什么坏事吧？"

"我现在都升经理了，不是以前的小混混了，可能他看我做事认真吧。"

"哪有自己夸自己的。"刘珂笑了笑，"不过你对李总还是留个心眼，天下没有白吃白拿的。"

"你放心，我还小么，别忘了，我玩归玩，成绩还是不错的。"

"是是是，你不说我可真忘了，不过谢谢你，亲爱的，你对我太好了。"刘珂吻了下陈涛。

"我们快些走吧，等下王燃等急了。"林亦诚从洗手间里出来了，催促刘珂。

刘珂把装有衣服的包递给林亦诚："咱们走吧，你拿着这个包。"陈涛张了张嘴，还没来得及说话，刘珂和林亦诚就在他的视线中消失了。

王燃一个人在这座陌生的城市、陌生的医院里。比任何时候都想李哲凯，却不知道他在做什么，她不敢开手机，怕自己忍不住情绪，被李哲凯察觉，和李哲凯还能走多久呢？她不知道。

刘珂和林亦诚来到了医院，刘珂把王燃的病房号告诉了林亦诚，先让他进去，自己找了个借口说随后就到，其实是想给他俩制造单独相处的机会。

林亦诚等电梯的时候，看到有人拿着鲜花和果篮，才发现自己竟然空手而来，他转身跑了出去，在医院门口的小卖部买了一些水果和一支火红色的玫瑰花，医院门口的东西太贵了，等以后有钱了，一定给王燃买更多漂亮的花，林亦诚心想着。

来到王燃的病房前,林亦诚的心里很复杂。在门前迟疑的他鼓起勇气敲响了房门。当王燃看到林亦诚的一刹那,惊呆了,她不敢相信自己的眼睛,站在门前的竟然是林亦诚。林亦诚看着眼前憔悴的王燃,满是心疼。

"你怎么来了?"王燃坐直了身子。

"没来过深圳,趁放假来转转。"林亦诚把衣服和水果放到床头柜上,把玫瑰花递给王燃。王燃眼睛里闪过一丝光亮。她接过花,脸埋在花里深深吸了一口。

林亦诚:"我……我不知道应该买什么,就……"

王燃微微一笑:"谢谢你,我很喜欢。"也许是玫瑰花的衬托,王燃的脸色有了些红润,林亦诚看得愣了神。

"我都听小珂说了,你别想那么多了,后天动手术,是吧?"

"是的。"王燃有些羞愧地低头玩弄着花瓣。

"钱够用吗?我这里还有点。"说着,林亦诚从兜里拿出一沓钱。王燃抬起头,水汪汪的大眼睛看着林亦诚:"刘珂已经办理好入院手续了,你拿着吧。"王燃把钱又塞给了林亦诚。

"补补身体吧,虽然不多,但这是我心意。"林亦诚用关切的眼神看着王燃。王燃不敢直视林亦诚的眼睛,她的心跳得厉害。

"你来深圳,工作怎么办?是请假了吗?"王燃岔开话题。

"我把工作辞掉了,我会一直在医院陪着你,直到你出院为止。"林亦诚深情地注视着王燃,"我会把你好好地带回去……你不用担心。"

王燃万万没想到林亦诚会为了自己把这么好的一份兼职给辞退了,内心剧烈的冲击下,眼眶一下热了。她声音有些哽咽:"林亦诚……谢谢你,总是在我最伤心、最无助时陪伴在我身边……"

"咱们是朋友啊，是死党，你说这些也太见外了吧。"没有等王燃说完，林亦诚打断了她的话。其实林亦诚知道，王燃再说下去，他会控制不住自己的情感。

"有你这样的朋友我真的很欣慰，不然我真的不知道我现在会是什么样。"

"你喝水吗？我口渴了。"林亦诚转移话题。

"要不咱们出去买几瓶水吧？"

"好。"

2

医院前台，刘珂在补办王燃的住院手续，把钱交齐后刘珂深吸了一口气。总算解决了一件大事。她走到王燃的病房门前正准备推门进去时，手机响了，陈涛在电话里说找她有急事，让她尽快回去。

"你们出去啊？"刘珂恰巧在病房门前碰见了正准备出门的王燃和林亦诚。

"买几瓶水去。"王燃说

"你事情办完了？"林亦诚笑着问刘珂。

"办好了。你们出去溜达会儿吧，估计王燃憋坏了。对了，我要回去一趟，陈涛找我有点事情。"刘珂拍了拍王燃的肩说。

"你去吧，有我。"林亦诚回道。

匆匆忙忙往家赶的路上，刘珂满是疑惑，这家伙到底有什么事情啊？电话里也不说，不会借给我钱后悔了吧，刘珂听他的口气很着急的样子。

"找我什么事啊,我刚到医院你就打电话了,我很渴,快给我一杯水。"刘珂一进门就嚷嚷着。陈涛给刘珂倒了一杯水,刘珂一口灌了一大半。

"李总刚让人给我打电话,说晚上组了个局,算上我了,让都带女伴出席。"

"我就说嘛,没有无缘无故给你小费的。"

"可人家是请我们去吃饭,也没让我们干啥呀。可能是我跟他提过你来了,所以想见见我的女朋友吧。你就去吧,我的姑奶奶,不然我多没面子。"

刘珂心里暗爽,故意想了想,说:"好吧,看在你求我的这份上,我陪你去。"

走在医院的林荫小道上,王燃和林亦诚各怀心事。

林亦诚知道王燃的心情遭到了极点,她一个人承受着这一切伤痛。他能做的只是默默地陪着她,即使想说些安慰她的话,但又怕说话不妥使她难为情。

王燃满脑子都是即将到来的可怕的手术,她不敢想象会发生什么。但至少有刘珂、林亦诚这样的朋友陪伴,自己已经很幸福了,假如没有他们,她不知道她自己将会怎样。

火玫瑰夜总会门口,像往常一样停放着各种高级轿车……

999包厢内,李老板组了个小型派对,但夜店总归是夜店,烟雾弥漫。

"你就在这种地方上班?乌烟瘴气的,亏你能待得住……"

"清者自清,我可是这里的经理,经理,知道吗?"

"得了,经理?还董事长呢?咱们上几楼啊?"

"999,到了,别给我丢人啊……"

"我会丢人，真逗……"

陈涛敲响了999号包厢的门。李老板的助理把他们迎了进去，李老板上正跟客户谈着事，看到陈涛，他转移目光上下打量着刘珂。

"李总，这是刘珂，我女朋友，这是李总，对我非常好的大哥。"

"你好，李总。"

"别客气，陈涛的女朋友就是我的好妹妹，我们能在这里相见就是缘分，干杯……"

包厢内因为刘珂的到来，气氛更加地热烈。助理说需要陈涛帮忙把他叫了出去。形形色色的人开始给刘珂敬酒，为了给陈涛长脸，刘珂爽快地一杯接一杯豪饮。

手术室门口，护士跟林亦诚流程式地说着术中可能会发生的事，林亦诚问得详详细细。王燃躺在手术床上，看着林亦诚认真的样子，鼻子酸了。跟护士对接完，林亦诚作为家属替王燃签了字。

"别紧张，我会一直在这里守着的，等出来，一切就都好了，我们就回家……"林亦诚给即将进手术室的王燃吃了颗定心丸。王燃深情地望着林亦诚，心里倍感温暖，对于林亦诚，王燃不知道该说些什么，豆大的眼泪顺脸而流……

在护士的催促下，王燃被推进手术室。手术室门外，林亦诚来回踱步。他和王燃第一次见面的画面，第一次逛街的情景，第一次深聊时的神情……太多美好的瞬间此时一一在他脑海中浮现，一定会没事的，他在心里一遍又一遍地为王燃祈祷。

火玫瑰夜总会。

陈涛刚跟助理离开没多久,他就察觉出有些不对劲,助理让他帮忙的都是一些服务员就能做的事,完全不需要他这个经理亲力亲为。找了借口,陈涛折返回999包厢,正好撞见李总欲对被灌醉的刘珂下手。

"王八蛋!你干什么?"陈涛冲了过去,一拳挥在李总脸上,李总还来不及喊叫就晕了过去。不见一个跟班过来,陈涛才意识到,这都是李总设计的。虽然他没有像喜欢慧那么喜欢刘珂,但如果让这么爱自己的女孩受伤害,他就根本不配做人了。

陈涛脱下外套裹住刘珂,把她的手圈在自己脖子上,刚准备起身,刘珂醒了。

"陈涛,你来啦。"刘珂睁开迷蒙的双眼,看着陈涛含糊不清地笑着说,"我有很认真地喝酒哦,我把他们都喝倒了,没给你丢脸,我是不是你最棒的女朋友。"

"嗯,你最乖了,我们回家。"陈涛一脸怒气地瞪了眼李总,然后公主抱起刘珂离开夜总会。

3

做完手术的王燃有点憔悴,手术还算顺利,林亦诚悬着的心终于落定。

躺在病床上的王燃,望着天花板发呆。女生的泪腺是有多发达,王燃泪流不止。林亦诚用纸巾一遍又一遍轻轻擦去王燃脸上的泪水。

"亦诚,谢谢。"

"嘘,好好休息吧。"

强压着心痛,林亦诚依然微笑着,心却在滴血。

这时,刘珂提着早餐风风火火地赶来。

"王燃,对不起,对不起,我昨天被陈涛拉去参加一个局,喝多睡过头了。亦诚,你去歇会儿吧,我来照顾燃燃就行了。"

"小珂,谢谢你,真的,谢谢你……"

"别这么说,我们是姐妹,都是我不好,死要什么面子,喝那么多,都没赶上陪你做手术。"刘珂自责地抱着王燃。

走出病房的林亦诚,犹如打了一场恶仗,他深吸一口气。

"小珂,别哭了,我不是好好的嘛。"

"嗯,不哭了,等你出院了我们一起回学校。"

两个如花似玉的小姑娘,抱着又哭又笑,使得周遭人投来了不解的目光。

在医生同意出院后,王燃第一时间收拾着自己的行囊,能扔的都扔了,没有值得拿回北京的。深圳对于她来说,希望是噩梦彻底结束的地方。

陈涛带着刘珂的行李来车站,刘珂像树袋熊一样挂在陈涛身上难舍难分。

"亲爱的,如果不是因为要开学了,我真希望一辈子跟你在一起。要不,你跟我一起回去吧?"

"学校我是回不去了,你就老老实实把书念完吧。"刘珂似乎完全不知道昨晚发生的事,陈涛决定将这秘密烂在肚子里。

"可是,我怕我一回去,你就又消失了。"

"这次一定不会了。"

"那你至少一周要给我打一个电话。"

"OK。"

火车飞速行驶着,从深圳到北京其实很远很远,但对于林亦诚、王燃、刘珂来说，他们都希望火车能慢点，尽量再慢点，虽说深圳之行结束了，但毕竟在记忆中画上了一笔。林亦诚为下学期的学费和生活费而发愁，王燃为如何面对李哲凯坐立不安，刘珂则是对陈涛的恋恋不舍……

三月的北京，正是校园最热闹的时候，李哲凯和王燃又来到了第一次约会的操场。

"假期过得怎么样？为什么不接我电话？为什么手机总是关机？你知道我有多么着急吗？我发疯一样地找你，但你呢？你就不想我吗？我知不知道想你想得快疯了？"

"对不起，我爱你……"王燃话未说完，抱住李哲凯狠狠地吻了下去。李哲凯不敢相信此时眼前发生的这一幕，这是怎么了？眼前的王燃让他有点陌生。

王燃深情地吻着李哲凯，豆大的泪顺脸而流，她不知道这泪水究竟代表着什么，委屈？自责？思念？还是欺骗？或许都有吧。她爱李哲凯，但随之而来的负罪感又让她害怕失去李哲凯，这样的纠结带来的痛苦，旁人无法想象……

李哲凯怒气全无，温柔地为王燃擦去脸上的眼泪，满腹的话却不知从何说起，李哲凯欲言又止的深情，让人心疼。这个富家公子，自从遇到王燃后突然间就失去了锋利的那股痞劲，此时此刻的他犹如一个惊慌失措的羔羊，在心爱的人面前无法表达自己的情感。

寂静，死一样的寂静。

操场不远处，一群学生在踢球。

"亲爱的，无论发生什么，我都永远爱你，但你知道，我联系不到你，我是多么的疯狂，我太想你了。以后无论你在哪里，只要给我个电话，哪怕是短信，这个要求不过分吧？这个要求算高吗?"

"对不起,我的错,家里发生了很多事,心情很糟糕,不会这样了,我发誓,再也不会……"

李哲凯和王燃紧紧相拥。李哲凯刹那间感觉自己是世界上最幸福的人,暂时忘掉了爸妈无休止的争吵,暂时忘掉了一切的烦恼。拥有王燃是多么幸福,他认为王燃就是上苍派给他的天使,只要拥有了王燃,一切都显得无所谓。只是他完全没在意王燃神情的变化。

王燃感受着李哲凯身上的温度,知足的同时又忐忑不安。她不知道这样的时刻还能有几次,她不知道当李哲凯知道自己的一切后又会怎样,她更不清楚以后的路究竟该怎么走。上苍对于自己而言太不公平,王燃想到这里,又要落泪,这种情绪一直蔓延、蔓延,突然就怕哪一天,她最不愿也是最担心的情景会出现。

"凯,今晚我不想回宿舍……"

"燃燃,怎么又哭了?感动的吧?有我在,不知道你受了什么委屈,但从现在开始,谁要是让我的天使流泪,我李哲凯……"

"我知道……"王燃再次热吻李哲凯。

三三两两的学生从操场旁走过,李哲凯和王燃全然不知,吻得如此疯狂,如此带劲,两人不约而同地手挽手朝学校不远的宾馆走去。

今天的夜,如此多情。在这个多情夜,一阵哀伤袭上林亦诚的心头,目睹着王燃和李哲凯离去的背影,他默默地走开。林亦诚瘦小的身影,在路灯的映射下,愈发得渺小……

看着王燃和李哲凯离开了学校，此时才发现，我多么地喜欢校园，校园的空气、校园的一草一木，校园的一切一切，都让我爱不释手。社会，真的太复杂，今晚，莫名其妙地伤感，也许，看见李哲凯和王燃了吧；也许，担心刘珂了吧；也许，我为生计发愁，为继续看病的妹妹的治疗费犯难，总之，我现在，心堵得厉害，埋怨上帝为什么如此对我，但想到自己生下来就是还债的，我也就没什么可说的了，生活还是要继续，今天，就到此为止吧，明天一早还有民法课……

也许太疲惫了，林亦诚合上日记本倒头就睡着了。

夜里，他做了个梦，他梦见和王燃牵手的那个男人不是李哲凯而是他，他和王燃度过了一个最幸福的夜晚……

4

"昨天几点进家的？你还知道有个家？"

李哲凯家大清早又鸡犬不宁，李妈妈把李爸爸的衣服一件件扔到客厅的地板上。

"你可以在外面鬼混，你可以有女人，但我警告你，你别太过分，衬衣上的口红印，你别带回家，避孕套用不完，你就扔掉，别放在衣兜里……"

"你整天在胡说什么，回来晚不是为了你才应酬去了，为你那个破店，我没少装孙子，你别这么敏感，我哪来的女人，一大早就这么闹心……"

"行了，行了，你这种人，我懒得骂你，最近店里生意很好的，我想在三里屯再开家连锁店，你活动一下，去弄个摊位来，这才是正事,其余的免谈……"李妈妈面无表情地说。

"你看你这语气,哪个男人受得了?整天跟死了爹似的,我他妈这么辛苦,为了谁?你还整天找事,还要我活不?"

"什么?受不了?那就离婚呗,你反正那么多女人,多我一个不多,少我一个不少,我也受够了,你看你儿子,和你一个德性,开着法拉利去上学,一个月一万生活费都不够,消费全校第一,成绩也是全校第一,倒过来,都是和你学的吧?你就是为儿子,多少也积点德……"

"你有病,这日子没法过了……"李爸爸甩门而出,开着新换的奥迪扬长而去。李妈妈气得一屁股坐在地板上,眼泪顺着眼角流了下来。

老师在课堂上正自我陶醉地讲着案例,底下的同学聊天的聊天、吃零食的吃零食,有的愁眉不展,有的喜笑颜开。

林亦诚无心听课,尽管是学习委员,但他心思不在课堂上,昨晚王燃和李哲凯的那一幕使其心不在焉。刘珂百无聊赖地睡大觉,她能来上课,已经是一大奇迹了。

三节民法课上完了,班主任走进来怒气冲冲地说:"有好几个同学挂科,挂科的同学准备补考的事,并且没有资格评选'三好学生'和'优秀班干部'。下个月的第一周第三节课,评选'三好学生'和'优秀班干部',同学们好好想下,选心中最该选的那一个……"

班主任讲话一如既往地罗嗦。话音刚落,同学一窝蜂地跑出了教室,只有林亦诚和刘珂坐在教室里。

"怎么不走啊,去食堂吃饭吧?"

"吃什么吃啊?没心情,更没胃口……"

"挂科的事?"

"切,我啥时候为学习的事烦心过……"

"走吧,别多想了,去吃饭吧……"

"给燃燃打个电话,叫着一起吧……"

"算了,她应该和李哲凯一起……"

"那走吧,你下午去干吗?陪我去医院一趟吧……"

"我本来去阅览室值班,但我可以调换到晚上,应该没问题……"

"就你够义气,比某人强多了,中午饭我请……"

"好,走吧,去吃饭……"

第四食堂,人头攒动……

刘珂给林亦诚买了他最爱吃的山东大饼和西红柿炒鸡蛋,刘珂给自己买了糖醋里脊、猪肉炖粉条。

"你们也在这里吃了,小珂吃的都是荤的,小心胖了陈涛甩了你哦……"李哲凯笑着说。

"一边去,我家陈涛对我可好了。王燃,你也管教下李哲凯,越来越让我讨厌……"刘珂笑着说。

"行了,怎么谁都得罪你,她吃枪子了,糖醋里脊泻火的。"林亦诚尴尬地说。

"你去买饭吧,我来点素菜和凉菜就行。"王燃边说边坐了下来。

林亦诚很不自在,昨晚李哲凯和王燃牵手去宾馆的一幕还在他眼前浮现……

"你今天怎么没上课啊?"刘珂问王燃。

"我们起晚了……"王燃害羞地说。林亦诚听这话特受刺激,埋头扒饭。

"你们……哦……懂了。"刘珂一脸秒懂的笑。

"食堂的菜挺好吃的，怪不得我亲爱的燃燃非要来食堂吃饭。"李哲凯含情脉脉地对着王燃说。

"真酸，你们就该去那个桌上单独去吃，找我们这种灯泡干吗？真是的。李哲凯，你挂了几科？"

"他这还次行，就英语挂了，其他都还考得不错。"

"那当然，有一个学霸女朋友，我总不能太差吧。"李哲凯得意地说。

"亦诚如果挂科，绝对是一大新闻，是吧？"李哲凯用手肘碰了碰林亦诚，可是林亦诚没心情理会他，只想尽快吃完饭，然后离开……

"亦诚两天没吃饭了，看吃得那个劲。妈呀，这孩子饿死鬼转世的。"刘珂笑着打圆场。

林亦诚和王燃四目相对，彼此无语。林亦诚埋头继续吃饭。

"你们去哪里，我开车送你们吧。"李哲凯很热情。

"不用了，我陪刘珂办点事，你们先走吧……"

"真的不用？那我们先走了。"王燃说道。

李哲凯的红色法拉利跑车，在校园已经成为一道风景。林亦诚和刘珂走在去校医务室的路上，沉默无语但各怀心思。

"李哲凯和燃燃昨晚……李哲凯居然没有发现……"林亦诚一脸担忧，"你说李哲凯和燃燃会幸福吗？这种幸福的状态能持续到多久？"

"该来的会来，该走的会走，我们谁都无法左右上天安排好的结果。我们无法选择的太多，比如出身、长相，还有父母，我很羡慕你，至少，你和你父母在一起，我连自己的亲生父母都没见过……"刘珂说话的语气很沉重。

"有父母也不一定都是幸福的。"林亦诚冷笑了一下,"你看姥姥和大姨多疼你啊,你知足吧。我特恨我爸爸,还不如没有他。我可怜我妈妈,可是我又无能为力,前几天给家打的钱,有些还是李哲凯借我的。"

"希望我们三个以后都会好好的。"刘珂给自己也给林亦诚打气。

林亦诚的这番话,刘珂深深地记在了心里。刘珂的郁闷和苦恼,林亦诚也记在了心里,他们都想着怎么帮彼此,因为他们是一起来北京求学圆梦的异乡人。

5

李哲凯开着那款刺眼的红色法拉利跑车,在北京的大街上兜风。经过了昨晚一夜春宵,李哲凯幸福满满。他终于获得了王燃的认可,一个女孩把一切都献给了他,李哲凯发誓要对王燃更加好,在自己能力范围内,给王燃足够的幸福。

坐在车里的王燃,面对着李哲凯那张英俊并充满幸福的脸,心里依然忐忑。这样的时刻,能有几次?真的愧对李哲凯,要不要找个合适的机会跟他坦白?如果他真的爱她,应该会理解她,原谅她。原谅?谈不上吧?她做错了什么?没有及时告诉他?不,那是因为她怕他担心,配不上他?也许吧?

王燃很讨厌这样的自己,她无法不想这些。每次面对李哲凯,王燃其实都很不自在,更要命的是王燃一点也不快乐,全身上下包括身体每一个细胞,都充满了负罪感。王燃心里非常纠结和痛苦,她真的不知道她还能伪装多久,她还能撑多久,这样的日了,她真的很想尽快结束。

车在王府井停车场停了下来。

"喂,想什么呢?下车啦……"李哲凯柔情蜜意地对王燃说。

"这是哪里,不是你家啊!"

"前面是王府井啊,咱们逛一下,我要买几件衣服。"

王府井,到处是熙熙攘攘的人群,张扬着它的繁华。

李哲凯紧紧牵着王燃的手。王燃心不在焉地跟着李哲凯穿梭于王府井大街的各个名牌店。

"你穿上这个衣服很好看,来试试。"李哲凯拿着一款当季最流行的红色大衣。王燃喜欢红色,李哲凯是从林亦诚那里知道的。

"我有,别试了,你自己买几件你需要的衣服。"王燃笑得很不自然,李哲凯感觉有点不对劲。

"你累了?"

"没有,真的,去男装区买你的衣服,走吧。你一米八多的个头,穿上今年流行的风衣,一定非常帅,你看那个黑色的,很适合你……"王燃尽量显示出自己的平静。

"你眼光不错嘛,那件我穿上,一定比你喜欢的元彬还帅,你不怕我被别的女人勾引走啊?"

"什么?我怕?真多情,说你胖你还拽起来了,谁看上你,眼睛绝对是瞎了,这么没品位……"

"哈哈,来,来,我看看,你眼睛没瞎嘛……"

"别闹了,去试下那件黑色的风衣……"

"那件不用试,我天生就是个衣架子,说好了,我买那个黑色的风衣,你买这件红色的,红黑配,现在最流行了,你不会拒绝吧?"

面对李哲凯的死缠烂打，王燃没有理由再拒绝，只好接受了这件她自己非常喜欢但价格不菲的红色大衣。

"去看电影吧？"李哲凯提议。

"这个点有吗"

"才四点多，一定有。"

王燃对看电影着实没什么兴趣，但看着李哲凯那副热情劲，她不忍心拒绝，于是假装高兴地陪着他向电影院走去。

"拿一筒爆米花，两杯大杯可乐。"

"是你们啊？来看电影？"林亦诚忙着应付客人，没想到碰见了王燃她们。

"你怎么在这儿打工啊？"李哲凯十分惊讶。

"孤家寡人没女朋友，当然只能来打工啊，更何况我还得挣学费和生活费，哪像你天生好命。"林亦诚一边冷漠地说，一边麻利地给他们装爆米花和可乐。

"那你去找个呀，学学我和燃燃。"李哲凯一把搂住王燃，王燃低着头不敢看林亦诚。林亦诚没有任何表情忙着手头上的工作。

"这是你们的，齐了。"林亦诚递了过去。

"谢谢。"王燃表情有点尴尬。

电影院人很少，稀稀拉拉地坐着几对情侣。李哲凯看得津津有味，但王燃满腹心思，特别是林亦诚刚才的眼神使其不安。没有心情看电影，王燃头倚着李哲凯的肩，不知不觉睡着了。李哲凯看着熟睡的王燃并没发火，待电影快散场时，心疼地捏了捏王燃的脸，忍不住在她额头上亲吻了一下。

"不好意思，我睡着了。"王燃揉揉眼睛，发现影院的人都起身了。

"昨晚你很累吧,对不起,跟我回家吧,我让我妈给你炖点汤补补身体……"

"没事,不用了,阿姨在店里忙着呢,你还是送我回学校吧,你也回家早点休息。"

"想吃点什么?我给你买。"

"不饿,真的,我有点累,想早点回去休息。"

李哲凯把王燃送回宿舍,给她深深的一个吻,满意地开车回家。

第十章　裂变

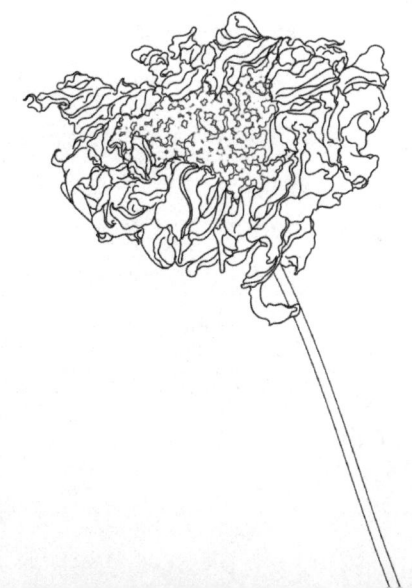

1

"你店面位置搞定了,费了不少劲,王市长很给面子,你去巴黎进货时,给市长夫人带点东西,礼尚往来,以后也好办事。"李爸爸面无表情地说。

"谢谢了,没白跟你过二十年,不会你给你那个野女人也弄了店面了吧?"李妈妈语气中带着蔑视。

"你真无聊,不想和你吵,我明天出国考察,一周后回来,我的衬衣放哪里了……"

"出国考察?真的?和谁?同事还是你那个女秘书?"

"你能不能不这么无聊?"

"我无聊?怎么?我说中了吧?"

"是!我就是带她去了,怎么着吧?"

"你说怎么着?离婚!"

"离婚?好!离婚!你早就不想过了,都解脱吧!"

"解脱,你终于露出你的狐狸尾巴了。原来你真想和我离婚,和那个贱女人一起过。你想得美,我还不离了呢。"

李哲凯站在门前,他已经习惯了爸妈的争吵。习惯了从爸妈口里蹦出的一切恶毒肮脏的言语。他们相互谩骂、诋毁,以及离婚口水战,在李哲凯的记忆里不下于千次万次……

李爸爸看见了门前的李哲凯,李哲凯眼神里流露出可怕的信息,足以威慑他。

"你,你什么时候回来的?"李妈妈看见李哲凯满脸愕然的表情。

"你们离婚吧,离婚吧,离婚吧,我求你们,如果不离婚,我就不进家门……"李哲凯怒吼着,咆哮着,摔门而出……

"看你养的好儿子!"李爸爸摔了手机走进卧室。

"你滚,滚出这个家,去和那个贱女人出国吧!回来就离婚……"李妈妈的嚎叫声悚然入骨。

李爸爸收拾好自己的行李,从抽屉里拿走护照,连正眼都没看哭泣的妈妈一眼,留下一个无情的背影。空荡荡的屋子里,李妈妈的哭声,撕心裂肺……

李哲凯车速极快。

爸妈吵架的情景一次次浮现在他眼前,他恨自己出生在这个家里面,他不求生活多么富裕,也不求自己家世有多显赫,他只是想有一个完整的家,他从小什么都不缺,但唯独缺爱。记忆中很少和爸爸妈妈坐在一起吃饭,他的童年只有各式各样的玩具,此时他的大脑一片空白……

李哲凯来到学校,约林亦诚到他们常去的小饭馆。

"怎么了?一副闷闷不乐的样子。"很少看到这么沮丧的李哲凯,林亦诚的态度自然也缓和了一些,"和王燃吵架了?"

"没有,你陪我吃点东西,我很饿。"

"出什么事了?"

"来,先喝点,好久没在一起喝酒了……"

"李哲凯,你今天……"难道他知道王燃的事了?不会吧?林亦诚心里不踏实。

"林亦诚,我问你,你要和我说实话,我是不是很可怜?除了钱,我一无所有,对吧?你是不是非常看不起我?"

"你可怜?我多羡慕你啊,生活无忧,人又帅,还有人爱,多好啊。对了,谢谢你李哲凯,每次没钱,都是你帮我,这次实在不好意思,你还让刘珂给我,我知道你不待见我,但我很感动。我不知道怎么感谢你,我会还你……"

"我除了钱,什么都没有。你羡慕我?我有什么可羡慕的?我非常羡慕你,你有爱你的妈妈、疼你的妹妹,我有什么?有一辆跑车?住豪宅?每月上万元的生活费?但这是我的吗?我其实什么都没有,现在,我可能连爸妈都没有了,吵啊打啊骂啊,我求他们离婚,求他们离婚……"李哲凯拿起酒瓶一口接一口地猛灌下去。

"别喝了,你喝太多了……"林亦诚夺过酒瓶。

"我跟你说,林亦诚,我连说话的人都没有,只能找你。"李哲凯一脸凄凉地笑,"是男人,你就陪我喝点,来,喝点……"李哲凯醉了,林亦诚在李哲凯的唆使下,也喝高了。

"李哲凯,你别把自己想得那么悲惨,其实,我真的很羡慕你,何况,还有燃燃那么爱你。你要好好对燃燃,她真的是个不错的女孩,如果有一天你知道了她的某些事,你也不要怪她,不关她的事,她也很可怜……"

"林亦诚,你,你说什么?燃燃什么事?她有什么我不知道的,你说说看,不说你就不是男人,我最讨厌朋友欺骗我,燃燃可怜?燃燃什么事?林亦诚,啥事,啥事?燃燃啥事?"李哲凯头凑近林亦诚的脸,两人的距离没有半指远,彼此能听到彼此的心跳声。

2

"李哲凯,你别激动,没啥事,我是说万一。燃燃能有什么事,你那么爱她,你们很般配,你小子很有福气。咱们学校很多男生都想揍你,你别身在福中不知福……"

"你也想揍我吧?……"

"胡说啥呢,想象力真丰富。"

"你就装吧,不过我警告你,离王燃远点,除了燃燃我现在什么都没有了。燃燃最近有点不对劲,一直不对劲,怪怪的,你知道为什么吗?"

"燃燃最近是很不对劲,你说得没错。燃燃寒假在医院过得很不好,她在深圳其实很想你,每天以泪洗面,但不知道怎么和你说……"林亦诚借着酒劲,不由自主地说出这些话。

"什么?深圳?医院?林亦诚,你说清楚,说清楚……"李哲凯不敢相信自己的耳朵,林亦诚反应过来,他说漏嘴了。

"哦,你听错了,我说我妹妹住院了,还要去深圳看病……"

"我明明听见你说的是燃燃,骗我没有好下场。"

"你走火入魔了,我说的是我妹妹,我骗你干吗。"

"真的?原来这样?你家就没消停过,怎么都这么爱病啊?那五千块钱不够吧?我明天再给你取五千,不够再说。我就是不缺钱,除了钱,我就什么都没有了。"

"你有燃燃就够了,燃燃刚动完手术没多久,你对她好点……"林亦诚喝多了,他再次抖出了王燃的事,这次李哲凯不好被忽悠了。

李哲凯听见王燃动手术,突然一下子清醒了很多,猛地站起来,抓住林亦诚的领子:

"燃燃怎么了,你快说!"林亦诚被李哲凯的举动惊呆了。

看着李哲凯充满血丝的眼睛、扬在半空中的拳头,林亦诚推开李哲凯,不知从哪里来的勇气呵斥道:"你有什么资格对我大吼小叫？燃燃最痛苦的时候你到哪里去了？燃燃最需要你的时候，是我替你陪她在医院，在医院动手术，你知道吗？燃燃多需要你，但为了你，忍气吞声，自己承受人祸带来的痛苦，她怎么过的你知道吗？你没发现她的异常吗？你就是这么爱一个人的？你当她的男朋友根本不够格，你是真的爱她吗？你懂爱吗？什么是爱？你懂吗？……"

林亦诚失去了理智，借着酒劲发泄着对李哲凯的不满。

李哲凯面对发怒的林亦诚，一下子也不知所措。他有点乱，理不清林亦诚说话重点。

究竟发生了什么？林亦诚说的怎么这么严重？在酒精的刺激下，李哲凯头疼得厉害，加上林亦诚的怒吼，李哲凯头脑一热，拿起桌子上的啤酒瓶，朝林亦诚的头上砸了过去。

"你喜欢燃燃，对吧？你究竟做了什么？燃燃动手术我怎么不知道？为什么是你陪她？哪里轮得着你啊？你算哪根葱？她是我的女人，你掺和啥？亏我把你当朋友，你竟然这么卑鄙，你是男人吗……"

林亦诚头上流血了，但丝毫不示弱，他也毫不犹豫地朝李哲凯脸上挥了一拳："我是喜欢燃燃，但我没做对不起你的任何事。你他妈连燃燃怀孕都不知道，没见过你这么自私的，你他妈只会满足你自己的欲望，完全不顾别人的死活，燃燃真是瞎了眼了，跟你这么一个差劲的人……"林亦诚完全失去了理性，头上的血一滴滴地往下流。

"你和我说清楚，燃燃怀孕？燃燃怎么会怀孕！？我早就发现你不怀好意，欺骗到我现在，今天我不打死你，我就不姓李，没见过你这么阴险的小人……"

李哲凯掀起桌子，一把把林亦诚拽出屋，两人在屋外厮打了起来。李哲凯像发疯的狮子，疯狂地朝林亦诚的身上挥拳。林亦诚倒在地上，没有反抗的余地，李哲凯拳头犹如雨点般密集，林亦诚满脸是血。

"打死你，不揍死你我都不解气……"李哲凯边打边骂。

"你他妈有本事弄死我，我鄙视你……"林亦诚的话更激怒了李哲凯。

"喂——你们在干吗？"王燃和刘珂刚好路过这里，使劲抱住李哲凯，"你疯了？别打了！"

"我疯了，我是疯了，我是一个戴绿帽子的疯子，拜你所赐。王燃，你记住，你他妈不是东西，欺骗我的感情，玩弄我，绝不会原谅你，绝不……"李哲凯抹了抹嘴角的血，跟跟跄跄地走了。

"李哲凯，你他妈别走……"林亦诚躺在地上一动不能动。李哲凯回头冷笑了几声，没有理会。

"哲凯，哲凯，你听我说……"王燃追了上去。

"滚、滚，我他妈眼瞎了，你身上太脏了，别玷污我……"李哲凯很绝情。王燃站在原地，她的魂丢了。

倒在地上的林亦诚痛苦难耐，刘珂搀扶着林亦诚，向学校医务处走去。学校的保安科赶到，刘珂巧妙地化解了。林亦诚和李哲凯才得以脱身，没有被通报批评。

3

深圳，火玫瑰夜总会。999 包厢。陈涛痛苦地倒在地上蜷缩着身体。

"小子，这烟吸得惯吗？感觉不错吧？"李老板丢了一根烟在地上，话语里有内容。

"你给我抽的是什么？"陈涛浑身像钻了成千上万只蚂蚁一样难受。

"原本想给你些甜头，没想到你居然坏我的好事！"

"刘珂可是我女朋友！你是我老板，你那么对她，还是人吗！"

"女朋友？呵呵，你女人还少吗！你就好好受着吧！等想通了，把刘珂给我带来再求我。"

陈涛还没反应过来，李老板领着一群人已经扬长而去。陈涛拼命咬着手，大颗大颗的汗珠渗了出来。

教室内，正在选三好学生和优秀班干部，林亦诚获得一等奖学金绝对没有问题，各科成绩在那儿摆着。可笑的是林亦诚在思想道德品质上被扣掉二十分，原因是不配合班级活动，爱与班级干部做斗争，对此林亦诚只是淡然一笑。但即使这样，林亦诚的综合成绩依然遥遥领先。

优秀班干部这个有点悬念，徐飞可谓是费尽心机，不仅花钱请客拉拢同学，更是去各个宿舍串门送东西，搞这些林亦诚不是徐飞的对手。果不其然，优秀班干部林亦诚和徐飞不分上下，最终林亦诚仅以两票优势获得优秀班干部，这样林亦诚就把一等奖学金、三好学生、优秀班干部全部拿到，徐飞很不服气，找机会来改变结果。

王燃好久没理林亦诚了，林亦诚很懊恼和李哲凯喝酒没管住嘴，但过去的无法改变。他觉得很对不起王燃，每每想到这些事，林亦诚都很愧疚，他一直怕这件事被李哲凯知道，可万万没想到，最后会是自己说出来的。

王燃躲了林亦诚好多天了，林亦诚在王燃必经之路上等她，他想解释清楚，等待了将近两个小时后，王燃终于出现了。林亦诚走上去,王燃当作没看见,大步从林亦诚身边走开。

林亦诚拽住王燃:"燃燃,对不起,我想我们之间有误会……"

"误会?什么误会?我不想见你,我们没什么好说的。"王燃态度很冷漠。

"我不是故意告诉李哲凯的,请你相信我,我不是有意这样,那天是喝多了……"

"我什么也不想听,林亦诚,我万万没想到,真正伤害我的会是你,我以为我们是友情至上恋人未满,近乎家人的关系,可是没想到你居然这么对我!"

"燃燃,你听我说,我真的不是故意的。我是生气李哲凯没保护好你,才……"

"那是我和李哲凯之间的事,跟你有什么关系?你不要以为这样破坏我和李哲凯的关系,我就会跟你在一起,绝对而且永远不可能!请你远离我,再也不要找我,我看见你就觉得恶心……"王燃丢下这句话迅速离去。

王燃的每个字像针一样扎在林亦诚心上,也许,王燃和他之间的误会,再也解不开了。没错,他是深深地爱着王燃,可他绝对没有要破坏她和李哲凯的感情。林亦诚想从李哲凯那边缓和一下他跟王燃的关系,可是也好久没见他了,据刘珂说,李哲凯从此之后很少来学校上课。

林亦诚的那番话,对李哲凯来说根本就是暴击。李哲凯无法原谅王燃,他感觉自己被鞭尸了一般,他怎么也不相信,也不能接受,把王燃当作天使一样的他,却遭受如此背叛。

他无法面对王燃,想起整个寒假自己为王燃的担心和忧虑,李哲凯顿时感觉自己真是个傻子,王燃不仅给自己戴绿帽子,竟然还怀孕，怀的还是林亦诚的？他怎么也想不通，林亦诚会背叛自己，竟然和他抢女人，这世道怎么了？

　　李哲凯对此痛苦不堪，因为家里的事，他把唯一快乐的希望都寄托在了王燃身上，如今的当头一棒，这一切的一切，需要太多的时间去消化。李哲凯整个人瘦了一圈，终日以烟酒为伴，李哲凯对于林亦诚和王燃的恨，是常人难以想象的。自己心爱的人和自己帮助过的朋友搞在一起并且去堕胎，李哲凯难以咽下这口气。

　　刘珂和王燃之间，因为林亦诚有了分歧。

　　刘珂认为王燃不应该埋怨甚至误会林亦诚，他不是有意告诉李哲凯，只是酒后失言，王燃这样对林亦诚并不公平，王燃明明知道林亦诚多么爱她，怎么会认为林亦诚事故意告诉李哲凯的呢？这么做是没有道理的。

　　但王燃不这么认为，在她眼里，林亦诚就是故意借酒劲告诉李哲凯，以达到自己的目的。也就因为这件事，让王燃发现原来林亦诚对她的一切好都是带有目的的。

　　王燃这样的想法在刘珂看来非常荒诞，但王燃不以为然，反而认为刘珂为林亦诚开脱，甚至认为刘珂暗地里喜欢李哲凯，她和林亦诚一起联手搞破坏。遭遇打击的王燃看来是疯了，为爱重昏了头。刘珂对其非常失望，两人的矛盾越来越深。

　　刘珂很担心林亦诚，她很清楚林亦诚的为人。昔日的好朋友如今是这样的局面，刘珂心里很不是滋味，她不知道自己怎么解开各位的心结，其实她心里的苦，谁晓得呢？她受过的伤，又有谁能给她安慰？

4

　　李爸爸从国外回来后，一直与李妈妈冷战，李哲凯整日泡在家里不出门，抽烟、喝酒，然后打游戏。刘珂给李哲凯家里打电话无人接听。刘珂决定去李哲凯家里找他。

　　在李哲凯家的大门外，刘珂碰见了李哲凯的爸爸，李爸爸很热情地把刘珂领回家。刘珂敲李哲凯的房门，可是无论怎么敲，就是不开。

　　"李哲凯，我是刘珂，如果你还是个男人，你就给我开开门……"刘珂不得已只有大吼。李爸爸摇了摇头，叹着气进了自己的房间。

　　李哲凯开开了门冷淡地说："你来干吗？王燃让你来的？"

　　"王燃？这个人我不认识，你以后别在我面前提起她。我进去还是你出来？"一向整洁帅气的李哲凯让刘珂大跌眼镜。此时的李哲凯如此颓废和憔悴，以前那个潇洒的公子哥完全不见了。

　　"你一点不想知道为什么吗？你不想知道真相吗？你……"

　　"我不想听你罗嗦，也不想听任何的解释，既然来了，就一起喝杯吧……"李哲凯边说边下楼。刘珂紧随其后，看到了可以继续沟通的希望。

　　席间两人相谈甚欢，刘珂说话非常小心，自始至终刘珂都没解释王燃的事。李哲凯借着酒劲和刘珂聊了很多内心话。在刘珂的开导下，他竟然有了笑声。

　　刘珂其实就是这么一个女孩子，她很会讨人欢心。经过这次深聊，李哲凯对刘珂的看法有了根本性的转变。表面上无比快乐的刘珂，内心也有不少的酸楚，只是不轻易说出口而已。同样，刘珂对李哲凯的看法也有了很大改观，这个不可一世的富二代其实很缺爱,甚至很可怜。

"刘珂,你真心爱过一个人吧?"

"不是爱过,是爱着。"

"什么感觉?"

"爱的感觉。"

"爱的感觉是什么感觉?"

"爱的感觉就是,你离不开我,我离不开你。"

"你现在还有爱的感觉吗?"

"当然,陈涛啊,众所皆知。"

"那他爱你吗?"

"当然,你不废话吗?你是不知道我在深圳他对我有多好。"

"那你要不要考验考验他?"

"怎么考验?"

"我们假装交往,你帮我气气王燃,我也帮你试探下陈涛。"

"你疯了吗,李哲凯!首先燃燃是我最好的朋友,你是燃燃男朋友,所以你才是我朋友,不管你们之间有什么误会,但凡你要做出伤害燃燃的事,别怪我对你不客气!"

刘珂愤怒地丢下这句话,头也不回地走了。

"妈,我妹妹好点了没?"林亦诚一下班就给家里去了个电话。

"好多了,你的钱收到了。你自己注意身体,吃饱点,你从哪里弄来那么多钱?"

"我的奖学金,妈妈,你别停止吃药,我现在打了三份工,别怕没钱。"

"我这老毛病了,你妹妹说很想你……"

"我也想你们,妈,我先挂了,改天打给你……"

每当遇到烦心事,林亦诚就听听妈妈的声音。半年多没看见妈妈了,妈妈是他生活的动力,一定要多挣钱,把妈妈和妹妹的病治好。

> 有时候我也很讨厌我自己,尽管我成绩很优异,还当着班干部,但是内心就会有另一个声音觉得自己什么都做不好,什么都不会,这种自卑是先天的。
> 曾经的我认为自己降临到这世界是一个国际笑话。更觉得父母赐予我生命也是个错误,错在我不该来到这个社会,错在我不该出生在这样的一个家庭,错在我不该来到这所学校,不该碰见王燃,更不该认识李哲凯,就不会伤害我爱的人。
> 但这也许就是命运对我的考验吧,一直逃避也不能解决问题,不能再这么颓废了,我必须去改变它,而不是被它控制。最近的兼职越来越多了,欠李哲凯的钱慢慢也能还些,一切都会变好的,只要我不放弃。

林亦诚在久未更新的日记本上如是写。最近的他像有两个自己在自我斗争。唯一肯定的是,他想变得更好,真正成为家里的顶梁柱,真正能保护妈妈、保护弟妹,也保护王燃。

5

拿着一个星期的工钱,林亦诚兴高采烈地回学校,准备等周末再去市里把钱汇给妈妈。他却发现王燃被强奸的事在年级里传开了,他气得手发抖,打王燃电话不接,去找她,可是不在教室也不在宿舍。

"刘珂，怎么回事？为什么大家都知道燃燃的事了？"林亦诚找到刘珂。

"那天你跟李哲凯打架的事被人拍照发学校论坛了。"

"怎么会这样，那燃燃人呢？"

"她……"刘珂面露难色。

"她怎么了？你快说。"林亦诚心急如焚。

"她在我们上课的时候，从宿舍搬走了，电话也停机了，听老师说是家里有事。"

"家里有事？什么事啊？她有说吗？还有，她搬走是什么时候的事？"

"搬走好几天了，自从李哲凯和张美娜交往后，燃燃都不怎么说话，上课也没心思，加上论坛的事……你不知道你去外地打工的这几天，我感觉天都要塌下来了……"刘珂带着哭腔。

"怎么会这样……燃燃让我远离她，正好外地有临时活，我就想着出去几天，等过了这段时间再跟她去解释……那她有留下什么书信吗？"

"什么都没有。"

"那你知道她家在哪儿吗？"

"你上次不是问过，我不知道具体地址……燃燃很少说起家里的事。"

林亦诚的心一下荡到谷底。燃燃是真的回家了吗？不会出什么是吧？刘珂看出了林亦诚的失落。

"要不，我们去班主任那查查吧，入学的时候应该登记过。"

两人一拍即合，只是他们没想到，王燃留的地址查无此人，班主任告诉他们：王燃退学了。因为不想被大家知道，所以让她帮忙隐瞒了。

林亦诚和刘珂两个人都呆在了原地，他们不敢相信王燃会以退学的方式来躲避，连句再见都没有，就这样从他们的世界里消失了……

只是他们都不知的是，王燃其实做好了被李哲凯知道的心理准备，也相信以李哲凯对自己的爱，迟早会理解自己的。只是没想到，她高估了自己，也高估了李哲凯平日里的甜言蜜语，李哲凯那么快就移情别恋了，他彻底压垮了她心里的最后一根稻草……

李哲凯故意跟张美娜一起，努力尝试忘记王燃，他甚至以为早已忘记了王燃。王燃的背叛，是足够记恨的理由了，但得知王燃退学后，李哲凯的心隐隐作痛，王燃两个字就像是他的雷区，越是努力从记忆中铲除，越是欲罢不能，用尽了所有的办法，李哲凯还是做不到。

林亦诚气得去查论坛发帖的人，没想到有人主动找上门，是信技系的同学。她给了林亦诚一个 U 盘，里面是王燃被强奸那天录下的画面，清晰地拍到了那几个混混的脸。

那天她和男朋友在胡同里约会，正好看到了，但害怕报复，一直不敢说出来。直到这次论坛的事，以及知道王燃打胎、退学，她觉得王燃太可怜了，作为女生应该保护女生，才决定站出来。

在她的协助下，林亦诚和刘珂去派出所报了案，没想到这几个混混因抢劫行凶已经入狱，有了 U 盘里的证据，让他们罪加一等，可是王燃没看到这一幕。

在王燃离开后的日子里，一切仿佛回到原点，林亦诚、李哲凯、刘珂之间鲜少再有往来，偶尔在校园遇见，也都只是擦肩而过，每个人都回到了自己的轨道。离毕业越来越近，刘珂开始寻找实习单位，林亦诚除了学习就是玩命地打工，而李哲凯换女朋友犹如换衣服一般，但这又怎样？依然空虚、依然思念，陷在一瓶名叫王燃的毒药里无法自拔。

　　林亦诚妹妹的病逐步恶化，视力下降得厉害，右眼几乎看不见东西。尽管林亦诚已经有五份兼职了，还是解决不了眼前的困境。加上王燃的不辞而别，他不知道自己能撑到哪一天，疲惫的不仅仅是身体，还有心。对于生活、对于未来、对于希望，此时一切都变得虚无缥缈，一切都是海市蜃楼，一切都是遥不可及……

　　林亦诚因重感冒倒下了，太多的事压得他喘不过气来。在这个寒冷的夜，林亦诚发烧到四十度，学校医务室的工作人员不耐烦地开门，迎接林亦诚的到来。

　　打着点滴的林亦诚思绪万千。窗外又飘起了雪花，北京的雪今年来得格外得勤，家里下雪了吧？那个茅草屋子里的妈妈和妹妹，能抵住这寒冷的夜和雪吗？每逢想到这些，林亦诚都或多或少地会伤感，连他自己都厌烦这样的自己。

　　王燃的退学，对于林亦诚而言绝对是一个打击。李哲凯的怨恨，也让林亦诚无可奈何。但他不敢就这样放弃，他还有家人，他们还殷切地需要他，林亦诚时刻告诉自己要坚强，什么困难都可以克服，因为他坚信没有过不去的坎，只要活着，就一定会有希望。

　　林亦诚起伏不定的情绪，刘珂告诉了王老师。

　　王老师知道林亦诚这孩子非常倔，他一旦认定了一件事会义无反顾地去做，十头牛也拉不回来。林亦诚又是一个自尊心极强的孩子，他如果一旦泄气，后果很严重，就犹如当初在石克牙的那段日子里，如果没有王老师，林亦诚现在不会出现在大学校园里。

其实，王老师低估了林亦诚心里的承受力，经历了太多的事，林亦诚不会轻易低头，偶尔的伤感、泄气，也只是偶尔而已。

王老师利用来北京学习的机会来看望林亦诚。王老师的到来让林亦诚喜出望外。

"大学生活过得挺充实吧？"

"恩，搬到本部打工方便点。"

"你比我想象得成熟了很多，老师很高兴。"

"每当遇到不顺时，我都记得你对我说的话，到现在为止，我没让你失望吧？"

"当然没有，老师以你为傲。"

6

校园，犹如往常，一切照旧，不会因为一个人的离开而改变什么。

转眼，一个假期来临。转眼，又一个新的学期开始。大四的学生走了，大一的新生来了，林亦诚、刘珂和李哲凯他们从大学城分校搬回了北京本部。

林亦诚遇到的困难一拨接一拨，但因为心中有一个梦想，有一份祈盼，有一个牵挂，每次发泄完沮丧的情绪后，依然会快乐地用自己的双手改变自己的人生。

民法老师在讲台上振振有词。

"王某有一女王乙、二子王甲、王丙，配偶、父母均已逝世，王某长期与王乙共同生活，后王乙因病去世。王某与女婿及一外孙女共同生活。土甲有一子。王丙婚后无子女。1994年王某去世，留有遗产三万元。王某去世后，王丙因伤心过度相继病故。问：财产如何分配？法律依据是什么？"

"林亦诚，这个题你回答一下。"民法老师叫到，林亦诚没有反应。

"林亦诚、林亦诚……"教民法的老师一连喊了几声，林亦诚两眼茫然地站了起来。

"走神了吧？在想什么呢？知道我现在说什么吗？"

"哦……哦。"林亦诚用渴求的眼光看着刘珂，刘珂用一副很不可思议的眼神望着林亦诚。这家伙怎么了，反常……

"刘珂，你来回答。"

"王某去世，由于没有留遗嘱，则适用于法定继承，由子女、配偶、父母继承。由于配偶、父母已经去世，则第一顺序继承为子女（甲、乙、丙），由于女儿乙已经去世，由外孙女代位继承。丙已经去世且无子女配偶，则视同放弃继承权，甲按照法律规定继承。

如果女婿在乙去世后对王某尽了赡养义务，则可以按照第一顺序继承人继承。

答案为由女婿、外孙女跟甲共同继承，由于女婿尽了主要的赡养义务，可以多分。

法律依据：

第十条　遗产按照下列顺序继承：第一顺序，配偶、子女、父母。第二顺序，兄弟姐妹、祖父母、外祖父母。

继承开始后，由第一顺序继承人继承，第二顺序继承人不继承。没有第一顺序继承人继承的，由第二顺序继承人继承。本法所说的子女，包括婚生子女、非婚生子女、养子女和有扶养关系的继子女。本法所说的父母，包括生父母、养父母和有扶养关系的继父母。本法所说的兄弟姐妹，包括同父母的兄弟姐妹、同父异母或者同母异父的兄弟姐妹、养兄弟姐妹、有扶养关系的继兄弟姐妹。

第十一条 被继承人的子女先于被继承人死亡的，由被继承人的子女的晚辈直系血亲代位继承。代位继承人一般只能继承他的父亲或者母亲有权继承的遗产份额。

第十二条 丧偶儿媳对公、婆，丧偶女婿对岳父、岳母，尽了主要赡养义务的，作为第一顺序继承人。

第十三条 同一顺序继承人继承遗产的份额，一般应当均等。对生活有特殊困难的缺乏劳动能力的继承人，分配遗产时，应当予以照顾。对被继承人尽了主要扶养义务或者与被继承人共同生活的继承人，分配遗产时，可以多分。有扶养能力和有扶养条件的继承人，不尽扶养义务的，分配遗产时，应当不分或者少分。继承人协商同意的，也可以不均等。"

"基本正确，林亦诚，听见了吗？坐下，下课到我办公室来一下。"老师把林亦诚当家人，她知道林亦诚是一个懂事、要强的学生，林亦诚的一丁点反常，都逃不过她的眼睛。

"你今天是怎么了？最后一学期了，是有什么压力吗？"老师有些担心。

面对老师的殷切询问，林亦诚只淡淡地回应了一句："谢谢老师，我最近有点累，我会马上调整……"的确，林亦诚很累。同时打了五份工，身体累。

"老师知道你家的情况，但是也要注意身体。我朋友事务所那边招实习生，你如果有兴趣可以试试，但是费用可能不多。"

"啊，谢谢老师，只要我能做的，又跟专业挂钩，还有工资可以挣，我已经很开心了，太谢谢您了，老师。"

"你是一个好苗子，不要荒废了学习。"

"好的，老师。"离开办公室后，林亦诚好久没这样感觉神清气爽，原来努力是会被看到的，上帝关了窗，还会为他打开一扇门……

7

睡到下午才醒的李哲凯看着镜中胡茬邋遢的自己，那么刺眼，一道阳光从窗外照射进来，落在他脸上，照进了他的心里。他怎么会变成这样啊！李哲凯看得想抽自己。脱掉衣服洗了个热水澡，他把胡子刮得干干净净，决定开车去学校溜一圈，不然都快忘记学校的模样了。

夕阳西下，十月的校园，这样的景，美得让人窒息。

陈涛履行承诺每周按时给刘珂打来电话，这天也不例外。

"亲爱的，我给你寄了衣服和包，我陪李总去商场的时候看到的商场有上班的女生穿着，特别有气质，所以就给你买了，到时候你去面试工作的时候可以用上。"

陈涛的细心让刘珂感到幸福不已。

"涛，你怎么对我越来越好了，是不是做了什么对不起我的亏心事。"刘珂故意试探。

"你是我女朋友，我不对你好，对谁好啊？"陈涛语气有些紧张，"对了，过几天我要陪李总去趟云南，可能近期都不能给你打电话，等有空了，我第一时间跟你联系。"

"陈涛……"刘珂犹豫了一下。

"怎么了？"

"你能不能不跟李总做事了,咱换个工作好不好?"

电话那头沉默了许久,陈涛才缓缓开口:"珂,你放心,等从云南回来,我就换工作。"

"嗯,你注意安全。"

"嗯。"

通完电话的刘珂心情美好地走在校园内的林荫小道上,看着郁郁葱葱的灌木,菊花散发的芬芳,一阵风吹来,好不惬意。

王燃的退学,让林亦诚有了新的思考,以现在的他,重来一次也保护不了王燃。作为男人,不应该每天只把心思放在小情小爱上,他不能整天那么消极,他只有成为更好的自己,才对得起含辛茹苦把自己养大的母亲,对得起好不容易上到大四的自己。

  燃燃,好久不见,你在家还好吗?我知道你对我的怨恨,我知道你的躲避抹杀了我给你解释的机会,我也知道只要是误会,总有一天会解开,只是,这个时间究竟是多久?

  我曾迷茫地度过一天又一天,学会放弃、学会释怀,曾一次次告诉自己,坚持,再坚持,至少还活着,生活的苦,算不上什么,心苦,要人命。原以为所有纠结的事堆积在一起会让我心烦,但你是知道的,你的误会才是我难以承受的根源所在。你请放心,我不会轻易被击垮,我会继续昂首挺胸地迎接到来的风和雨,等待与你重逢的那一天。你也要这样,我们都要一起为梦想而努力。

北京本校的秋景,宛若绽放盛开的少女,性感而迷人。在夏去秋来的当下,在收获、梳理的季节,深秋之景分外妖娆和多情。

因为王老师的事，林亦诚约刘珂吃晚饭以示答谢。

他找了学校附近的小吃店，装修风格很像大学城他们四个人经常一起去的小店。那里有着他们四个人太多的回忆，曾经的一幕幕，都一一在林亦诚的脑海中再现。那时的他们多么快乐，那时的他们如此纯真，那是的他们又如此单纯，只是，小吃店没变，他们都变了。

"怎么想起来请我吃饭？多久没跟我联系了。"李哲凯去学校的路上接到了刘珂的邀约。

"带你去一个新发现的有感觉的小饭馆，别嫌档次低，OK？"

"果然不出我所料，真够小气。"

"你说什么？"刘珂斜眼瞟了李哲凯一眼。

一阵风吹来，几片秋叶飘飘悠悠地落在了刘珂面前。

"我们的生命，也如同落叶吧，想不到那曾郁郁葱葱的树叶，如今枯黄落地，这样的人生，我们都需要经历的吧……"

"你今天怎么了？这是作诗还是抒情呢？不像你啊。"李哲凯的眼神里充满着不解。

"怎么不像我？难道我没有思想和灵魂？我也是一个热血沸腾的女子呢？当然，和你家燃燃比是不行……对不起，我不是故意的，今晚我请你吃你最爱吃的水煮鱼。"刘珂知道自己口误了，很紧张地望着李哲凯转移话题。

李哲凯显然被王燃的名字震住了。王燃对于他来说是一个多么熟悉亲切的字眼，遗憾的是那只是曾经，现在，他和王燃没有一点关系。努力这么想，但王燃一颦一笑，在李哲凯的脑海中依然清晰。

远远地，林亦诚看到了一个熟悉的身影，那不是李哲凯吗？

他怎么会来?看到刘珂和李哲凯有说有笑,林亦诚十分不解。

刘珂一路都非常忐忑,她不知道李哲凯和林亦诚相见时会发生什么。但刘珂执拗地认为他们只是误会,没有必要因误会变成敌人,曾经的好兄弟,不必为此纠结,什么事说开就好了。只有我能出面撮合他们,我这么做没错的,这么做是对的。刘珂暗暗地在心里为自己加油。

当李哲凯看到林亦诚的时候,也愣住了,用别样的眼神看着刘珂,刘珂一时语塞。

还是林亦诚打开闷局:"好久不见,坐吧。"

"对,坐下吧,李哲凯。亦诚,你来多久了?"刘珂附和着。

"刚到,你喝点什么?"

"啤酒。"李哲凯冷冷地说。

气氛有点紧张,空气一瞬间凝固。任凭刘珂卖力圆场,无奈李哲凯不买账。林亦诚尴尬地看着李哲凯,欲言又止,不知道该说点什么,能说点什么呢?

"对不起,李哲凯,谢谢你帮我那么多,但……"

"什么也别说,我不想听……"

"真心的,李哲凯,对不起,我知道你对我有误会,我希望……"

"什么,误会,你说我对你有误会?"李哲凯情绪很激动。

"喝酒,喝酒,别说些没用的话了,多大点事啊,别念叨了……"刘珂给他们每人倒满酒。

"我待会有家教,不能喝酒,我以可乐代酒。李哲凯,对不起,我先干为敬……"

"别假惺惺了,给我喝什么酒,我哪能和你喝,算了,真没劲,我走了……"李哲凯然对林亦诚依然很敌对,这份排斥和怨恨，一时半会难以释怀。

"李哲凯，你怎么这样？"刘珂追了出来。

"别跟着我，以后你少做些没用的事。"李哲凯丢下这句话扬长而去。

这样一场失败的饭局，让刘珂越来越不懂身边的每个人，至于这么苦大仇深吗？

8

不可一世的李哲凯，怎么也咽不下这口气。他满腔怒火无处发泄，猛踩油门车开得飞快，他感到极大的挫败感，这种感觉是林亦诚和王燃赐予的。王燃，一个他深爱的女人；林亦诚，一个他曾很信任的朋友。与其说无法原谅他们，不如说自己无法面对现实。

伤感、失落包围着此时的李哲凯，他不知道如何收拾如今的残局，他也不知道除了恨以外还能做些什么，连他自己都不认识自己。林亦诚真挚的眼神和话语萦绕在李哲凯的脑海，我真的恨林亦诚吗？为什么不敢直视他、面对他？为什么拒绝他甚至辱骂他，心里反而更难受？

王燃……

那个他不愿提起的名字。

那天，当他参加完妈妈的新店开业典礼后，才发现媒体铺天盖地地把他和张美娜的事添油加醋地宣传出去了，他还幼稚地发了朋友圈，想气气王燃，看看她的反应，可是没想到他却收到了王燃退学的消息。是他……把她逼走了吗？

当天李哲凯就跟张美娜说清楚了，自己从来没有喜欢过她，也通过关系删除了所有关于自己和张美娜的不实传闻,可是始终没有等到王燃,连他继续报复她的机会都剥夺了。

你就会逃避吗?王燃,明明就是你做错了,为什么搞得像我做错了一样!李哲凯撕心裂肺地吼叫着。

跟刘珂分别后,林亦诚回到宿舍习惯性地拿出日记本,写下了今日的心情。

燃燃,今天我见到了李哲凯,说实话真的很高兴,尽管不欢而散,但至少我说出了自己的真心话,也许他一点都听不进去,但我相信,总有一天他会理解。看着李哲凯,我突然觉得好亲切,面对这样一个曾经帮我的朋友,原来我是如此在乎。

今天李哲凯发火了,我一点也不埋怨,我甚至觉得,只要他把心里的怒火发出来就能原谅我,这样的朋友我不能放弃。刘珂看起来很快乐,幸福只差没从她的眼里溢出来,可见上次深圳之行,陈涛真的改变了很多。

我现在很好,燃燃,你好吗?我想你了。

李哲凯回到家后继续灌醉自己,以为靠酒精的麻痹就能忘记王燃,可是他错了。

"你看你生的好儿子,你俩把我折磨到什么时候?"

"姓李的,你说这话缺德不?你也不想想你那副德性,凯凯是你的儿子吗?你什么时候真正地把他当过你儿子了?你满眼要么就是钱、要么就是权,只一心往上爬,你有这个家吗?我给你生了儿子,你在外面乱搞,你有什么资格说三道四。"

"你真不可理喻,我给你的少吗?你看你那样,整天除了埋怨就是埋怨,跟怨妇有什么区别?哪个男人愿意和这样的你生活在一起?痛快点,把婚离了吧,搞得大家都痛苦,何必呢?"

这样的争吵对于李哲凯而言犹如家常便饭，习惯的同时也早已麻木，麻木的同时也失去了对家基本的信任。对于父母而言，他只是一个工具人，仅此而已。

初冬，飘雪了。

看到雪，林亦诚伤感的同时也有一种亲切感。在石克牙的一幕一幕，仿佛都在眼前。王燃在他心里就犹如这洁白的花瓣，无论何时何地都在他内心深处。

夜已深。

做完家教的林亦诚，一个人走在飘雪的晚上。今天本来是该开工资的日子，但家长喝高后的争吵，使得林亦诚空手而归。怎么办呢？现在兜里就剩一块钱，不舍得坐公交车，从望京到学校，走路至少要走三个小时，那也得一步一步走。

妹妹的病越来越严重，妈妈告诉他有可能影响视力，如果得不到及时救治，有可能双目失明。怎么办呢？林亦诚茫然无措地走在大街上，任凭风吹在脸上，他感觉不到一丝的寒冷，面对残酷的现实，林亦诚容不得胡思乱想，他没有时间怨天尤人。为了妈妈，为了那个破碎的家，为了出外大打工的小妹，林亦诚要拿出全身的力气，努力凭自己的双手去改变。

第十一章　向阳而生

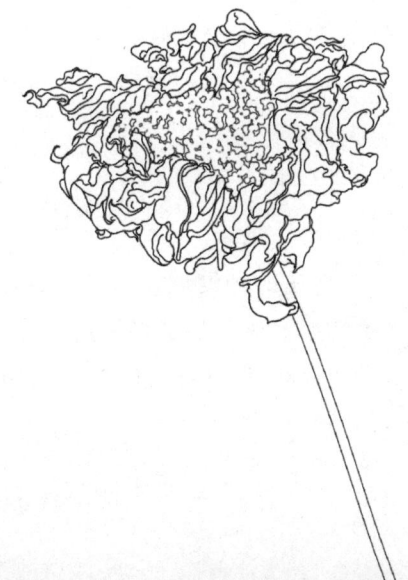

1

毕业前夕，学校举行演讲比赛，获胜者将获得一笔可观的奖金。这对林亦诚来说无疑是雪中送炭。他构思了一晚，打算以"追忆远去的灵魂"为主题，时间是五分钟。林亦诚利用打工的空闲时间认真准备着，推翻了一个又一个演讲稿。

比赛这天，学校礼堂内被挤得水泄不通。林亦诚是二十五号，倒数第二个，这是他第一次参加这样的大型活动，难免有些紧张，他不断告诉自己，相信自己，一定可以，只要放慢语速，不着急，就没问题的。尽管林亦诚心里这么为自己打气，但他手心直冒汗，一遍又一遍练习，来回踱着步的林亦诚很紧张。

"下面有请二十五号法律系的林亦诚……"

很快就到林亦诚了，没想到的是，真上台了，他不知怎么变得异常自信，台下漆黑一片，他什么都看不清。反而有种与自己对话的感觉，让他变得平静。

林亦诚打破其他选手固有的演讲模式，风趣又犀利的演讲受到了大家的一致好评。

下午，林亦诚被叫到系办公室。他看到系主任跟一个中年男人在谈论着什么。

"主任。"林亦诚敲了下门，进去。

"啊，亦诚，你来了，我给你介绍下，这位是青柠视频的总编辑林总的孙助理。"系主任指了指中年男人。孙助理伸出手："你好，亦诚，很高兴见到你。"

"您好。"林亦诚回握了一下，有些拘束，"请问您找我是有什么事吗？"

"是这样的，你先坐下。"系主任接着介绍，"林总是我们这次演讲比赛的外聘评委，也是我们学校的校友，他看了你的演讲后，很欣赏你，让孙助理联系到我。"

孙助理："对，我们林总一回公司就把你的视频发给了我们策划组，让我来跟进。你的演讲风格，跟我们接下来想要打造的主播类型很契合，想聘请你加入我们主播团队。"

"主播？"林亦诚十分惊讶，没想到自己的一次演出，居然引起视频网站的关注，"可是我对这块完全不了解，演讲其实也不是我擅长的，我也是不得已才参加的。"

"不懂没关系，我们有专业的培训团队，也有内容策划、编剧和宣传营销团队，我们会一起来包装和打造你，这是一个非常难得的机会，也是我们总编辑第一次这么紧急地给我们推荐你。只要跟我们合作，签约完后，我们就会支付你十万元的签约费，头两年我们会以培训为主，每个月有固定工资，两年之后，你的工作年限越久，拿到的回报也会越来越多，比你现在打工的收益要可观太多，而且也不用东奔西跑，日晒雨淋，工作环境和时间也很稳定，在CBD的写字楼里，那可是多少白领梦寐以求的工作地。"

十万元，林亦诚没想到还没毕业的他居然第一份正式工作就能拿到这么多钱，这是他这辈子都没见过的数额，真有这么好的事吗？他有些心动，也有些怀疑。相对他不稳定的兼职来说，主播的工作会让他有更多时间陪妈妈和妹妹，最重点的就是这笔签约费和稳定的工资，可以解决他的燃眉之急。

看出了林亦诚的动摇，孙助理继续说："你看看现在的视频网站，很多自媒体和主播，月收入比艺人还高，还能接到商务植入，这些都是按业绩来提成的，相对于你现在做多份兼职，在信息发展的时代，视频传播力度大得多，我们还有很多自己的大 V，都可以来帮你做宣传推广，还能给你交五险一金，很多主播做了几年，都能交得起房子首付了。"

"亦诚，林总的公司我们也做了调查，口碑确实挺不错，所以我们才同意他们来跟你直接对接。我们也是考虑到你家里的情况，现在这个工作对你确实有很大的帮助。"系主任也帮腔着。

"可能有些人对主播的理解不是很好，但是我们平台做的都是正能量的，之前还有主播找到了失散多年的双胞胎姐妹。"

听到这，林亦诚眼前一亮："你的意思，通过视频的传播，也能找人的吗？"

"当然，只要把节目做好了，全国各地会有很多观众来看。"

林亦诚沉思了几分钟："孙助理，谢谢林总对我的欣赏，也谢谢你们给我这个机会，感觉还挺不错，但是我不知道自己能不能做好，平时我挺喜欢写日记，记录生活，我愿意尝试一下，只不过我还没毕业，不知道会不会耽误学业。"

"这个我们也考虑过，也和主任聊过，我们会把你的学业放第一位，空余时间再去直播，你也可以先把日记的内容以视频的形式来展现，这样就不耽误学习，也可以让你积累一些观众，对你之后直播更有帮助。"

"太谢谢你们了。"林亦诚没想到对方会这么照顾自己的立场，再推脱似乎有些矫情了，于是爽快地答应了孙助理。

2

接下来的日子，林亦诚放下了所有兼职工作，跟青柠公司签了合作协议，得到了十万元的签约费。在收到签约费后，他第一时间汇了五万块钱给妈妈,让她把家里欠的钱还了,再请人把房子修缮下,那个岌岌可危的屋子实在太危险了。他怕妈妈舍不得花钱,还让大姨去帮忙,在大姨的监督下,林亦诚的家终于有模有样了。

破天荒的,林亦诚给爸爸单独汇了五千块钱。打通电话的一刹那,电话两头的人都感觉很尴尬,记不得多少年没有单独说话了,他还是很恨自己的爸爸,可是妈妈不愿离婚,他只能接受这个事实。

"我给你打了五千块钱。"林亦诚冷漠地说,"但这个钱不是给你乱花的,你把你的那些破事擦干净,对我妈好一点,否则,你老了别怪我不养你。现在的一切都是看在我妈的份上,如果我知道你再对她不好,我一定会带着我妈走的。"林亦诚的话中透着威胁。

很久的沉默后,电话那头传来爸爸沉闷的声音:"嗯。你在外……"

林亦诚没等他说完就匆匆电话挂了,他从小没感受过父爱,也不会因为一句话就化解多年的心结。爸爸也确实遵守了承诺,很少出去惹事了,逢人就夸自己儿子出息,还请了工人帮妈妈干农活,这些都是大姨告诉他的,这也许也是爸爸这辈子做过的唯一一件好事。

剩下的钱林亦诚把欠李哲凯的还了,给自己买了台手机后就存了起来。终于,他结束了每天居无定所零散打工,不用再为每小时十几块钱的工资而苦恼。

正式进入培训后,由于没有经验,最开始录制视频遇到不少困难,短短几分钟的视频录制了好几个小时。为了不辜负公司的信任,林亦诚从网上下载视频,向别人学习和取经,很快就找到了方向和技巧。

加上系里对他的宣传，不少学妹也成了他的粉丝，不仅让他在同学面前扬眉吐气，他有了自己的自媒体号，越来越得心应手。

公司根据他的日记，给他新开了"午夜直播"栏目，把日记当成故事，说给大家听，也成为大家的树洞，通过心理学给大家排忧解难，偶尔感性、偶尔毒舌的风格深受观众喜欢，直播间收到不少鼓励，虽然现在的一切与专业没一点关系，但至少他靠自己慢慢让家庭改善。

3

"我一直在找一个女孩，生命中很重要的女孩，她有着天使的面容、清新脱俗的气质，她很爱笑，她很喜欢红色蝴蝶结。"

林亦诚在直播间说起关于王燃的故事，公司看到网友的反响，觉得这是个不错的宣传点，买了广告位引流，更多网友被林亦诚的痴情感动，直播获百万点赞，登上了当天的直播榜第三名。随着名气的增长，越来越多人对他有了关注和认识。

半夜收工后，回到家的林亦诚都会一条条去看评论和私信，想看看网友的意见和意见，争取下一次做得更好。这天，他居然刷到一个网友的评论，说郊区的红玫瑰酒吧有个啤酒妹跟他说的红蝴蝶结女孩很像，林亦诚没放在心上，甚至有点生气，王燃怎么可能去做啤酒妹呢。

留言的网友不甘心，拍了照片私信给林亦诚，虽然很模糊，但林亦诚一眼就认出是消失已久的王燃！她一副啤酒妹装扮，笑容中带着谄媚。头上的红色蝴蝶结格外打眼。

怎么会这样……林亦诚震惊不已，王燃不是回自己家了吗,怎么会还在北京?而且还做了啤酒妹?当晚,林亦诚匆匆结束直播,打车去到红玫瑰酒吧。

林亦诚找了个隐蔽的角落,看着王燃辛苦卖酒被别人揩油,还赔笑,很是难过,他叫来经理一问,才知道王燃因为长得不错,所以被分配了做啤酒妹。林亦诚怕王燃发现他后又消失不见,也知道王燃不会想让他看到她如今这么落魄的样子,以别人的名义买了三分之二的酒,不敢全部买完,怕王燃起疑心,看着王燃开心的笑容,林亦诚心中有些释然,他终于能帮到她了。

从这晚开始,林亦诚一收工就去火玫瑰报到,每次都会帮王燃完成一大部分业绩,还会给王燃带不同口味的饭菜,让经理跟王燃说是特别给她业绩嘉奖的工作福利。王燃靠着自己的努力挣着钱,会在休息时间,在员工休息区开心地吃着林亦诚亲自做的饭菜。

每次林亦诚都远远地注视着她,看到王燃开心的笑容,林亦诚就觉得再辛苦再累都不算什么了,王燃的笑是治愈他的良药。

日子一天天过去,等来了王燃的生日,林亦诚准备好了生日礼物,准备收工后去找王燃,正式跟她见面。

酒吧里,王燃正在满场子推销着啤酒,不小心跟一个男生撞在了一起。

"对不起,不好意思。"王燃抱着啤酒鞠躬道歉。

"没关系。"这个熟悉的声音,王燃震惊地抬起头,四目相对。"你……燃燃……怎么……怎么会是你……"李哲凯不敢相信自己的眼睛,来参加同学生日会会遇到消失许久的王燃。他语无伦次,满眼诧异,用不可思议的眼神看着王燃。突如其来的状况,也让王燃傻了眼。

"你认错人了,我不是什么王燃。"

"你不是回家了吗?怎么还在北京?为什么当啤酒妹?"李哲凯气不打一处来,咄咄逼人。

"啤酒妹怎么了?啤酒妹就不是人吗?啤酒妹挣的钱就是脏的吗?"王燃冷漠地回应李哲凯。李哲凯死死地抱住王燃,王燃奋力挣扎。

"不管发生什么事,不管你做了什么,我不能放开你的手,没有你的日子,我过得太辛苦,你对我多么重要,我自己心里清楚,我不想再次放你走。燃燃,别走,别走……"李哲凯哽咽地说不出话。

"对不起,你真的认错人了,请你放开手,不然我报警了。"王燃挣扎着,李哲凯的手慢慢放了下来。

"燃燃,你可以走,只是我希望你知道,我爱你,我一直爱着你,不论你是什么、不论你做了什么,我都依然爱你,我错了,真的错了,离开你我才知道我有多么爱你。"李哲凯再也控制不住自己的情绪,犹如一个三岁的孩子,蹲在地上失声痛哭。

突然,一个怒气冲冲的中年女人冲到王燃面前:"就是你吧!?我老公的工资都花在你这个狐狸精身上了吧!"李哲凯被突发状况弄得一下没回过神来。

这时,一个戴着眼镜、畏畏缩缩的中年男人挤了过来,拉扯着中年女人,他只是工作压力大,来借酒消愁,怎么也想不到妻子会跟到酒吧。王燃一脸高傲地看着他们,她完全不认识这个男的。

"老婆,你误会了,听我解释。"

"解释,有什么可解释的?你还想解释什么?"

"那个……那个,我只是工作上压力太大,所以……"中年男人扑通一声跪在地上。

"所以,所以都怪这个狐狸精勾引你是吗?"冲动的中年妇女在众目睽睽之下扬起手用力向王燃甩去。突然,一个人影冲到王燃面前,替她狠狠挨了这一巴掌,是林亦诚。

中年妇女惊呆了,王燃也愣住了,李哲凯傻了,他第一次看到这么勇猛的林亦诚。三人的重逢让王燃长期以来伪装的外壳瞬间崩塌,像被扒光一样,赤裸裸地站在世人面前。所有不堪的过去全部像电影般倒回,林亦诚脸上通红的手印刺痛了王燃。

保安赶来过来,将中年男人和中年女人请了出去。趁混乱,王燃悄悄从后门逃走。任林亦诚和李哲凯满大街都没有找到。其实她一直躲在后巷的垃圾桶背后,手用力捂着嘴,痛哭不止。

空旷的大街上,林亦诚爆发的呐喊:"燃燃!对不起——"

王燃哭得更厉害了。北京的严冬,刺骨的冷。霓虹闪烁、车水马龙,偌大的北京城,悲欢离合时刻都在上演。王燃又消失了。

谁也不知道,王燃退学后后经历了什么。

因为考试作弊被通报、被强奸的事传开、李哲凯的误解和变心……让她承受不住同学异样的眼光。她选择了逃避,但是她不敢回家,她的爸妈是传统家庭出身,这样的她是不被接受的,但是她要生活啊,可是没有大学文凭,也没有其他技能,让她找工作四处碰壁,只好降低自己的要求,做过服务员,洗过盘子,甚至送过外卖,没地方住的时候睡过麦当劳……可是这种就不是长久之计,她想要提高自己的生活,只能挣更多钱。

在初中同学的介绍下,去到了他开的酒吧兼职做啤酒妹,因为有同学的照顾,她相对来说是安全的。

王燃回到职工宿舍,打开日记本,那里面全是她近期的生活记录。

从没有业绩,到每晚都超额完成业绩,王燃哪能不知道林亦诚在帮她呢。一调监控就知道了，林亦诚如今是网红主播的事她也知道了，一开始她因为恨，恨自己和林亦诚身份落差的不公平，觉得她现在的处境都是林亦诚造成的，帮她是理所当然，还会故意对别人谄媚地笑，来气林亦诚。

可慢慢地，她习惯了每晚林亦诚的陪伴，让她在这个复杂的场所更有了一丝安全感，每次林亦诚给她带的饭菜都记得她不吃葱蒜，细心和体贴让她内心坚硬的堡垒一层层被击碎，甚至有时林亦诚晚到，或者没来，她还会一直张望和等待。

还有林亦诚不知道的是，每次他离开，王燃都会踩着他的影子跟着走很长很长的路，可是他都没有发现，没有回头。今晚的事让王燃再次震撼了，自尊心那么强的林亦诚，对她是有多喜欢，才会替她挨那一巴掌。

林亦诚见义勇为，英雄救美的视频被传到网上，收获了一批女粉丝的拥护。王燃也因此被困扰，被粉丝跟拍，所以她再次选择了离开。林亦诚没想到自己的举动再次给王燃造成困扰，自责又加重了。然而这次王燃没有怪他，反而被他的勇气和担当打动。她选择消失只是不想自己成为林亦诚的绊脚石，他值得拥有更好的女孩。

自那以后，李哲凯主动找到林亦诚，谢谢他替王燃挨打，保护了王燃。

"我以为我才是最爱燃燃的那一个，可是没想到，每次她出事，我第一反应却是生她的气、质疑她，甚至胆怯退缩。而你不一样，每次都是默默守护，默默付出，不求回报。

"也许那时候我们都不成熟吧，如果能克制一下自己的情绪，可能不会让她受这么多苦。

"都是我的错。"李哲凯非常内疚，"因为爸妈的关系，我希望我的爱情是完美无瑕疵的。可是我有什么资格要求别人这样呢，我自己都是不完美的人。"

"都过去了，以后我们一起，加倍对王燃好吧。"

"嗯，希望她会原谅我。"

愿望是美好的，可是王燃始终没有再出现。

4

很快，他们迎来了毕业，林亦诚成了视频网站正式签约主播。

喜爱社交的刘珂人脉很广，误打误撞进了娱乐圈，去了个小经纪公司当法务专员。

李哲凯在家无所事事，被安排进了爸爸的公司当了一名小主管，因专业不对口，不适应职场规则的他举步维艰，还落得关系户的口舌。

毕业后的第一个校庆，校友都收到邀请，林亦诚作为优秀学长被安排了发言和表演环节。

他见到了久违的刘珂和李哲凯。经过酒吧事件后，林亦诚和李哲凯的关系缓和了，李哲凯也因为王燃和林亦诚，开始自我反省，如果他当时没有报复王燃，她就可以和他们一起毕业，也会有一份体面的工作，有幸福的生活。是他，在她的伤口上撒了盐，是他把她推向了深渊。他想弥补，但前提是他得重振自己，才能保护他深爱的女孩。

所有人都回到了学校，唯独王燃没有出现，而她的传说依旧被大家津津乐道，只是林亦诚、刘珂、李哲凯保持着沉默，王燃是他们心中一道抹不去的伤痛，大家一年没联系，就是因为都害怕结了痂的伤疤被撕开。

林亦诚妹妹眼睛不容乐观，几乎到了失明的程度，他四处求人，努力想办法解决妹妹治疗的问题。曾经的班主任有意地安排林亦诚和刘珂、徐飞搭档准备节目，对于这一安排，林亦诚觉得很奇怪，但好歹是大学毕业后的第一次集体聚会，也没多想。

以往的晚会，林亦诚总会陪王燃去李哲凯的教室转一圈。王燃的歌声不错，属于能走进人心里的那种，特别是那首《约定》。

林亦诚的思绪回到了两年前那个浪漫的晚会。那时的四个人很和谐，说不完的笑话，忙不完的交际，还有数不清的笑声，如今，大家都成了为梦想努力的辛苦打工人。

"亦诚，咱们对下台本呗。"刘珂今天的心情不错。

"好的，你到时多说点就行了，我主要是配合你。"林亦诚笑对刘珂。

"哟，现在人红了，惜字如金了吗？"徐飞阴阳怪气地走了过来。

"毕业一年多也改变不了你让人讨厌的一面。"林亦诚回怼回去。

"徐飞，你唱歌好听，今晚好好表现啊。如果闲得慌，就帮着布置下礼堂，都毕业一年多了，你们还有什么好斗来斗去的。"刘珂对徐飞没好气地说。

"林亦诚可都是网红主播了，我还不能怼怼啊他。"徐飞和林亦诚相视一笑，原来大家都已经释怀了。

大学校园格外美丽，这与氛围、心情有关。林亦诚和刘珂的联袂主持，效果比预想中要好，在大家的要求下，林亦诚献歌一首。

"谢谢大家给我这个难得的机会，上学的时候我很少参加集体活动，这是我们毕业后的一个校庆，见到了很多久违的同学和校友，记得给予彼此的那份感恩和温暖，原来一直在我们身边萦绕……"林亦诚的话还没说完，全场就响起了雷鸣般的掌声。

"今天我把我想说的话化作一首歌送给大家，这首歌是一个美丽的女孩很爱听的歌。我知道我唱得不好，我希望大家今晚记住的不是我难听的这首歌，而是这份我们忽略了将近四年的感动，原来我们一直都这样彼此注视着彼此，只是我们没有去发现，原来我们每个人都是好孩子，只是我们还没来得及去玩耍，原来我也可以主持甚至可以去唱歌，只是以前我没有勇气去尝试，所以在这里，我唱我唯一会儿唱的《爱一个人好难》，这首歌送给你们，也送给我今生唯一挚爱的女孩……"

门外的王燃，泪早已经挂满脸庞。她知道林亦诚口中的女孩就是她。泪遮住了双眼，她努力想看清林亦诚此时的样子，但无奈眼泪总是出来捣乱。听着林亦诚为她而唱的歌，两人过去的一幕一幕在王燃脑海里反复上演……

林亦诚的歌声谈不上专业，但能从他的歌声中体会到深情。

王燃的音容笑貌在林亦诚脑海中挥之不尽。门外的王燃再也压抑不住自己的情感，捂着嘴巴泣不成声。也许是心有灵犀，林亦诚放下话筒第一时间冲出礼堂。可是一群林亦诚的迷妹涌了上来要跟林亦诚合照和签名，黑压压的人群终止了林亦诚继续想找王燃的脚步。

是幻觉吧？林亦诚叹了口气，王燃看着林亦诚有今天的成绩也真心为他开心，擦干眼泪悄悄离开。

5

被李总控制的陈涛一直在找机会逃走，这天他终于等到了机会，只是他是不幸的，在他甩掉警察逃跑的同时，李总也在通缉他。陈涛已经无路可走，面对双重通缉，陈涛目的只有一个，赶紧离开云南先去北京找刘珂躲一阵子。

下班后，李哲凯一回家就把自己关在房间，剩下李哲凯爸妈自己吃饭……

"听公司人反映，小凯这两个月经常上班时间跑出去，一去就是一天，下班才回公司打卡。他到底在搞些什么？"李爸爸板着脸说。

"你的儿子，在你公司，你问我？"

"公司最近在调整人员架构，你去约王姐吃个饭，送点礼，让她帮忙去跟老板吹吹风，把小凯的职位再往上升一级。"

"你记得把钱打过来。"

"上个月不是才给你打了十万？"

"那是上上个月的事了。"

"行吧，也是为了儿子，你省着用。"

"为儿子，为儿子，哼。"李妈妈冷笑，"说破了还不是为了你自己吗？"

"领导对我有怀疑，已经调查一个多月了。你的店也会遭殃，我没想到会这么快找到你那里，你该转移的转移……"

"到底怎么回事？你做事一向不是很严谨的吗？哪个环节出了问题？难道是那个女人？"

"别说了……"

"一个女人就这么把你毁了？你就这么点能耐？你可以毁在一个女人手里，但你不能连累我和凯凯吧？"

"你以为我愿意？你看看你变成什么样了？你眼里除了钱，

还有什么?"李爸爸把水杯扔在地上夺门而出。

李妈妈的哭骂声不堪入耳,浑身发抖的李妈妈完全疯了。李哲凯不知道接下来会发生什么,这一切都被他看在眼里,他面无表情地走进自己的卧室。

"凯凯,怎么办?妈妈的店不会出事吧?妈妈开这么多店也是为你留个后路,让你爸爸的钱不会都给外面的女人。妈妈不是真的想离婚,也不是真的想吵架,刚恋爱的时候他跟我说过,会一辈子爱我宠我,不会对我发脾气,可这些承诺他全忘了……如果你爸爸真跟我离婚怎么办?我就什么都不能给你了。"李妈妈卸下自己伪装的"面具",泣不成声。

李哲凯愣住了,这是他第一次听妈妈说这些。原来她并不是一味地看中爸爸的钱,只是为了拿钱圈住李爸爸的心,让他不会那么快抛下他们母子,之所以这么多年一直吵架没离婚,还是因为爱着爸爸,也许是因为爸爸最近越发肆无忌惮地在外过夜,让妈妈担心守不住这个家了……

"妈,你先冷静下,事情还没有定论呢,咱们别先自乱阵脚,你先好好休息……"李哲凯将妈妈扶起来,送回房间,给她倒了热水洗脸。

"好、好,你说得对,现在还没定论,还没定论……"李妈妈喃喃自语,显然这个打击了来得太突然。

6

北京西站,拥挤的人群淹没了林亦诚。

妹妹的眼睛几乎失明,来北京同仁医院救治,是唯一的希望,没有出过远门的妈妈,陪着妹妹来北京。妈妈晕车,上车前林亦诚千叮嘱万交代让妈妈买点晕车药。林亦诚知道说也是徒劳，妈妈不会买，就为了省那几块钱。

"哥，对不起，给你添麻烦了……"

"说什么呢？哥想你了，咱们去北京最好的医院看，肯定能好的，别担心。"

"妈妈，你怎么这么瘦，在北京吃胖点再回家……"

"好的，好的。"纯朴善良的妈妈不会表达自己的情感，她只知道眼前的这个儿子为家牺牲太多了。

"妈妈，那就是中央电视台的楼，你看多高啊？"

"妹妹，你眼睛好了，我带你去中华世纪坛、故宫，还有颐和园……"

"嗯，谢谢哥……"

这样的对话，在偌大的北京城，不会引起任何波澜，但在他们三个人心里，每个人的任何话都有金子般的分量。

在妈妈和妹妹来之前，林亦诚找视频平台提前预支了工资，但是因为同类型的主播越来越多，林亦诚的状况也没有之前那么好，能提取的钱低于他的预期。

北京站，依然拥挤。

陈涛在人群中很显眼，终于又来到北京了，想起一路上的忐忑，看着北京这个灯红柳绿的城市，陈涛感慨颇多。在北京，他只有刘珂。

妈妈的一番话让李哲凯陷入了思考，如果妈妈的店真出问题，爸爸也出事，哪怕他们不离婚，家也没了吧？没想到刚强的妈妈也有脆弱的一面，也没想到妈妈是那么爱他，不惜天天跟爸爸对抗，也要保护他，想想长这么大，他除了问家里要钱，开跑车，买名牌，换一个又一个女朋友，又为家里做了什么？每次只知道抱怨爸妈，抱怨自己的家庭。

坐在跑车里的李哲凯，望着熟悉的校园，思绪万千。也让他想起和王燃的花前月下，一幅幅美好的画面——在脑海中闪现，如今望着这片曾经熟悉不能再熟悉的校园，李哲凯眼睛红红的。倘若当时他能够成熟一点，好好跟王燃谈谈，结果也会改变吧？

车慢慢地在校园中行驶，李哲凯满脑子都是父母的对话、妈妈的眼泪、王燃为生活努力的样子，从车的反光镜里，他看到了一个熟悉的身影——林亦诚。

林亦诚和妈妈搀扶着妹妹，走在校园的林荫道上。

北京的天很冷，林亦诚只穿着一件褪色的白毛衣，林亦诚妈妈身上的蓝色羽绒服那么夺目，那是李哲凯在林亦诚生日时逛了几个商场为林亦诚买到的，他们搀扶着林亦诚的妹妹，为她描述风景。林亦诚和妈妈、妹妹有说有笑，多么美好的画面，哪怕他们家有一天能这样，李哲凯也就心满意足了。

触景生情的李哲凯竟然眼中有泪。林亦诚的家人为什么来北京？李哲凯打电话给刘珂："现在在哪里？"

"公司加班呢！气死我了，好不容易等到周五，想着准时下班去放松下吃个好的，再做个SPA，结果我们家的小艺人被扒出绯闻了，都上热搜了，我们还在紧急公关，等下发公告。你呢，校庆就来打了个转就走了，还想叫你和林亦诚一起聚聚的。"刘珂的声音有点疲惫。

"那天我公司突然有事，需要我签字，就回公司了。你是不知道，最近我爸盯得我紧，公司还安插了他的眼线。"

"那你今天怎么闲着给我打电话了？"刘珂调侃着。

"亦诚最近怎样?"李哲凯问。

"他呀,大忙人一个,找他借钱都借不到,出名了,不得了了,人都变了。"

"你缺钱吗?找我呀。你可能误会林亦诚了,我现在正在学校转,看到他和他妈妈还有妹妹了。"

"得了,我可不想跟你有金钱往来,阿姨和妹妹怎么来北京了?"

"这不是我要问你的么?你俩平时关系那么好。"

"工作了,大家不都忙了吗,平时也联系少了。等过些天再问问吧,亦诚死要面子,如果不是他自己愿意开口的事,他都不会说的。"

"行吧,那挂了,有空约饭。"

"妈,这是北京的烤鸭,你和妹妹尝尝。"林亦诚带妈妈和妹妹去了北京较有名的餐馆。

"嗯,你也吃点。"妹妹说。

"嗯,对了,小妹,你的号我挂好了,咱们大后天就可以去医院了,这两天你先好好休息下。"

"好的,谢谢哥。"林亦诚的妹妹带着空洞的眼神看着林亦诚,脸上露着笑容。

"有啥好谢的,我们是一家人。"林亦诚心疼地揉揉妹妹的头。

"我去下厕所。"妈妈强忍着泪水走进洗手间。

关上门,妈妈的眼泪顺流而下,她知道儿子有多么辛苦,为了排号,一夜没睡,望着眼前瘦弱的儿子,妈妈心如刀割。

吃完饭后,林亦诚带妈妈和妹妹去逛了王府井,给她们买了自己都舍不得买的超贵的羽绒服。三个人足足逛了一天才回宾馆。

"妈、小妹,你们也早点休息吧,我明天下班再过来找你们,我已经在宾馆给你们订餐了,饭点他们就会送来,有什么事你们就打我电话。"

"你路上注意安全。"妈妈紧紧握着林亦诚的手。

"嗯,妈妈,你不要担心,现在儿子有能力照顾你们了。你就放开心好了。"

"嗯,你最有出息了,是妈妈的骄傲,只是别辛苦了自己。"

离开宾馆后,林亦诚选择了走路回住处。北京的严冬夜,出奇的冷。林亦诚唯一的羽绒服还是李哲凯送的,虽然现在有些钱了,但他还是很省,自己苦点没关系,苦过来的他知道没钱的日子多难熬。只要能让妈妈幸福,把妹妹眼睛治好,林亦诚愿意为之付出一切。

最近直播间观众的流逝,让林亦诚意识到直播也需要创新,为了筹更多医疗费,他策划了一些新的内容,并去一些公司拜访学习,见到了一些圈内知名人士,让他们帮助自己提供意见和建议。因为林亦诚的小名气,许多朋友也伸出援手。

7

"燃燃,你真的不干了吗?"红玫瑰老板也就是王燃的初中同学有些不舍,"你在我这儿好歹有个遮风挡雨的地方。"

"谢谢你,大鹏,在我最落魄的时候收留我,还给我住的地方。"王燃满是感激,"这段时间我存了不少钱了,够我上成人本科考试的学费了。"

"没想到你还有这样的上进心。"

"没有毕业多少还是有些遗憾,我还得拿个证书回家啊。"王燃笑着说,今天她的装扮像回到了大一刚入校的时候,清纯脱俗。

"是什么让你突然想通了?我可记得你来找到我的时候,整个人抑郁得不行。"

"一个我很重要的朋友吧,我不想再辜负他们对我的关爱了。"

"好久没看到这样的你了,有这样的朋友真好,你记得火玫瑰永远是你的家,随时欢迎回来。有任何困难,直接联系我。"

"嗯,谢谢你,大鹏。"

王燃拿着最后一次在火玫瑰的工资,走出酒吧后,感受到了遗失许久的神清气爽,她张开双臂深呼吸了一口,阳光落在她的身上,好温暖,好温暖,她好久好久没有这样真实感受到自己还活着了。阳光真的很治愈,能洗涤黑暗,给人带来希望。

来了北京好几天的陈涛,终于拨通了刘珂的电话。原本他还打算先找点事做,再联系她的,不想觉得自己是在利用刘珂对自己的爱。可是待了几天后发现,并没有他想象得那么简单,连高中文凭都没有的他除了去酒吧,就没有别的事能做了,但有过李总害他的前车之鉴,他不想再去那种场合了。

"陈涛?"刘珂在办公室发出尖叫,"你什么时候来的,怎么都不提前告诉我?"

"还不是想给你惊喜吗。"陈涛有些心虚。

"你在哪儿,我马上去找你。"陈涛告诉地址后。不到半小时,刘珂就出现在他面前。

好些年不见了,刘珂变得成熟自信而且更漂亮了,但是还是大大咧咧的性格。五十米处就冲了过来跳到陈涛身上搂住他的脖子。

"好想你。"刘珂把头埋在陈涛的颈窝,说完这句话,眼圈红红的。

"我可能需要你收留一段时间。"陈涛终于说出这句话。刘珂松开他,深情地注视着他:"只要你愿意,可以是一辈子。"说完,刘珂在大庭广众之下吻住陈涛。

这一刻陈涛感觉非常不真实,他不知道自己哪儿好,都已经是大学毕业小白领的刘珂,有那么多好的对象的选择机会,却还没有放下他,面对这么狼狈的他,她居然还愿意拥抱他,这是所有人都没给过他的,如果说不感动那是假的。他用力抱住刘珂,深深回吻她。

手术前日,林亦诚很早到宾馆把小妹和妈妈接到医院,看着林亦诚跑上跑下,妈妈心里难受不已,把这些都告诉了小妹,让她记得哥哥的好。

经过各种检查后,医生保守地告诉林亦诚,手术的概率还比较大,但因为需要很多进口器材和药水,费用也会非常昂贵。因为还没凑够手术费,手术时间也推迟了。

"哥,要不咱们回家吧,别看了。"躺在病床上的小妹犹豫再三后终于开了口。

"你瞎说什么,医生说很快就能好,现在才是住院的第三天,再等几天就能动手术了,别乱想,这种话别让妈听见,知道吗?"林亦诚找了借口没让妈妈和小妹知道是住院费的问题,只说医生说还得排队。小妹点了点头,转过脸去,泪滑落。

妹妹的住院费马上没有了,怎么办呢?妈妈的身体越来越不好,尽管妈妈表现得很坚强,但林亦诚全都看在眼里,记在心里。三夜没合眼了,为了不耽误工作,林亦诚找了医院安静的角落进行直播,还不能让观众担心,装出开心的样子去让观众喜欢。

困苦其实林亦诚一点都不怕,他唯一担心的就是妹妹的眼睛、妈妈的身体,还有那高额的医疗费。石老师帮忙找了医生,有床位已经很不错了,巨额的医药费去哪里弄呢?他已经跟公司预支了分成,可是新策划还在审核,合作方也还在挑选,是否成功也是未知,还需要前期投入和后期宣传,公司也不敢预支太多费用给林亦诚,离手术只有四天了。

8

王燃正式进了成教补习班,仿佛又回到上大学的时候,只是身边已物是人非,但也很好,没有人知道她的过去,就像是一次重生,她一心放在学习上,希望能顺利毕业拿到自考文凭。

成教班的班主任也很欣赏王燃的努力,因为她出色的英语,给她推荐了兼职家教,五十块钱一小时,每次两小时,希望能在经济上帮到她。

那是一个非常和睦的家庭,夫妻晚来得女,小女孩才小学三年级,爸爸是高三语文老师,妈妈是律师。周末都没时间管小孩,就给她安排了英语辅导,希望升初中后,在学业上有所帮助。

王燃从最基础的教起,发现小孩很聪慧,只是比较贪玩,集中不了注意力,于是她用故事的形式去教学,让小女孩喜欢得不得了,两个小时的补习时间后,只要没事,王燃还会抽时间给小孩辅导家庭作业,简单易懂的教学方法让小孩更加依赖她,主动让妈妈把周末两天都排上课。

这天小孩爸爸去加班了,律师妈妈留王燃吃晚饭。开始王燃拒绝了，觉得不好意思，但是小姑娘很喜欢她，让她陪她吃饭，否则不吃，没办法，王燃只好留了下来。律师妈妈特别热情地做了一桌子菜，都是王燃很久没吃到的家的味道。

"王燃，真是谢谢你了，杨老师真没推荐错人，没想到你不仅英语好，其他科也很优秀啊。以前我找的家教老师，都被我闺女给气走了，你是她第一个愿意主动学习的老师。"律师妈妈非常认可王燃，"我和他爸平时都忙，没时间管她，但是不行啊，她同班同学都上补习班，总不能把成绩给落下了。"

"谢谢阿姨，小学的课还是比较容易的。我也希望可以真正帮上忙，也谢谢您，给了我比合同更多的家教费。"

"你超过了职能所应做的事，我当然得给你多的报酬，才能与你的辛苦匹配啊。对了，听说你是法律大学法律系的，怎么不去律师事务所实习，来当英语家教呢？"

王燃扒拉了几口饭哽住了，她犹豫了许久，不知道应不应该说实话。律师妈妈似乎看出什么，让小女孩吃完饭去客厅边看动画片，只留下她和王燃两人。

"你是有什么难处吗？如果愿意，可以跟我说说，看我能不能帮到你，我们也算是同行。"看着律师妈妈和蔼的模样，王燃仿佛看到了自己的妈妈，不忍心欺骗。

"我大学没读完就退学了。"王燃把大学发生在自己身上的事一口气全说了出来，这也是她第一次跟外人撕开自己的伤疤。

听了她的事后，律师妈妈的眼眶湿润了，伸出手给了她一个温暖的拥抱。王燃愣住了，这是第一次有陌生人抱她。

"阿姨，您不会嫌我脏？嫌我退学在酒吧打过工吗？"王燃有些战战兢兢，害怕因为自己的坦白丢掉这份工作。

"傻孩子，阿姨遇到太多像你这样的案子了，有人自杀了，有人选择站出来,也有人选择跟你一样逃避。每个人都有自己的选择,你要记得,你是多好的一个女孩啊,为什么要为别人的错误来折磨自己呢?你是受害者,知道吗?你应该比任何人都心疼自己,也要比以前更加珍惜自己。"

"可是大家的闲言碎语、异样眼光,让我觉得自己很脏。"王燃面色有些苍白。律师妈妈握住她冰冷的手,让她宽心。

"我们每个人都是独立的个体,如果要在乎所有人的眼光,每个人都会活不下去的,看不起你的人,又比你好多少呢?如果你自甘堕落,我可能会瞧不起你,可是你靠着自己的努力在挣钱,在完成自己的梦想,是应该被尊重的。你要有一个坚强的自己,来保护和治愈那个受伤的自己。"

"我要保护我自己?"

"没错,每个人最亲密的人其实是自己,也只有你自己可以无时无刻跟自己在一起。你看,沙尘暴过后的鲜花,花瓣很脏,这难道是它们愿意的吗?但风吹雨打之后,开得更加鲜艳了。"

律师妈妈的一番话,深深触动了王燃的内心,是她自己一直把自己困在牢笼里了。

"更何况,恨你的朋友,你真的快乐吗?"

"以前我以为我会很快乐,但是发现,恨一个人让我内心更阴暗,戾气很重,每天都是负能量,也让我失去了真正关心我的人。"

"是呀,你有时间去恨别人,让自己不开心,不如多去爱自己,爱这个世界,你会发现,活着还是很美好的。孩子都是妈妈身上掉下的肉,你找机会回去跟爸妈好好说说,你妈妈一定也会跟我一样心疼你的。如果是我闺女在外受了委屈,还不敢回家,一个人在外吃苦,我不知道会有多难过。"

"阿姨，我爸妈真的会原谅我吗？"

"傻孩子，你没有错，你先好好自考，等之后去我事务所实习。"

王燃简直不敢相信："阿姨，谢谢您，真的太谢谢您了。"

"要谢我的话，就好好生活，成为更好的自己。"律师妈妈摸了摸她的头。

"好。"王燃喜极而泣。

9

凌晨五点半，林亦诚还要去医院给妹妹和妈妈送鸡汤，这天他的心情格外好，有综艺节目找到他了，让他去当评委，这也是他第一次上电视。通告费还比较客观，但是只会先打第一笔款，不过也离妹妹的手术费又进了一步。

不知道是世界太小，还是有缘，王燃没想到去医院做体检会偶遇林亦诚，但是林亦诚没注意到她。

这么早去干吗？王燃看到他提着的东西，是谁生病了？刘珂吗？王燃好奇心在作祟。林亦诚如此消瘦，大大出乎王燃的意料，她想起了在深圳细心照顾自己的林亦诚，悄悄跟了上去。

"亦诚，这么早啊？"值班护士已经认识林亦诚，跟他打着招呼。

"嗯，今天公司有事，所以早来了些。你该下班了吧？上夜班也挺好的，清净。"

"嗨，其实都一样，对了，费用今天已经透支了。"

"不好意思、我会想办法，需要多少？"

"十万差不多。对了，你妈妈胃是不是有毛病，少吃凉饭，大冬天的。"

"嗯,谢谢,那我进去了。"

林亦诚伫立在115病房门前,护士的话反复在耳畔响起。

"妈,醒了。"

"嗯,昨晚睡得挺好的。"

看这狭窄的床,怎么可能睡得好,原本要妈妈去自己租的房子休息,自己来陪小妹,但妈妈说女孩子家的还是她陪着比较方便。林亦诚想想也是。要给妈妈租床位,被她拒绝了。

"妈,今天鸡汤很多,你和妹妹一起喝,你胃不好,多吃热的东西,别让胃受刺激。"林亦诚把鸡汤倒在了两个饭盒里。

"你喝吧,你知道我不喜欢喝鸡汤,闻不了这个味。"

"这和咱们家的味不一样,你尝尝。我炖了一晚上的。"林亦诚把饭盒递给妈妈,同时来到妹妹床头前,"趁热喝了吧,难得我孝敬一下你。"

"妈妈,你就喝吧,别辜负了哥哥的心意。"小妹帮着说话。妈妈露出幸福的笑容。

"好好好,你们都是乖孩子。"

门外的王燃望着这一幕,对林亦诚心生敬佩的同时,也明白了林亦诚此时所面临的问题,这些年林亦诚活得太累了。

等妈妈和小妹喝完,林亦诚收拾碗筷离开病房。王燃躲进洗手间,等林亦诚走远了出来,隔着门再次看了看林亦诚的妈妈和小妹。妹妹长得真漂亮,眼睛怎么会有问题?王燃不忍心把眼光落在林亦诚妈妈身上,那是怎样的一个妈妈啊?一头白发、身材瘦小,一双布满血丝的眼睛,但目光却又是如此坚毅,这就是林亦诚最挚爱的妈妈。王燃心里的震撼从未像今天这样强烈。

李妈妈起了个大早给李哲凯做早餐,准备叫他起床上班,没想到他自己先起来了。

"乖儿子,怎么这么早?喝杯热牛奶。"

"不了,没时间了,今天上午有个会。"李哲凯丢下这句话头也不回地走了。

"小凯去上班了?"李爸爸问。

"你听见了还问。"李妈妈没好气地说。

"你手里的钱,尽快转移吧,我自身难保,没能力为你做什么。"

"这事我看着办,你昨晚什么时候回来的?又和哪个女人混在一起?一个女人毁了全家,你还到处风流?"

"大清早我不想和你吵。"

"你以为我愿意和你吵啊。"

李哲凯父母每次碰面,都以吵架收场,各自窝着一肚子火。李爸爸已经被停职,李妈妈的连锁店已经关闭一个,接下来的日子,他们都不好过。

三天过去了,小妹的手术费还差一万多,谁也想不到,看似外表光鲜亮丽的林亦诚跟平台的合约里,前两年只能拿到死工资和极少的分成。综艺节目的费用也被公司抽走了百分之七十。

"小林,为了更好地医治,谨慎起见,主治医生说你妹妹眼睛手术前要做一次专家会诊。"

"专家会诊?其他人的手术也会这样吗?不是有什么大问题吧?"林亦诚担心地问。

"别太担心,等会诊结果。对了,你妹妹的住院费已经交了，你真好福气，有那么漂亮的女朋友。"

林亦诚错愕地看着护士？住院费交了？漂亮的女朋友？林亦诚百思不得其解，难道是刘珂？他现在的整个心思都在会诊上，等手术结束后，再去好好谢谢刘珂吧。谢谢她解决了他心中的一块大石头，林亦诚轻松了许多。

"妈，咱们去医院外边吃吧？"林亦诚望着妈妈和小妹。

"出去溜达会也好，走吧。"三口之家相互搀扶着走出了医院。三个相依为命的人留给所有人一个坚定的背影……

此时的北京是最寒冷的时候，妈妈和小妹身上都穿着林亦诚新买的羽绒服，林亦诚很是欣慰。林亦诚带她们带到离医院不远的茶餐厅，妈妈和小妹从没来过这样的餐厅，他其实想带她们去更多从未到过的餐厅，和从未去过的地方，想让她们有更多的惊喜和回忆……

"妈，这家餐厅好吃又不贵，我给你念菜单，想吃什么你就点。"

"是的，妈，这些天你为陪我肯定没吃好睡好。"小妹拽着妈妈的手，撒着娇。

"我吃什么都行，也吃不多，你们点吧。"

一家三口幸福地吃了顿晚餐，林亦诚心里很满足。小妹动手术前的专家会诊非常关键，他祈祷有好的结果，无论怎样，要把妹妹的眼睛治好。他知道这样有多难，但既然选择了，就应该付出一万倍努力，林亦诚这股不服输的劲，让他挺过很多坎，也让他活到现在。

第十二章　正青春

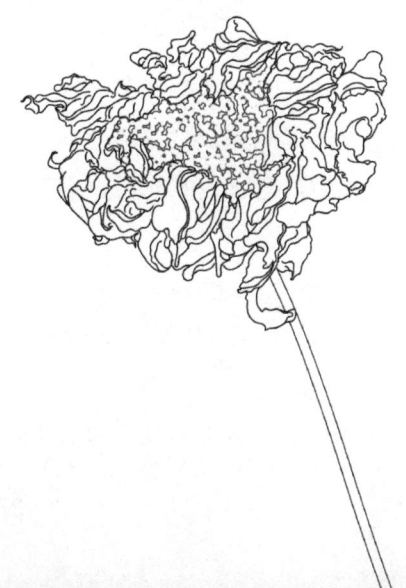

1

老城一锅,生意很火爆。

陈涛和刘珂津津有味地吃着,一辆警车停在了门外。陈涛心里一咯噔,眼神开始躲避,心中在默默祈祷,他想起身去厕所,但是现在做出动静太明显了,于是他低下头,喝着汤。刘珂看热闹地东张西望,还不停跟陈涛说:"没想到居然能亲眼遇到警察办事,好像 TVB 剧啊。"

可是渐渐地刘珂察觉到了不对劲,两个警察目光锁定了他们这边,一步步逼近。径直走到陈涛面前:"您好,请出示您的身份证。"

陈涛懵了,两手发抖,筷子滑落到地上:"我……我忘带了。"刘珂用不解的眼神看着陈涛和警察。

"起来,去派出所配合调查。"两名警察没有给陈涛喘息的机会,把陈涛带上了警车。面对这突如其来的状况,刘珂半天没反应过来,眼睁睁地看着陈涛被警察带走。

出了什么事?打架斗殴?刘珂压根没有往别的方面想。陈涛也许没想到,他来北京短短几天,就被带进了派出所,他心里知道自己所犯的罪行,再出来没那么容易了。

李哲凯家也鸡犬不宁。

"相关工作人员又去了我店里,看来你是彻底被盯上了。"

"要么想办法弥补,要么托关系求人,我是不方便出面了,在单位我基本上被架空了,单位还在核查我的情况是否属实。"

"咱们凯凯怎么办？会不会连累小凯？"

"最好的方式是现在咱们赶紧离婚。"

"离婚？只能这样了吗？"李妈妈没想到天天闹着的事，终于还是走到了这天……

"离吧，这么拖下去对谁都不好，明天就去办理。"李爸爸走得决绝，李妈妈瞬间像苍老了好几岁，她终究没守住这段婚姻和爱情。

对于这一切，李哲凯都知道，尽管很痛心，但他无法替父母作决定。有时候他觉得父母其实很悲哀，在权钱中迷失了自己，从小到大李哲凯听到的永远是爸爸是不是又升官了、妈妈又赚了多少钱，在父母的眼中，权钱能解决一切，甚者包括婚姻，这的确是个悲剧。以后，这个破碎的家只能靠他来维系了。想到这里，李哲凯深吸了一口气，擦干眼泪，开门出去上班。

医院那边，专家会诊结果出来了，林亦诚小妹的眼睛手术方案很顺利，下周二就可以安排手术，林亦诚和妈妈万分开心，林亦诚立马给刘珂打了电话："谢谢你，刘珂，谢谢你帮我小妹交了手术费。"

"你说什么？你妹妹住院了？怎么回事？手术费又是什么情况？"刘珂一头雾水。

"难道不是你？"

"不是啊，最近我为陈涛的事都忙得不可开交。"

"陈涛怎么了？你俩又见面了？"

"他来北京好些天了，但是前两天被警察给抓了。"

"怎么回事？"

"说他在深圳贩毒了……"

"贩毒？怎么会这样？"

"我前两天去拘留所，陈涛跟我说他是被陷害的，我正在找证据帮他洗清罪名。"

"有什么我能帮他的，你尽管开口。"

"嗯，谢谢你，林亦诚，等我空了再去看你妹妹。"

挂掉电话后，刘珂投入紧张的求证中，一定会没事的，她告诉自己。

尽管李哲凯已经做好的心理准备，但还是没想到坏事来得这么快，还在上班的李哲凯接到噩耗。

李爸爸被公办局的人真的带走了，因犯贪污罪、挪用公款罪入狱，李妈妈的店也被查封了，遭受了沉重打击。赶到家的李哲凯看着冷冷清清的家，不知道自己能做什么，看着空荡荡的家，李哲凯越发伤感。

爸爸入狱了，李哲凯原本以为自己一点都不会难过，甚至自己还应该感到庆幸，但直到今天，李哲凯才知道爸爸的重要性，满脑子都是爸爸的好。爸爸不善言辞，但从没打过他一指头；小时候，爸爸带他去乡下捉鱼；生日时，爸爸给他买的最爱的玩具，上学后，爸爸还手把手地教他识字……

李哲凯在爸爸的房间里，看着一家三口的合影，第一次失声痛哭。

2

"阿姨，李哲凯在屋吧？"刘珂闻讯而来。

原本她还想求助李哲凯帮陈涛，没想到李哲凯的家已四分五裂。

"嗯，进去吧。"李妈妈用软弱无力的声音回答。

"哲凯，你没事吧？"刘珂一路跑来，有些气喘吁吁。

"哦，没，没事。"李哲凯赶紧擦干眼角处依旧清晰可见的泪水，"你怎么来了？"

"想哭就哭出来，就咱们俩，怕啥？我也经常哭，哭出来会好受点。"

刘珂走过去拍了拍李哲凯的肩膀。她的一席话，让李哲凯倍加温暖。泪顺脸而下，他尽情地宣泄着自己的情绪。不可一世的他其实内心很脆弱，从未感受过家的温暖，也没有几个真心的朋友，还能说什么呢？眼泪是最好的宣泄方式。

"哲凯，我很能理解你，但我依然很羡慕你，至少你有家，我都不知道我爸妈长什么样，他们在我半岁时就出车祸去世了，从小跟大姨和姥姥生活，我这不还是活到现在，活得还是好好的。很多人包括你，都不明白我为什么那么爱陈涛，其实你们哪里知道，在陈涛面前，我是一个无忧无虑的小女孩，他给了我生命中从没有过的温暖，他弥补了我生活中所缺失的爱。犹如爸爸对女儿的爱，你不能理解吧？你渴望爸爸给你的爱，你得不到，所以你纠结，所以你在意，这不是恨，是渴望，我相信你爸有一天再回这个房间里，你会明白也会理解他……"

"嗯，谢谢你……"李哲凯像个孩子似的抱着刘珂失声痛哭。刘珂也流下了泪水，她多希望他们能回到无忧无虑的大一时期。待李哲凯平复下心情后，刘珂想到了分散李哲凯注意力的方式。

"咱们去医院看下林亦诚的妹妹吧？他前两天给我打电话说妹妹眼睛要动手术了，我们去看看有什么能帮忙的，他几乎没朋友，也就我们几个了。"

李哲凯接受了刘珂的建议，毕竟林亦诚和他有着太多的故事，曾经的他们交情是如此之深，一起打篮球、喝酒、爱着王燃，从当初的不屑到真心的朋友，再到如今的现状，李哲凯在脑海中一遍遍回忆着和林亦诚相处的点点滴滴。

　　医院转弯处的十字路口，在这严冬的夜晚，车格外的多。林亦诚从公交车上走下来，在左边路口等着过马路。刘珂和李哲凯从出租车上走下来，在右边马路处等红灯。

　　王燃刚从医院出来，自从知道了林亦诚妹妹住院后，她隔三岔五地来到医院，哪怕只是隔着门口看一眼，她只能选择这样的方式救赎自己的心，回馈林亦诚的爱。

　　她当然也知道了李哲凯家的事，只是不知道如何去面对。她无法想象李哲凯现在的心情和模样，她深深地懂得李哲凯是什么人，表面飞扬跋扈不可一世，其实特别脆弱，特别需要人去慰藉，而她现在唯一能做的只是站在远处默默地为他祈祷。王燃就这样揣着一颗纠结的心站在了路口。

　　模糊的时间，嘈杂的地点，雪花飘落，这几个年轻人不约而同地相遇……

　　十字路口，车水马龙，但左右依然是红灯。

　　林亦诚在左边，李哲凯和刘珂在右边，双方都没看见彼此，但都不约而同地看到了站在人行道上的王燃。她怎么从医院出来了？难道是……

　　"你妹妹住院费已经交了，有那么漂亮的女朋友。"

　　原来是你，林亦诚突然眼眶湿润，看着消失许久的王燃含泪而笑。

　　"燃燃！燃燃！"

　　李哲凯激动地叫了起来，他生怕王燃再次逃掉，来不及多想,没有半点犹豫,奋不顾身地朝王燃的方向奔去……王燃也看到了李哲凯和刘珂,她愣住了。

"李哲凯,车……车……注意车……"刘珂大声地喊着,跟了过去。林亦诚紧急按下了红绿灯暂停键,一边弯腰说着抱歉,一边拦住车飞快朝王燃跑去。

李哲凯气喘吁吁地跑到王燃面前,用力掐了掐自己,真的是王燃。

"你疯了吗?不要命了吗?"王燃轻轻推了他一下。李哲凯用力抱住王燃。

"真的是你,真的是你,燃燃,我好想你,好想你……"家里的事困扰了李哲凯许久,抱住王燃的一刹那,李哲凯紧绷的神经瞬间松懈了,爆发地哭了起来。原本用力想推开李哲凯的手也渐渐柔软,轻轻拍着他的背。

这时林亦诚跟了过来,站在离王燃一米远的距离,静静地看着她。两人对视,仿佛一眼万年,林亦诚眼眶的泪终于滑落了下来,王燃灿烂一笑,眼眶也湿润了。

"死丫头,这些年你去哪儿了!"刘珂冲了过来抱住王燃和李哲凯,也哭成了孩子一般。

"死刘珂,你给我松开,别跟我抢燃燃。"李哲凯伸出一只手用力推王燃。看着他俩幼稚的样子,王燃好气又好笑。

"好了,你们想憋死燃燃吗?"林亦诚走上前来解围。王燃感激地看了眼林亦诚,刘珂和李哲凯这才不情愿地松手。

看着离自己保持一定距离的林亦诚,王燃知道他的顾虑,张开双手,对他笑了笑。林亦诚一愣,有些不敢相信,然后慢慢向王燃靠近,轻轻抱住了她。王燃柔软的身体陷进了林亦诚的怀抱,花的香味,暖暖温度。林亦诚觉得一切都像在做梦。

"谢谢你……谢谢你，燃燃。"林亦诚低声呢喃，"谢谢你还好好地活着。"

王燃轻轻拥住林亦诚，无声地回应着他。

"你们没长眼睛啊，瞎跑什么，撞死了谁负责？"

这时一辆汽车停到他们面前，车主拉开车窗大声斥责。

林亦诚和王燃松开手，四个人相视看了一眼，心有灵犀地同时大笑开来。这一刻仿佛真的回到上大一，刚与李哲凯不打不相识的时候，那时的他们多快乐。

3

小妹被推进手术室，林亦诚代替妈妈在手术书上签了字，门关了，灯亮了。王燃、刘珂、李哲凯陪着林亦诚和林妈妈在外等待着。

林妈妈紧张地来回起身走动，林亦诚把妈妈按回座位："妈妈，别担心，医生说手术难度不大，会成功的。"这时王燃走了过来，递给林妈妈一瓶热牛奶。

"阿姨，您喝点热的，会舒服些，小妹一定会没事的。"

"谢谢你，燃燃，你真是个好姑娘，经常听亦诚提起你。"林妈妈握着王燃的手。

林亦诚感激地看了眼王燃，动了动嘴唇，用唇语说着：谢谢。

三个小时后，手术室的灯熄了，手术顺利，林亦诚喜极而泣。把妹妹送回病房后，林亦诚妈妈给林亦诚塞了些钱。

"亦诚，替妈妈好好谢谢你同学，小妹我照顾就好了，你去请他们吃个饭。"

"好。"

四人最终选择了大学时期那家他们经常去吃的小饭馆,好久没来这里了,这个饭馆承载了他们太多回忆。四个人面对面坐着没有说话,内心感慨万千。他们从未想过有生之年四个人还可以这样聚在一起。刘珂首先打破沉默,点了以前大家经常点的招牌菜。

"燃燃,酒吧那次后,你去哪儿了?我一直去都不见你了。"李哲凯问道。

王燃从包里掏出两个文件,放到桌子中央。三个人争先抢后一看,是成人本科自考证书和律师事务所实习生工牌。

"燃燃,你也太厉害了吧!"刘珂大叫起来。

"所以你打工是为了挣学费吗?"李哲凯这时才恍然大悟。

"不然你以为呢。"王燃笑着说。

"对不起,我不知道,我……"

"没关系,我靠自己一点点挣来的钱,实现了自己的梦想,挺好的。"王燃笑得特别温柔。

"老师不是说你家里有事,回家了吗?"刘珂不解。

"我之前哪儿敢回家啊,我爸爸那个老古板,如果知道我退学了,非打死我不可。可是后来,遇到我老板,她跟我说,我爸妈一定也会心疼我。于是我等进入事务所工作后,才有勇气回家,才发现,我之前的顾虑是多余的,爸妈一点都没责备我,反而比以前更疼爱我了,也尊重我的选择。"王燃说着,眼睛里有了泪花,"早知道我就不在外受这么多苦了。"

"你可以来找我们的。"李哲凯怯怯地说。

"当时离开学校,我只是想换个新环境,去个别人都不认识我的地方,只是我没想到亦诚会找到我。"王燃看了眼林亦诚。

林亦诚没有说话,面部表情能看出他非常紧张。王燃笑了笑,继续说。

"原本我没有想要继续读书的。"王燃说着,再次看向林亦诚,"谢谢你,亦诚,谢谢你在酒吧陪伴我的那段时间,谢谢你挺身而出替我挨了那一巴掌,虽然打在你脸上,但却打醒了我。是你让我决定不能再那么自甘堕落下去,否则,对不起你的这份心意。"

"对不起……如果不是我……"林亦诚还是没放下自责。

"我早就不怪你了,你说的本来就是事实,不是吗?其实我也要谢谢你,如果不是你说出来,可能我会一直担心什么时候会被李哲凯知道,只会让自己压力越来越大。"

"燃燃……我……当时我真的是被嫉妒冲昏头了,我以为你是和亦诚……"李哲凯一脸歉意。

"没关系,我都放下了,谢谢你曾经那么喜欢我,那是我非常开心的一段时期。也希望你可以放下不好的回忆……"王燃停顿了一下,"就如我老板说的,'为什么要为别人的错误来折磨自己?我是受害者,我应该比任何人都心疼自己,也要比以前更加珍惜自己',经历过风吹雨打的鲜花才更灿烂,因为她的一番话,我让自己解脱。"王燃坦然地说,脸上轻松自在的表情能看出她真的放下了。

"那让我们干杯吧,祝燃燃早日成为正式的律师。"刘珂举起杯,其他三个人一同举杯。玻璃杯碰撞的那一刻,就像当年的好朋友一样,一场误会在此刻烟消云散,虽然来得太晚,但对他们来说,还不迟。

"快看,下雪了。"店外突然一阵骚动。

四个人跑了出去,大片大片的雪花从天而降,在阳光里晶莹透亮。王燃和刘珂仰望着天，踮着脚，用手去接雪花，李哲凯搂着林亦诚的肩膀，两人相视一笑，纷纷看向在太阳雪里嬉笑追逐的王燃和刘珂，原来幸福就这么简单。二十多岁的他们，正像鲜花一样绽放。

4

林亦诚已经是 TOP 人气主播，受邀参加综艺节目、做评委、写影评，事业蒸蒸日上，在他的努力下，给老家修了新房，一家人都因为他向好的方向转变，无论是经济条件还是亲情关系。

林亦诚对未来有了更多的期许，他决定换个工作环境，以实现他那个终极的梦想。

李哲凯整个换了个人，开始奋发图强，努力工作挣钱帮爸爸妈妈还债，等着爸爸出狱，一家人团聚。再次见到王燃，他的心非常乱，留学一事提上日程，与其说是镀金，不如说是因暂时无法面对王燃而逃避。

刘珂换了工作，去到青少年辅导中心，专为校园暴力、未成年受害者维权打官司，也成了陈涛的辩护律师。

在刘珂的努力下，她查出陈涛被诬陷贩毒，以及被下毒的证据，帮陈涛洗清了罪名，但之前故意伤害慧男友的事也被查了出来。

"刘珂，我们分手吧，你现在这么优秀，不值得把感情浪费在我身上，我连高中都没毕业，更何况我现在还是坐牢的人了。"刘珂去探监的时候，陈涛终于说出了这句埋藏在他心底许久的话。只是他没想到，说这句话的时候，他的心隐隐作痛，原来，不知从何时起，他已经彻底爱上刘珂了。

"陈涛,如果你再跟我说分手,我就一辈子都不会管你了。"刘珂佯作生气。

陈涛也非常生气:"我不知道你喜欢我什么,我就是个人渣,就算我出去后也是有案底的人,可能工作都找不到,我养不起你,你值得更好的男人,你懂不懂?"

刘珂沉默了很久,然后认真地看着他:"你想知道为什么是你?好,我告诉你……999包厢发生的事,我一直都知道,那天我根本没有喝醉。"

陈涛瞪大了双眼,不敢置信:"怎么可能,我进去的时候……"

"那天你带我一进包厢,李总看我的眼神,我就察觉出不对劲,一开始我以为是你把我卖了,当时我很愤怒,也很绝望,但是因为爱你,我拿自己当赌注,以身试险,想看看你心里到底有没有我。如果你没有回来,我就如你所愿,当你交易的筹码。"刘珂哽咽着,"谢谢你,最终没有丢下我,还是让我等到了你,从你说'我们回家'那句话开始,我就认定你,这辈子都只有你了。我从小没有爸妈,你不知道,家对我来说有多重要。"

刘珂停顿了下,继续说:"我不管别人怎么看你,在我眼里,你是个很聪明、很善良、有义气的人,只是冲动会让你做错事,但是你本质不坏。我很羡慕慧在你心里的位置,我不求取代她,只要你心里有一点我,我就知足了。所以我也在努力,希望我也可以成为你的避风港,给你温暖。"

听完刘珂的肺腑之言,陈涛泪流满面,在暴力家庭成长的他何尝不渴望一个温暖幸福的家。他以为像爸爸一样用暴力就能解决问题,但是他错了……陈涛也因为包厢事件非常内疚,差一点就酿成大错,所以他尽可能地对刘珂好,也尽可能让自己不同流合污。

"谢谢你,刘珂,我会好好改过的,你等我,等我回家。"

"嗯,等你回家,回我们的家。"刘珂和陈涛的手隔着玻璃贴在一起,两人泪流满面,这一次是因为幸福而流泪……

留学前一天,李哲凯鼓起勇气给王燃打电话,把她约到了学校外的咖啡店。

当李哲凯赶到时,看着靠玻璃窗优雅坐着喝咖啡的王燃,美好得像一幅画,这场景像是隔了一个世纪。这时王燃也看到了李哲凯,温柔地一笑,美得是那样岁月静好。原来没有他的日子,王燃可以活得这样简单。

李哲凯深呼吸了一口,推开门走了进去。

"不好意思,今天加班,路上又堵车,迟到了。"李哲凯脱掉外套搭在椅子上。

"没关系,我今天正好在这附近约了客户,就提前到了。"王燃淡淡一笑。

李哲凯伸手叫来服务员,点了一杯美式和甜品。

"燃燃,谢谢你肯来跟我见面,我……"李哲凯有些紧张,不敢直视王燃的眼睛。

"都过去了,不是吗?我已经放下了,你也忘记吧。"

"燃燃,我明天就要出国了,所以今天特地约你见一面,下次……再见不知道是什么时候了。"

"你要出国?"王燃有些意外。

"嗯,现在的工作对我来说不是很适合,我想出国进修一下,提升自己,希望还能为梦想拼搏一下。"

"没想到这句话会从你的口中听到,哲凯,你比以前成熟了。"

"可能是家里这一堆事吧,还有……你,如果当初我能心平气和好好听你解释一下,也不会变成现在这样。真正爱一个人就应该无条件相信对方,可是我……"

"也许这也是生活对我们的一次考验吧,也让我们以后可以学会更好地爱自己,爱别人。"王燃释然地一笑。

喝完咖啡后,李哲凯把王燃送到她家楼下。

"那我上去了。"王燃挥了挥手。

"那个……燃燃,我们以后……还是朋友吧?"李哲凯紧张地看着王燃,在他的爱情观里,爱是纯粹干净的,他和王燃的这段感情是被他自己扼杀的,他曾经对她的伤害,已经让他没有勇气,也没有资格再说爱她的话了。

"难道我们现在不是朋友吗?"王燃笑了笑,"你出国了,一个人,好好照顾自己,记得常跟我们联系。"

"嗯。"李哲凯终于轻松地笑了,"我可以再抱你一次吗?"

王燃大方地张开手,李哲凯走了过去抱住她,把头磕在她的头顶:"再见了,燃燃。"

"再见,一路平安。"

李哲凯上飞机前给林亦诚发了条短信:

"亦城,我走了,燃燃是个好女孩,值得更好的人来爱她,你……好好照顾她。"

林亦诚看着短信,眼眶一下热了,他没想到三个人最终是以李哲凯的离开画上句号。

5

通过一年的实习,王燃在律师事务所终于转正了,她把这一消息第一时间发在四个人的聊天群里，收到林亦诚、李哲凯、刘珂的祝福。还约好等李哲凯回国再一起聚餐。

王燃单独给林亦诚发了信息，约他在学校操场见面。两个人又像很多年前的那晚，坐在操场边。林亦诚终于把买了多年的红色蝴蝶结亲手送给了王燃。

王燃拿着它感慨万千："没想到是你买了它。"原来那天后，王燃存够钱，去过商场，可是售货员告诉她已经被买走了，多年后兜兜转转还是到了她这里。

"你帮我戴上吧。"王燃俏皮地说。

林亦诚小心地帮她系上："真好看。"

林亦诚侧着头一直看着王燃，月光洒在王燃脸上，是那样皎洁明亮，就如初见般令人心动。

"你知道吗，亦诚？在酒吧的时候，每次你离开后，我都踩着你的影子走很远很远，但是你都没有发现也没有回头。"王燃嘟着嘴，故意生气。

林亦诚笑了，一直笑，笑得王燃不知所措。

"你笑什么，我是认真的。"

"我知道……"林亦诚继续笑。王燃瞪大了眼睛："你……知道？"

"你难道一直没有好奇，那时已经不缺钱的我，为什么每天还走路回家吗？"

"难道……"王燃惊讶地张大了嘴。

"因为我知道你在身后，我不敢回头，我怕我一回头，你又再次逃走，消失不见。我宁可一辈子就这样得不到你的原谅，只要在你身边，就好。"林亦诚叹了口气，"世界上最远的距离，可能就是：我爱你，却不能爱你。你知道我爱你，我们却不能在一起……"

还有王燃不知道的是,她没有看见,那时背对着她的他,每次听到身后小声的脚步声都泪流满面。

"以后的事,谁知道呢?"王燃笑了,银铃般的声音在操场荡漾。林亦诚微笑着看着王燃,她的眼里,有光……

(终)